倍斯特出版事業有限公司
Best Publishing Ltd.

雅思
單字聖經

Amanda Chou ◎ 著

QRCODE
DOWNLOAD
英式發音

U0077355

演練獨家試題
掌握考取閱讀**9分**者均具備的語感和答題實力

近1200題海量試題加持，內建超強語感

精選試題含各類別雅思閱讀精隨，語感飆升、各主題的**高階詞彙**一次學全，初學乍練即考取**8.0以上**高分。

「聽」＋「讀」整合能力強化，僅花別人1/3的時間即達標

規劃試題兩用，可同步用於**「聽」＋「讀」**，學習成果翻倍，一次性搞定聽、讀兩個單項。

PRE FACE 作者序

在考場時，A 考生於雅思閱讀試題的前兩篇文章寫得順手異常，認為自己這兩篇文章共 26 題的試題都勝券在握，自信幾乎都能答對，帶著信心滿滿的心情迎著第三篇閱讀試題，翻頁後卻看到該閱讀的主題是「物理學：折射定律」，在驚訝之餘又重複看了一次標題，是個他極為不熟悉的主題，就這樣只剩 20 幾分鐘答這篇文章了。儘管雅思和其他英語測驗的考察重點不是放在對一個主題或領域的熟悉或專業度，而是在對語言的使用和掌握度，他試了幾個方式，包含快速掃描試題找關鍵字再回去文章找答案或是先閱讀前幾段，之後再快速看試題，看是否能答閱讀試題的前幾題，卻發現一題都答不了，而時間正快速流逝中越答越慌。這篇文章每句英文都能看懂且能翻成中文，但是卻完全找不到試題和閱讀文章當中的同義轉換點，所以也無從答起。尤其在答雅思摘要填空題和單句填空題等題型時，更無法像傳統選擇題那樣掰個答案或猜下 ABCD，很快的時間到了必須停止作答，更別說這篇沒答好，也接連影響接下來要進行的寫作測驗。他預估自己這次閱讀的分數大概又是雅思 7 分或是 6.5 分，令他大惑不解的是，這是他又準備了近六個月的備考，而雅思閱讀的分數卻還可能是跟上次測驗分數相同。

相信不只是 A 考生，對大多數雅思測驗的報考者，即程度介於 4.5-7 分程度的考生而言，這樣的情況似乎是司空見慣的，難道又做了這麼多的準備都付諸東流嗎？而實際情況是，還有太多其他因素，這也說明了為什麼拿到一整本跟考場完全一樣的閱讀考題（閱讀真經考古題）或寫了劍橋雅思官方試題、擬真模擬試題並花費大量時間後，考到的成績是相同的。就如同一位考生在報考新多益測驗，總分考到了 860 分（聽力 415 分、閱讀 445 分），期許寫坊間十回聽力模擬試題後，將聽力部分強化後，下次應考時就能考到理想成績是一樣的，結果總是事與願違。因為只有在你的「核心」能力強化後，你才有可能考到理想成績。當中當然還包含了理解出題思維等等，而如果你詢問一位考生，請對方試著比較這次跟上次考試的差異時，你很可能會聽到的答案是，這次聽力比上次簡單，但是閱讀卻比較難。這種「出題搭配」也是影響的關鍵之一，但也強化了本身試題的效度，尤其是再加上不同三篇主題的文章的搭配時。所以一位考生在寫聽力時覺得蠻簡單的，都能聽到關鍵答案，可能就要有警覺，因為閱讀測驗會稍難，就這樣一加一減，考生的雅思平均分數跟上次的測驗成績會是一樣的。

有鑑於此，書籍規劃中做了大幅的革新和調整，包含了近 1200 題試題以強化考生核心能力。核心能力的強化包含了不僅僅是背誦單字，而是以各個面向提升考生答題語感、同義轉換能力、長難句強化、閱讀解題能力和綜合語法能力。這些都影響到考生理解閱讀試題和答題速度，在這些能力同步提升的同時，考生才能在不同主題搭配的閱讀測驗上，都能穩定地答好每一題，不會因為其中一篇的主題較為生澀就拉低了這次的雅思閱讀分數。另外要說明的是關於 Part 2 的規劃，試題是以「聽、讀整合能力強化」為依歸，考生可以一魚兩吃式的同步提升聽和讀的分數，第一次先像答閱讀測驗（文意選填類別）的試題，並檢視閱讀實力和語法掌握度。第二次撰寫同篇試題，但以播放音檔的方式檢視自己能否聽對關鍵考點。一份試題可以同時發揮兩種效用，以聽和讀的關聯性，大幅縮短所有考生備考時間並獲取佳績。最後祝所有考生都能獲取理想成績。

Amanda Chou

INSTRUCTIONS 使用說明

Unit 1

Overgrazing was one of the **1.** _____ factors contributing to the extinction of certain kinds of animals that **2.** _____ around the desert in the northern part of South America.

The current citizenship law **3.** _____ in the newly-created protocol adheres to the principles of human rights that cannot be **4.** _____ by human beings.

It has been said as being so absurd to the nation; however, there are still **5.** _____ attempting to be the bolster of those abstract and barely **6.** _____ articles.

The **7.** _____ located right behind this property was built for the purpose of remembering the ancient civilization **8.** _____ by the ancestors of the people who are still dwelling in this area.

I assume that there will be diverse books purposefully **9.** _____ but positioned with lacking any **10.** _____ in this brand-new library.

I could just not imagine how **11.** _____ this test would be, albeit getting a bunch of **12.** _____ reading materials as preparation references from my friends.

Professor Wang attempted to **13.** _____ for the shortcomings or feelings of **14.** _____ he had ever made to his girlfriend; however, he got a bad consequence of everything he did.

The critical reason why this country had gone in a flash could be illustrated in the drawings found in this cave, **15.** _____ that the attack of an adjacent country fully **16.** _____ their defenses.

18

People nowadays are supposed to **17.** _____ and be thankful for what our ancestors did to make our life more convenient, like **18.** _____ household utensils with stone and counseling us to be respectful to the Earth.

The chemical **19.** _____ that these arrays of plants have been releasing to the land, were attested to be **20.** _____ to the human body, especially our brains and nerve cells.

21. _____ researchers are characterized by enthusiasm for the known and **22.** _____ pursuit to the unknown.

Scientists just found there will be a huge, inevitable **23.** _____ taking place in our solar system, considered a disaster to some of the planets within it, because of the collision between two unknown **24.** _____ bodies.

A	abandoned	B	arranged	C	comprehensive
D	inhabited	E	depicting	F	celestial
G	pollutants	H	avid	I	proponents
J	destroyed	K	compensate	L	contriving
M	acknowledge	N	detrimental	O	vigorous
P	primary	Q	complex	R	accessible
S	decimated	T	adopted	U	inferiority
V	uniformity	W	explosion	X	monument

19

納入雙填空試題、提高試題鑑別度
收錄雅思等學術類考試常見、有一定難度的字彙
有效協助外文系等學生大學時期累積關鍵競爭力

· Part 1 收錄 33 回超神模擬試題，各考生能在大一到大四期間練習，並掌握其中關鍵字彙，在新托福或雅思等學術類考試或就業均大放異彩。

涵蓋包羅萬象的主題
強化長難句理解、核心語法能力
在關鍵長句均能迅速理解，在考場高效答題

· 有效提升考生對長難句理解和語法實力，答案旁均附詞性，利用語法和詞性判別，迅速就能過濾出答案，完成書中模擬試題，並累積雅思閱讀整合能力。

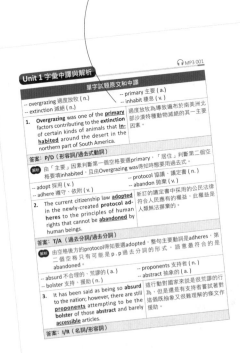

The funding increase has stimulated those research studies on finding **169.** _____ energy sources, making scientists perform a more **170.** _____ work on their experiment.

Situated close to the Atlantic Ocean, France has a **171.** _____ climate with temperatures ranging from fifteen to thirty Celsius degrees so that people from Greenland and Alaska would **172.** _____ a cold polar region by vacationing down south.

Many businesses were **173.** _____ while he was the Prime Minister of Britain because the constitution guarantees religious **174.** _____; that is why people decided to settle down in England.

175. _____ causes of lung cancer can include infections, the establishment of a **176.** _____ in its host after invasion, or exposure to chemical toxins, such as insecticides.

177. _____, known as the transmission of some qualities from ancestors to descendants through the **178.** _____, maybe one of the deciding factors in why some individuals become clinically obese.

He was **179.** _____ by our instructor to figure out ways to better educate retarded children, such as developing a **180.** _____ system to track records and further analyzing every action they perform in the lab.

181. _____ supplies of water and foods on this **182.** _____ island would make the establishment of a self-sustaining community much more feasible.

60

Exercising would be the best way to protect our **183.** _____ organs and keep them working properly because it increases bone mass and is extremely **184.** _____ to keep healthy and strong bones.

His favorite book, a classic of the mystery **185.** _____, inclined him toward a **186.** _____ career.

Even though we have already known the potential **187.** _____ of age on a woman's fertility, scientists committed to fertility research claim that this is the first time a strong **188.** _____ has been found between age and male fertility.

The study **189.** _____ indicates that a critical period does exist by which second language learning must be **190.** _____ for achieving native-like capabilities.

The idol is having an interview in which she spoke with **191.** _____ about the recent scandal; however, folks feel she is still attempting to hide something, just as how snakes **192.** _____ in the sand or rocks.

A	pathogen	B	alternative	C	camouflage
D	temperate	E	heredity	F	tolerance
G	commissioned	H	literary	I	significant
J	association	K	abundant	L	commenced
M	primary	N	genre	O	internal
P	escape	Q	strenuous	R	overwhelmingly
S	isolated	T	surveillance	U	impact
V	thrived	W	genes	X	candor

61

強化目前指考和學測的綜合練習和文意選填等答題實力
進階攻略 SAT 和 GRE 雙填空答題、雅思閱讀摘要式填空練習
穩操勝卷地應對各類型英語測驗

．規劃極具巧思的填空練習，一次性破解各類型英語考試的
　出題，了解出題者思維，大幅提升應考成績。

豐富句型表達並大幅提升寫作實力
每篇文章均能使用百變句型搭配
文章迅速增色並抓住考官眼球

· Part 1 收錄各種難度和長度的句型，有助於考生內化成
自己可用的句式，並豐富表達，在學術類寫作考試中，
均能迅速讓考官青睞並獲取高分

Unit 8 字彙中譯與解析　🎧 MP3 008

單字試題原文和中譯

-- stimulate 激勵 (v.)
-- strenuous 發憤的 (a.)
-- alternative 替代的 (a.)
-- experiment 實驗 (n.)

85. The funding increase has **stimulated** those research studies on finding **alternative** energy sources, making scientists perform a more **strenuous** work on their **experiment**.

研究資金的增加激勵了替代能源的研究，並且使科學家們更加努力地去做實驗。

答案：B/Q（形容詞/形容詞）
解析 第一個空格要選alternative（alternative energy sources為常見慣用搭配表明替代性的能源），第二個空格要選strenuous。

-- temperate 溫和的 (a.)
-- celsius 攝氏 (n.)
-- situate 位處於 (v.)
-- escape 逃離 (v.)

86. **Situated** close to the Atlantic Ocean, France has a **temperate** climate with temperatures ranging from fifteen to thirty **Celsius** degrees so that people from Greenland and Alaska would **escape** a cold polar region by vacationing down south.

法國為靠近大西洋，而擁有溫和的氣候，且平均氣溫介於攝氏15到30度，以致於格林蘭和阿拉斯加的民眾願意逃離寒冷的極地地區，而往南度假。

答案：D/P（形容詞/原形動詞）
解析 第一個空格要選temperate（這題根據語法要填入形容詞，temperate最合適），第二個空格要選escape。

-- thrive 繁榮 (v.)
-- religious 宗教的 (a.)
-- guarantee 保證 (v.)
-- tolerance 忍受 (n.)

87. Many businesses were **thrived** while he was the Prime Minister of Britain because the constitution **guarantees** religious **tolerance**; that is why people decided to settle down in England.

當他是英國總理的時候，很多企業因為憲法保證宗教寬容而繁榮昌盛，這也就是為什麼人們會選擇安身於英國。

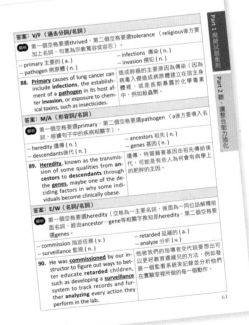

答案：V/F（過去分詞/名詞）
解析 第一個空格要選thrived，第二個空格要選tolerance（religious後方要加上名詞，句意為宗教寬容或容忍）。

-- primary 主要的 (a.)
-- pathogen 病原體 (n.)
-- infections 傳染 (n.)
-- invasion 授犯 (n.)

88. **Primary** causes of lung cancer can include **infections**, the establishment of a **pathogen** in its host after **invasion**, or exposure to chemical toxins, such as insecticides.

造成肺癌的主要原因為傳染（因為病毒入侵造成病原體建立在宿主身體裡，或是長期暴露於化學毒素中，例如殺蟲劑）。

答案：M/A（形容詞/名詞）
解析 第一個空格要選primary，第二個空格要選pathogen（a後方要填入名詞，根據句子中的疾病相關字）。

-- heredity 遺傳 (n.)
-- descendants 後代 (n.)
-- ancestors 祖先 (n.)
-- genes 基因 (n.)

89. **Heredity**, known as the transmission of some qualities from an**cestors** to **descendants** through the **genes**, maybe one of the deciding factors in why some individuals become clinically obese.

遺傳，特質藉著基因由祖先傳給後代，可能是有些人為何會有病學上的肥胖的主因。

答案：E/W（名詞/名詞）
解析 第一個空格要選heredity（空格為一主要名詞，後面為一同位語解釋前面名詞，經由ancestor…gene等相關字推知是heredity，第二個空格要選genes。

-- commission 指派任務 (v.)
-- surveillance 監視 (n.)
-- retarded 延緩的 (a.)
-- analyze 分析 (v.)

90. He was **commissioned** by our instructor to figure out ways to better educate **retarded** children, such as developing a **surveillance** system to track records and further **analyzing** every action they perform in the lab.

他被我們的指導者交代想出可以更好教育遲緩兒的方法，例如發展一個監看著系統來記錄並分析他們在實驗室裡所做的每一個動作。

Part 1 模擬試題衝刺　　Part 2 聽、讀整合能力強化

📖 Unit 6 Disposable diapers

The diaper, one of the very first items that **1.** _____ human from animals, was found being used from the Egyptians to the Romans. Though back then, people were using animal skins, leaf wraps, and other natural resources instead of the **2.** _____ diapers as we know today. The cotton "diaper like" progenitor was worn by the European and the American **3.** _____ by the late 1800's. The shape of the progenitor was similar to the modern diaper but was held in place with **4.** _____ pins. Back then, people were not aware of bacteria and viruses. Therefore, diapers were **5.** _____ after drying in the sun. It was not until the beginning of the 20th century that people started to use **6.** _____ water in order to reduce **7.** _____ rash problems.

However, due to World War II, cotton became a **8.** _____ material, so the disposable absorbent pad used as a diaper was created in Sweden in 1942. In 1946, Marion Donovan, a **9.** _____ housewife from the United States invented a **10.** _____ covering for diapers, called the Boater. The model of the disposable diaper was made from a shower **11.** _____.

Back then, disposable diapers were only used for special occasions, such as vacations because it was considered a **12.** _____ item. Though, the quality of the disposable diaper was not that good. The total capacity of these diapers was **13.** _____ to be around 100ml, which means it was only for one-time use.

During World War II, as a housewife and a mother of two, Donovan used her creative mind on many things to help herself with her busy life. In order to ease her job from **14.** _____ changing her children's cloth diapers, bed sheets and clothing, she came up with the idea of the diaper cover. She used the shower curtain and successfully created a waterproof diaper cover. She also added the snap fasteners to replace the safety pins to reduce the possibility of careless injuries.

A typical		**B** curtain	
C repetitively		**D** waterproof	
E estimated		**F** reused	
G common		**H** strategic	
I disposable		**J** safety	
K luxury		**L** infants	
M distinguished		**N** boiled	

書籍中模擬試題關鍵句和聽讀整合試題均附音檔
有利考生反覆聽誦,並以影子跟讀法額外補強聽力專注力和理解力
・利用書中關鍵句音檔迅速掌握核心詞彙,並搭配整合試題演練,
最後以影子跟讀練習法練習 part 2 試題,大幅提升聽力專注力
和理解力。

近 **1200** 題海量填空試題，一次滿足所有考生練習量

一本就搞定雅思單字、閱讀和聽力考試

最快達到理想雅思高分

・收錄近 1200 題練習，等同於 7.5 本劍橋官方聽力或閱讀題的練習量，不補習自學即能迅速達到理想成績。

▶▶ 紙尿布

尿布，是最早區分人類與動物的項目之一。從埃及人到羅馬人都有被發現使用尿布。雖然當時人們用獸皮、樹葉和其他自然資源包裹，與我們現今所知的紙尿布有所不同。尿布的前身在 1800 年底被歐洲及美國的嬰兒所穿著。尿布前身的形狀設計非常類似現今的尿布，但卻是使用安全別針。那時，人們還沒有細菌和病毒的意識。因此，尿布曬乾後便再被重複使用。直到 20 世紀初，人們開始使用開水（燙尿布），這才減少了常見的皮疹問題。

但由於第二次世界大戰，棉花成為了戰略物資，因此，拋棄式的尿布墊於 1942 年在瑞典被製作出來。1946 年，瑪麗安·唐納文，一位來自美國的典型家庭主婦發明了一種防水的尿布，她稱之為「船工」。她利用浴簾製作了紙尿布的模型。

當時，紙尿布由於是被認為是奢侈品，因此只有特殊場合，如休假，可以使用它。但是當時紙尿布的品質並不好。這些尿布的總容量估計約為 100ml 以下，這意味著它只能使用一輪。

在第二次世界大戰期間，作為一個家庭主婦和兩個孩子的母親，唐納文在很多事情上利用她的創意思維，以幫助自己忙碌的生活。為了緩解重複更換孩子們的布尿布、床單和衣服的工作，她有了尿布罩的想法。她利用浴簾，成功打造了防水尿布罩。她還添加了按扣來取代安全別針，以減少許多不小心受傷的可能性。

▶▶ 參考答案

1. M	2. I
3. L	4. J
5. F	6. N
7. G	8. H
9. A	10. D
11. B	12. K
13. E	14. C

Part 1 模擬試題衝刺

Part 2 聽・讀整合能力強化

Unit 10 Paper

MP3 043

Before paper was invented, several materials, such as papyrus, parchment, palm leaves and vellum were being used as **1.**_____ materials, but they were all expensive and limited. Paper was invented by Cai Lun, an **2.**_____ of the Imperial Court, in 105 A.D. in China during the Han Dynasty. He broke the **3.**_____ of a mulberry tree into fibers and added in rags hemp and old **4.**_____ nets which created the first piece of paper. He reported to the **5.**_____ and received great honor for his ability. Because of this invention, paper can be produced with trees at a vey low cost, which **6.**_____ the use of paper. In a few years, paper was widely used in China.

Even though the Chinese invented paper in 105 A.D., invented printing **7.**_____ at around 600 A.D., and printed the first newspaper by 740 A.D., this amazing technology was only spread to the **8.**_____ countries including Korea and Japan at as early as the 6ᵗʰ century. The paper making technique was brought to the western countries along the Silk Road. The technique was found at Tibet at around 650 A.D.

China used to be a **9.**_____ country. For a long time, the Chinese kept the paper manufacture as a secret to ensure a **10.**_____. However, losing in a **11.**_____ at the Talas River, the Chinese **12.**_____ revealed the paper making technique to the Arabs which helped them built the first paper industry in Baghdad in 793 A.D.

Interestingly, the Arabs also kept the first technique as a secret from the European. As a result, the paper making technique did not reach Europe until hundreds of years later. **13.**_____ built the first European factory in 1150 A.D. Finally, after another 500 years, the first paper industry was built in Philadelphia in the USA. That is 1500 years after the first piece of paper was made! Around 2000 years ago, Cai Lun was born in Guiyang during the Han Dynasty. Because of his father's accusation, Cai was brought to the palace and got **14.**_____ at the age of 12. Even so, Cai loved to study and was designated to study along with the Emperor's son.

A prisoners	B closed
C technology	D eastern
E written	F emperor
G Spain	H monopoly
I official	J fish
K bark	L battle
M popularized	N castrated

聽＋讀雙重整合能力強化
擅用聽和讀技能，相輔相成式巧取高分
時間永遠站在你這邊

‧Part 2 規劃「聽＋讀」整合能力試題，同一篇試題二用，聽和讀能力迅速翻倍，先撰寫文意選填式的閱讀試題，提升單字、文法和閱讀實力。緊接著輔以聽力音檔，練習 spot dictation 式的聽力練習，有效提升聽力拼寫和單字實力。

在各考試中進行拆解
穩操勝卷地應對各類型閱讀測驗
提升面對各陌生閱讀主題的實力

· 閱讀測驗中面對的是未知且不可能每個字彙都是背過的
單字，此時掌握更廣的主題內容就非常重要。具備知識
廣度後，考生在面對靈動變幻的考題總能占盡先機且鎮
靜應變。

🎧 MP3 044

📝 Unit 11 Liquid Paper

The sales of liquid paper dropped 1._____ in recent decade. However, back in the late 90's while computers were not as 2._____, liquid paper could be found in every pen case and on every desk. Where did the name liquid paper come from? It is actually a brand name of the Newell Rubbermaid company that sells correction products.

It is not a surprise that liquid paper was invented by a 3._____. Bette Graham who used to make many 4._____ while working as a typist, invented the first correction 5._____ in her kitchen back in 1951. Using only paints and kitchen ware, Graham made her first generation correction fluid called Mistake Out and started to sell it to her 6._____.

Graham for sure saw the business 7._____ with her invention and founded the Mistake Out Company back in 1956 while she was still working as a typist. However, she was later on 8._____ from her job because of some silly mistakes. Just like that, she worked from her kitchen alone for 17 years. At 1961, the company name was 9._____ to Liquid Paper and it was sold to the Gillette Corporation for $47.5 million in 1979. Who would have thought!

Even though liquid paper was so convenient and popular, everyone who used liquid paper before knows that it has a 10._____ smell. It is because it contains titanium dioxide, solvent naphtha, mineral spirits and also trichloroethane which later on was found to

be 11._____. Since it 12._____ the human body, fewer and fewer people use liquid paper. Instead of fluid, a later invention by the same company, correction tape, is getting more popular these days. A half a million-dollar business 13._____, an artist, an inventor, and a single mother, Bette Graham was an 14._____ woman with multiple successful roles in her life.

A fired	B typist
C funky	D fluid
E co-workers	F opportunity
G owner	H changed
I affects	J independent
K dramatically	L common
M toxic	N mistakes

目次 CONTENTS

PART 1　模擬試題衝刺

PART 2　聽、讀整合能力強化

Overgrazing was one of the **1.** _____ factors contributing to the extinction of certain kinds of animals that **2.** _____ around the desert in the northern part of South America.

The current citizenship law **3.** _____ in the newly-created protocol adheres to the principles of human rights that cannot be **4.** _____ by human beings.

It has been said as being so absurd to the nation; however, there are still **5.** _____ attempting to be the bolster of those abstract and barely **6.** _____ articles.

The **7.** _____ located right behind this property was built for the purpose of remembering the ancient civilization **8.** _____ by the ancestors of the people who are still dwelling in this area.

I assume that there will be diverse books purposefully **9.** _____ but positioned with lacking any **10.** _____ in this brand-new library.

I could just not imagine how **11.** _____ this test would be, albeit getting a bunch of **12.** _____ reading materials as preparation references from my friends.

Professor Wang attempted to **13.** _____ for the shortcomings or feelings of **14.** _____ he had ever made to his girlfriend; however, he got a bad consequence of everything he did.

The critical reason why this country had gone in a flash could be illustrated in the drawings found in this cave, **15.** _____ that the attack of an adjacent country fully **16.** _____ their defenses.

People nowadays are supposed to **17.** _____ and be thankful for what our ancestors did to make our life more convenient, like **18.** _____ household utensils with stone and counseling us to be respectful to the Earth.

The chemical **19.** _____ that these arrays of plants have been releasing to the land, were attested to be **20.** _____ to the human body, especially our brains and nerve cells.

21. _____ researchers are characterized by enthusiasm for the known and **22.** _____ pursuit to the unknown.

Scientists just found there will be a huge, inevitable **23.** _____ taking place in our solar system, considered a disaster to some of the planets within it, because of the collision between two unknown **24.** _____ bodies.

A abandoned	**B** arranged	**C** comprehensive
D inhabited	**E** depicting	**F** celestial
G pollutants	**H** avid	**I** proponents
J destroyed	**K** compensate	**L** contriving
M acknowledge	**N** detrimental	**O** vigorous
P primary	**Q** complex	**R** accessible
S decimated	**T** adopted	**U** inferiority
V uniformity	**W** explosion	**X** monument

單字試題原文和中譯	
-- overgrazing 過度放牧 (n.) -- extinction 滅絕 (n.)	-- primary 主要 (a.) -- inhabit 棲息 (v.)
1. **Overgrazing** was one of the **primary** factors contributing to the **extinction** of certain kinds of animals that **inhabited** around the desert in the northern part of South America.	過度放牧為導致遍布於南美洲北部沙漠特種動物滅絕的其一主要因素。

答案：**P/D**（形容詞/過去式動詞）

 由「主要」因素判斷第一個空格要選primary，「居住」判斷第二個空格要填inhabited，且由Overgrazing was得知時態要用過去式。

-- adopt 採用 (v.) -- adhere 遵守、依附 (v.)	-- protocol 協議、議定書 (n.) -- abandon 拋棄 (v.)
2. The current citizenship law **adopted** in the newly-created **protocol adheres** to the principles of human rights that cannot be **abandoned** by human beings.	新訂的議定書中採用的公民法律符合人民應有的權益，此權益是人類無法摒棄的。

答案：**T/A**（過去分詞/過去分詞）

 由空格後方的protocol得知要選adopted，整句主要動詞是adheres，第二個空格只有可能是p.p過去分詞的形式，語意最符合的是abandoned。

-- absurd 不合理的、荒謬的 (a.) -- bolster 支持、援助 (n.)	-- proponents 支持者 (n.) -- abstract 抽象的 (a.)
3. It has been said as being so **absurd** to the nation; however, there are still **proponents** attempting to be the **bolster** of those **abstract** and barely **accessible** articles.	這行動對國家來說是很荒謬的行為，但是還是有支持者嘗試著對這個既抽象又很難理解的條文作援助。

答案：**I/R**（名詞/形容詞）

解析 在there are後方，根據語法最有可能是名詞，語意上只有proponents符合。第二個空格barely accessible是語感或慣用搭配，也符合語意。

-- monument 紀念碑 (n.)	-- property 財產 (n.)
-- ancient 古老 (a.)	-- destroy 毀壞 (v.)

4. The **monument** located right behind this **property** was built for the purpose of remembering the **ancient** civilization **destroyed** by the ancestors of the people who are still dwelling in this area.	在這棟建物後的紀念碑是為了紀念被現在還居住在這裡的人們的祖先所毀壞的古老文明。

答案：X/J（名詞/過去分詞）

 解析 第一個空格可由後方property協助判斷出要選monument，第二個空格後方有by，是個提示點，表示前面為過去分詞，符合語意的是destroyed。

-- assume 推測 (v.)	-- diverse 多樣的 (a.)
--arrange 布置、設置 (v.)	-- uniformity 一致性 (n.)

5. I **assume** that there will be **diverse** books purposefully **arranged** but positioned with lacking any **uniformity** in this brand new library.	我推測在這間新的圖書館內，各式各樣的書籍被有意但卻缺乏一致性地陳列著。

答案：B/V（過去分詞/名詞）

 解析 第一個空格是副詞加上形容詞的搭配，形容前方的diverse books，要選arranged。第二個空格lacking any uniformity是語感或慣用搭配。

-- imagine 想像 (v.)	-- complex 複雜 (a.)
-- albeit 雖然 (conj.)	-- comprehensive 全面的、廣泛的 (a.)

6. I could just not **imagine** how **complex** this test would be, **albeit** getting a bunch of **comprehensive** reading materials as preparation references from my friends.	我簡直無法想像這個考試將會有多麼的複雜，雖然已從我朋友那邊拿到全面且充分的閱讀資料當作參考。

答案：Q/C（形容詞/形容詞）

-- attempt 嘗試（v.）	-- compensate 補償（v.）
-- inferiority 不好、劣等（n.）	-- consequence 結果（n.）

7. Professor Wang **attempted** to **compensate** for the shortcomings or feelings of **inferiority** he had ever made to his girlfriend; however, he got a bad **consequence** of everything he did.	王教授試圖對他曾經對女友所做的不好的缺失或感覺做補償，但是結果並不好。

答案：K/U（原形動詞/名詞）

 解析 第一個空格compensate for為慣用搭配，句意也符合。Feelings of inferiority也是語感。

-- critical 重要的、關鍵性的（a.）	-- depict 描述、描寫（v.）
-- adjacent 鄰近的（a.）	-- decimate 大量毀滅（v.）

8. The **critical** reason why this country had gone in a flash could be illustrated in the drawings found in this cave, **depicting** that the attack of an **adjacent** country fully **decimated** their defenses.	對於為什麼這個城市會在瞬間就不見，關鍵的原因可以從在這洞穴中發現的畫來做闡釋，這個圖案說明了因為鄰近國家的攻擊完全毀滅了他們的防護。

答案：E/S（Ving/過去分詞）

 解析 逗號後方最有可能是現在分詞的形式，depicting最符合。第二個空格則要選fully decimated才符合語意。

-- acknowledge 承認（v.）	-- ancestor 祖先（n.）
-- contrive 發明（v.）	-- counsel 勸告、忠告（v.）

9. People nowadays are supposed to **acknowledge** and be thankful for what our **ancestors** did to make our life more convenient, like **contriving** household utensils with stone and **counseling** us to be respectful to the Earth.	現今的人們應該要承認並感謝我們的祖先所做的任何可以使我們生活更便利的事情，例如發明石製的家用器具，跟對我們提出忠告說要對我們的地球尊敬。

答案：M/L（原形動詞/現在分詞當形容詞）

解析	第一個空格要選acknowledge，第二個空格，Like後方的空格最有可能為形容詞，再更詳細的描述household utensils，依句意要選contriving。

-- pollutants 汙染物質 (n.)	-- array 排列 (n.)
-- attest 證實、證明 (v.)	-- detrimental 有害的 (a.)

10. The chemical **pollutants** that these **arrays** of plants have been releasing to the land, were **attested** to be **detrimental** to the human body, especially our brains and nerve cells.	這一整排工廠排放的化學汙染物被證實對人體會有危害，特別是對人腦以及神經細胞。

答案： G/N（名詞/形容詞）

解析	第一個空格要選pollutants，chemical pollutants後加是很常見的慣用表達，第二個空格要選detrimental。

-- avid 熱切的 (a.)	-- characterize 賦予特色 (v.)
-- enthusiasm 熱情 (n.)	-- vigorous 精力旺盛的 (a.)

11. **Avid** researchers are **characterized** by **enthusiasm** for the known and **vigorous** pursuit to the unknown.	熱切的研究者被賦予對於已知事物的熱誠與熱切對於未知事物的追求。

答案： H/O（形容詞/形容詞）

解析	Researchers前方最有可能是形容詞修飾後方名詞，答案要選avid。第二個空格，vigorous pursuit亦為語感和慣用搭配。

-- inevitable 無可避免的 (a.)	-- explosion 爆炸 (n.)
-- collision 碰撞 (n.)	-- celestial 天空的 (a.)

12. Scientists just found there will be a huge, **inevitable explosion** taking place in our solar system, considered a disaster to some of the planets within it, because of the **collision** between two unknown **celestial** bodies.	科學家發現將會有一起巨大且無法避免的爆炸，發生在我們的太陽系 中，因為兩個未知星體間的碰撞，這個爆炸對一些太陽系裡的星球而 言，被視為是一場災難。

答案： W/F（名詞/形容詞）

解析	由後方的太陽系等訊息可以推測第一個空格要選explosion。第二個空格的話celestial bodies為慣用搭配。

The Legislative Yuan seems to be in heated **25.** _____ about the recently passed legislation that is **26.** _____ tax increase to ease peoples' life.

This emergent project involves **27.** _____ all the available resources from sponsors and will **28.** _____ considerable expense to enhance its accessibility.

The man that feels **29.** _____ handling these problems are considered the most **30.** _____ sign that will hamper the success of this upcoming product.

This lethal disease **31.** _____ the function of the child's lung and feet, giving rise to an **32.** _____ situation that he has to lie on a bed for the rest of his life.

You can see from stones **33.** _____ with water in greater effort constantly and perpetually that we got to **34.** _____ in what we believe and what we have in nature.

After taking a **35.** _____ journey through the hostile territory around the Middle East area, the reporter thinks this world is just a **36.** _____ that people have to fight a war for peace.

This **37.** _____ German scientist has proposed that government is supposed to have a well-prepared program to protect this **38.** _____ forest that has never been subjected to logging or development.

This **39.** _____ area has been annihilated within a short time; scientists from around the world are still probing for the cause of the **40.** _____.

Regardless of the ranking, our Chemistry Department has a good **41.** _____, but the school's science facilities are **42.** _____ lacking a bit.

With respect to climbing the **43.** _____ of your career, you have to be constantly keeping a wary eye on everything and being energetic to your work- the **44.** _____ elements to be a successful investor.

This brilliant 5-year-old child impressed the audience with his concise, **45.** _____ answers to the host's questions, manifesting his **46.** _____ capacity of making a speech in public.

The grounds he provided to explain why he murdered his wife were **47.** _____ and eventually aroused this awareness of the **48.** _____ violence.

A reputation	**B** perilous	**C** irrecoverable
D implausible	**E** inauspicious	**F** preeminent
G penetrated	**H** decimation	**I** pristine
J entail	**K** curbing	**L** zenith
M inhibited	**N** grudging	**O** prominent
P contention	**Q** persist	**R** preserved
S paradox	**T** enlisting	**U** pertinent
V essential	**W** relatively	**X** domestic

單字試題原文和中譯	
-- contention 爭論 (n.) -- curb 抑制 (v.)	-- legislation 立法, 法律 (n.) -- ease 減輕 (v.)
13. The Legislative Yuan seems to be in heated **contention** about the recently passed **legislation** that is **curbing** tax increase to ease peoples' life.	對於最近通過的籍由抑制稅金增加以減輕人民負擔的法案，立法院似乎正處於火熱的爭論當中。
答案：**P/K**（名詞/形容詞）	

 第一個空格要選contention搭配heated，第二個空格要選curbing搭tax increase且也符合句意。

-- emergent 緊急的 (a.) -- entail 承擔起 (v.)	-- enlist 謀取、募集 (v.) -- enhance 增加 (v.)
14. This **emergent** project involves **enlisting** all the available resources from sponsors and will **entail** considerable expense to **enhance** its accessibility.	這個緊急的企劃包含向資助者募集所有可行的資源，且將承擔起龐大的花費負擔來增加它的可行性。
答案：**T/J**（Ving/原形動詞）	

 第一個空格要選enlisting表募集，第二個空格可以根據空格前的關鍵字will得知其為助動詞後面要加上原形動詞，掃描選項後可以發現只有entail符合。

-- grudging 勉強的、不情願的 (a.) -- inauspicious 不吉祥的(a.)	-- considered 視為 (v.) -- hamper 阻礙 (v.)
15. The man that feels **grudging** handling these problems are **considered** the most **inauspicious** sign that will **hamper** the success of this upcoming product.	對於處理這些問題被視為是不吉利徵兆，且會阻礙即將問世的商品成功因此使得這位男子感到很不情願。
答案：**N/E**（形容詞/形容詞）	

解析 第一個空格要選grudging當受詞補語，第二個空格則根據空格前的關鍵字the most得知其後要加上最高級形容詞修飾空格後的sign，而inauspicious最符合。

-- lethal 致命的 (a.) -- giving rise to 導致 (v.)	-- inhibit 阻礙 (v.) -- irrecoverable 無法復原的 (a.)

16. This **lethal** disease **inhibited** the function of the child's lung and feet, **giving rise to** an **irrecoverable** situation that he has to lie on a bed for the rest of his life.	這個致命的疾病阻礙了這個小孩的肺部和腳的功能，且導致他的餘生都必須躺在床上這樣的一個無法挽回局面。

答案：M/C（過去式動詞/形容詞）

 解析 第一個空格要選inhibited，第二個空格要選形容詞修飾situation，句意是要形容一個無法挽回的局面。

-- penetrate 穿透、看穿 (v.) -- persist 堅持 (v.)	-- perpetually 永恆地、不斷地 (adv.) -- nature 自然、本性 (n.)

17. You can see from stones **penetrated** with water in greater effort constantly and **perpetually** that we got to **persist** in what we believe and what we have in **nature**.	你可以從那些日以繼夜滴水穿石中知道，我們必須堅信我們相信的，以及我們天生所擁有的一切。

答案：G/Q（過去芬詞/原形動詞）

 解析 第一個空格是形容詞子句的省略，所以要選過去分詞形式且符合句意的字，要選penetrated，第二個空格要選persist搭配其後的in。

-- perilous 危險的 (a.) -- hostile 懷敵意的 (a.)	-- territory 領土、版圖 (n.) -- paradox 矛盾 (n.)

18. After taking a **perilous** journey through the **hostile territory** around the Middle East area, the reporter thinks this world is just a **paradox** that people have to fight a war for peace.	在他結束了中東的一趟危險的旅程後，這位記者認為這個世界就是個矛盾的存在，因為人們必須依靠戰爭來換取和平。

答案：B/S（形容詞/名詞）

第一個空格要選perilous搭配journey，第二個空格要選paradox表示矛盾。	

-- prominent 卓越的 (a.) -- subject 使隸屬、使受到影響 (v.)	-- pristine 原始的 (a.) -- log 伐木 (v.)

19. This **prominent** German scientist has proposed that government is supposed to have a well-prepared program to protect this **pristine** forest that has never been **subjected** to **logging** or development.	這位了不起的德國科學家提議，政府應該要有一個完備的計畫來保護這片從未遭受砍伐及開發的原始森林。

答案：O/I（形容詞/形容詞）

第一個空格要選prominent形容German scientist，第二個空格要選pristine形容forest。	

-- preserved 受保育的 (a.) -- probe 調查、探測 (v.)	-- annihilated 消滅 (v.) -- decimation 大批殺害、滅絕 (n.)

20. This **preserved** area has been **annihilated** within a short time; scientists from around the world are still **probing** for the cause of the **decimation**.	這個保育區在短短的時間內就已經被消弭殆盡，而全世界的科學家目前還在持續的探索導致這次滅絕的原因。

答案：R/H（形容詞/名詞）

第一個空格要選preserved修飾area，第二個空格要選decimation表達的是「滅絕」的原因。	

-- regardless of 不論如何 (adv.) -- reputation 名聲 (n.)	-- chemistry 化學 (n.) -- relatively 相對的 (adv.)

21. **Regardless of** the ranking, our **Chemistry** Department has a good **reputation**, but the school's science facilities are **relatively** lacking a bit.	姑且不論排名，我們的化學系擁有好的名聲但是學校的科學設備就相較的缺乏。

答案：A/W（名詞/副詞）

第一個空格要選reputation表示好的名聲，第二個空格要選副詞relatively。	

-- with respect to 有關於 (adv.) -- wary 機警的 (a.)	-- zenith 頂峰 (n.) -- essential 本質的, 重要的 (a.)
22. **With respect to** climbing the **ze-nith** of your career, you have to be constantly keeping a **wary** eye on everything and being energetic to your work- the **essential** elements to be a successful investor.	有關於你事業的高峰，你必須要時時刻刻的注意身邊的事物並且對你的工作保持熱誠與活力，熱誠與活力就是可以使你成為一位成功投資者的兩個重要因素。

答案：**L/V（名詞/形容詞）**

 解析 第一個空格要選zenith表達的是事業的「高峰」，第二個空格要選essential修飾elements。

-- brilliant 聰明的 (a.) -- manifest (v.)	-- pertinent 相關的 (a.) -- preeminent 傑出卓越的 (a.)
23. This **brilliant** 5-year-old child impressed the audience with his concise, **pertinent** answers to the host's questions, **manifesting** his **preeminent** capacity of making a speech in public.	這位聰穎的五歲孩童，因為他精簡且切中問題核心的回答，展現出他在公眾發表言論之過人的能力，讓在場的觀眾驚嘆不已。

答案：**U/F（形容詞/形容詞）**

 解析 第一個空格要選pertinent修飾answers，第二個空格要選preminent修飾capacity。

-- grounds 根據 (n.) -- arouse 激起 (v.)	-- implausible 令人難以相信的 (a.) -- domestic 家庭的 (a.)
24. The **grounds** he provided to explain why he murdered his wife were **implausible** and eventually **aroused** this awareness of the **domestic** violence.	他所提出有關於他為什麼謀殺他的老婆的理由令人不敢相信，且最後還引起了對於家暴的關注。

答案：**D/X（形容詞/形容詞）**

 解析 第一個空格要選implausible表示「理由」是令人難以置信的，第二個空格要選domestic搭配violence。

This rough draft of the project needs a few **49.** _____ before you submit it, to prevent the project from being **50.** _____ because its topics might deviate from its expected gist.

Scientists have discovered that the ancient city **51.** _____ by high waves from the hurricane was full of **52.** _____ reptiles inhabiting around the large areas of the coastal community abundant with bird life.

The former CEO has divested herself most of her **53.** _____ and already **54.** _____ someone to take over all her works.

Planning to be standing at the top of this field, this young scientist has been intensely **55.** _____ himself to the study of **56.** _____ in college with his best endurance and endeavor.

The purpose of this task is to figure out how fast the certain amount of salt and sugar would evenly **57.** _____ and dissolve in water by exploiting this **58.** _____ scientific method.

Situated at the **59.** _____ of several major rivers in South America, this city has long been a transportation hub with robust groundwork of **60.** _____ water as the source of power to heat homes.

Mount Olympus has long been well-known for being the **61.** _____ place of the gods even though a few archaeologists explicitly claimed that this statement was **62.** _____.

Research studies of finding **63.** _____ energy sources have been stimulated by the funding increase and executed quite smoothly, for the purpose of **64.** _____ the sustainability of the Earth.

Standing at the **65.** _____ of a new page of his life, he has to make efforts to **66.** _____ the goal he set for making his company the most prosperous and unsurpassed business in Asia.

After the significant report regarding the corruption issue occurring between faculties and governors has been submitted, the university **67.** _____ the committee and started having an intense **68.** _____ of the members involved.

The architect's impressive interior designs **69.** _____ this church and made this a **70.** _____ achievement.

Running a prosperous business **71.** _____ a great deal of patience, speed, **72.** _____, and creativity.

A threshold	**B** groundless	**C** aborted
D engulfed	**E** delegated	**F** ensuring
G innovative	**H** devoting	**I** involves
J adorned	**K** harnessing	**L** disbanded
M physics	**N** responsibilities	**O** scrutiny
P modifications	**Q** magnificent	**R** alternative
S endangered	**T** pursue	**U** dwelling
V junction	**W** diffuse	**X** perseverance

單字試題原文和中譯

-- modification 修正 (n.) -- deviate 脫離軌道 (v.)	-- abort 停止 (v.) -- expected 預期的 (a.)
25. This rough draft of the project needs a few **modifications** before you submit it, to prevent the project from being **aborted** because its topics might deviate from its **expected** gist.	在把這個粗略的草稿交出去之前，必須要對它做一些修正來避免這個計劃因為離題而被終止。

答案：P/C （名詞/形容詞）

 解析 第一個空格要選modifications，第二個空格要選aborted。

-- engulf 捲入、淹沒 (v.) -- reptile 爬蟲類 (n.)	-- endangered 瀕臨滅絕的 (a.) -- abundant 充足的 (a.)
26. Scientists have discovered that the ancient city **engulfed** by high waves from the hurricane was full of **endangered** reptiles inhabiting around the large areas of the coastal community **abundant** with bird life.	科學家發現被颶風吹起的波浪所淹沒的古老城市裡面，在滿布鳥類的海岸邊，群居著瀕臨滅絕的爬蟲類。

答案：D/S （過去分詞/形容詞）

 解析 第一個空格從the ancient city得到另一個提示，古老城市僅有可能是被浪所淹沒，要選engulfed，第二個空格要選endangered修飾reptiles。

-- divest 剝除 (v.) -- delegate 任命 (v.)	-- responsibility 義務 責任 (n.) -- take over 接手 (v.)
27. The former CEO has **divested** herself most of her **responsibilities** and already **delegated** someone to **take over** all her works.	這個前任的CEO把她自己的職務責任都分配出去，並且已經任命其他人來接手她的工作。

答案：N/E （名詞/過去分詞）

從前面的divested可以得知將工作「責任」都分配出去了，空格最有可能的是delegated任命人來接手工作，故兩個空格分別要選responsibilities和delegated。

| -- devote 奉獻 (v.) | -- physics 物理 (n.) |
| -- endurance 忍耐力 (n.) | -- endeavor 努力 (n.) |

28. Planning to be standing at the top of this field, this young scientist has been intensely **devoting** himself to the study of **physics** in college with his best **endurance** and **endeavor**. | 計畫要站上這個領域的巔峰，這位年輕的科學家已經非常努力地把他自己奉獻給物理研究。

答案：H/M（現在分詞/名詞）

 第一個空格後有to（be devoted to = devote oneself to）要選devoting，第二個空格要選physics，可由前面的study協助判答。

| -- figure out 想出 (v.) | -- diffuse 擴散 (v.) |
| -- dissolve 溶解 (v.) | -- innovative 創新的 (a.) |

29. The purpose of this task is to **figure out** how fast the certain amount of salt and sugar would evenly **diffuse** and **dissolve** in water by exploiting this **innovative** scientific method. | 這個任務的目的就是要想出，如何能夠藉由這個新創的科學方法，來快速地將一定量的鹽巴跟糖平均地擴散與溶解在水中。

答案：W/G（原形動詞/形容詞）

 第一個空格可以根據and後方的dissolve協助判答，選diffuse，第二個空格要選innovative修飾scientific method。

| -- junction 交叉點 (n.) | -- hub 中心 (n.) |
| -- groundwork 基礎 (n.) | -- harness 使用 (v.) |

30. Situated at the **junction** of several major rivers in South America, this city has long been a transportation **hub** with robust **groundwork** of **harnessing** water as the source of power to heat homes. | 因位處於幾條主要河流的交匯處，這個南美的交通中心擁有完整的使用水作為能量來源，來做加熱房子的一個基礎。

答案：V/K（名詞/Ving or N）

 解析 第一個空格要選junction搭配後方的river，第二個空格要選harnessing。

-- dwell 居住 (v.) -- explicit 明顯的 (adv.)	-- archaeologist 考古學家 (n.) -- groundless 缺乏證據的 (a.)
31. Mount Olympus has long been well-known for being the **dwelling** place of the gods even though a few **archaeologists explicitly** claimed that this statement was **groundless**.	奧林帕斯山長久以來以作為眾神的居住地而廣為人知，即使一些考古學家清楚地宣稱這項言論是缺乏證據的。

答案：U/B（形容詞/形容詞）

 解析 第一個空格要選dwelling修飾place，第二個空格要選groundless表示這項言論是缺乏證據的」，而be動詞後加形容詞當補語。

-- alternative 替代的 (a.) -- execute 執行 (v.)	-- stimulate 激勵 (v.) -- ensure 確保 (v.)
32. Research studies of finding **alternative** energy sources have been **stimulated** by the funding increase and **executed** quite smoothly, for the purpose of **ensuring** the sustainability of the Earth.	為確保地球永續，找尋替代性能源的研究，因研究資金的增加及執行上頗為順利，已大獲鼓舞。

答案：R/F（形容詞/ Ving or N）

解析 第一個空格要選alternative搭配energy，第二個空格要選ensuring。

-- threshold 門檻 (n.) -- prosperous 繁榮的 (a.)	-- pursue 追求 (v.) -- unsurpassed 非常卓越的 (a.)
33. Standing at the **threshold** of a new page of his life, he has to make efforts to **pursue** the goal he set for making his company the most **prosperous** and **unsurpassed** business in Asia.	位處於他人生中嶄新的一頁，他必須努力的去追尋他所設定的目標，來使他的公司成為亞洲最繁盛且最卓越的公司。

答案：A/T（名詞/原形動詞）

解析 第一個空格要選threshold搭配a new page of his life，第二個空格要選pursue。

-- significant 重要的 (a.) -- disband 解除 (v.)	-- corruption 貪腐 (n.) -- scrutiny 監視 (n.)
34. After the **significant** report regarding the **corruption** issue occurring between faculties and governors has been submitted, the university **disbanded** the committee and started having an intense **scrutiny** of the members involved.	在報導有關職員與政府之間的重大舞弊之後，這間大學解除了學校的委員會並開始嚴密的監督所有參與的成員。

答案：L/O（過去式動詞/名詞）

 解析 第一個空格要選disbanded（這間大學解除了學校的委員會），第二個空格要選scrutiny。

-- architect 建築師 (n.) -- adorn 使生色 (v.)	-- impressive 令人印象深刻的 (a.) -- magnificent 華麗的 (a.)
35. The **architect**'s **impressive** interior designs **adorned** this church and made this a **magnificent** achievement.	這位建築師令人印象深刻的室內設計，使這座教堂生色，且成就了一座名勝。

答案：J/Q（過去式動詞/形容詞）

 解析 第一個空格要選adorned（這題根據語法要選過去式動詞），第二個空格要選magnificent。

-- run 經營 (v.) -- involve 包含 (v.)	-- prosperous 繁榮昌盛的 (a.) -- perseverance 毅力 (n.)
36. **Running** a **prosperous** business **involves** a great deal of patience, speed, **perseverance**, and creativity.	經營成功的事業需要很大的耐心、速度、毅力與創造力。

答案：I/X（第三人稱單數動詞/名詞）

 解析 第一個空格要選involves（動名詞當主詞後其後要加上單數動詞，且是現在式），第二個空格要選perseverance。

The lawyer **73.** _____ to deal with this case said that the suspect already knew the possible consequence of what he had done and prepared to be regarded as being the rival of **74.** _____ people in this country.

Research studies indicate that the stone with a strange shape found at the largest **75.** _____ in South Africa was **76.** _____ with a Latin inscription by a brutal captain from France.

He was struggling with all kinds of **77.** _____ taking place in his life, including being **78.** _____ of having an affair with another woman.

Inasmuch as not everyone **79.** _____ of the events she hosted, she was quite upset and disappointed thinking that everything **80.** _____ happened to her for no reason.

The speaker denied the vague **81.** _____, claiming that the statement saying that what he has done was **82.** _____ and untrue.

The incident happening at a critical point in the **83.** _____ forces the Britain authorities to consider an airlift, if the situation becomes even more **84.** _____ in the next few hours.

The American government keeps making efforts to **85.** _____ a supply line from enemy raids after an agreement to a **86.** _____ is approved.

Before **87.** _____ replacement, we have to **88.** _____ the possible reasons why all the chairs, books, and tables are all damaged and lost.

Due to the fact that the speaking you had was too vague and general, the girls, apparently, were not **89.** _____ and would not join the **90.** _____ party hosted in your apartment.

A **91.** _____ outlining how global warming would be controlled in the following years was submitted and instantly voted through, accompanied by enthusiastic **92.** _____.

People consider **93.** _____ education, which could benefit those children who are either below or above average, as a vital, concrete issue to be **94.** _____.

There is little or even no incentive to **95.** _____ this method due to the fact that the scientific **96.** _____ on which the global warming theory is based was questioned by Dr. Chen.

A amused	**B** unpleasant	**C** designated
D allegations	**E** engraved	**F** uncontrollable
G adversity	**H** dispatching	**I** applause
J standardized	**K** secure	**L** adopt
M accused	**N** investigate	**O** dealt with
P assumption	**Q** cease-fire	**R** proposal
S enormous	**T** basin	**U** upcoming
V campaign	**W** approved	**X** illegal

單字試題原文和中譯

-- designate 指派（v.） -- rival 敵人（n.）	-- consequence 結果（n.） -- enormous 廣大的（a.）

37. The lawyer **designated** to deal with this case said that the suspect already knew the possible **consequence** of what he had done and prepared to be regarded as being the **rival** of **enormous** people in this country.	被指派去處理這個案件的律師指出，嫌疑犯已知道他所做的事情可能會有的結果，且已經有被視為全民公敵的心理準備。

答案：C/S（過去分詞/形容詞）

 第一個空格要選designated（根據句意是受指派去處理這件事情），第二個空格要選enormous。

-- basin 盆地（n.） -- inscription 題字、碑銘（n.）	-- engrave 雕刻（v.） -- brutal 野蠻的（a.）

38. Research studies indicate that the stone with a strange shape found at the largest **basin** in South Africa was **engraved** with a Latin **inscription** by a **brutal** captain from France.	研究指出這個於南非最大盆地發現，有著奇怪形狀的石頭，是被一位野蠻的法國上校雕刻上拉丁文碑銘的。

答案：T/E（名詞/過去分詞）

 第一個空格要選basin，第二個空格要選engraved（be engraved with這個慣用搭配，石頭上頭雕刻上拉丁文碑銘）。

-- struggle 奮鬥（v.） -- accuse 指控（v.）	-- adversity 逆境（n.） -- affair 風流事件（n.）

39. He was **struggling** with all kinds of **adversity** taking place in his life, including being **accused** of having an **affair** with another woman.	他與在他生命中發生的逆境做搏鬥，其中包含他被指控與其他女性有婚外情。

答案：G/M（名詞/過去分詞）

第一個空格要選adversity，Of後要加上名詞或ving形式的字（**of後加上名詞當作受詞，包含動名詞**），句意是描述與在他生命中發生的逆境做搏鬥，第二個空格要選accused。

| -- insomuch as 因為（conj.） | -- approve 贊成（v.） |
| -- upset 難過（a.） | -- unpleasant 不愉快的（a.） |

| 40. **Insomuch** as not everyone **approved** of the events she hosted, she was quite **upset** and disappointed thinking that everything **unpleasant** happened to her for no reason. | 因為不是所有人都贊成她所舉辦的活動，所以她感到很難過且很失望，並覺得所有不愉快的事情都毫無原因的發生在她身上。 |

答案：W/B（過去式動詞/形容詞）

 第一個空格要選approved，第二個空格要選unpleasant，根據語法要選形容詞，然後根據句意推斷到底發生了什麼，根據前面敘述都是負面的表達。

| -- deny 否認（v.） | -- vague 模糊的（a.） |
| -- allegation 主張、申述（n.） | -- illegal 違法的（a.） |

| 41. The speaker **denied** the **vague allegations**, claiming that the statement saying that what he has done was **illegal** and untrue. | 這個講者否認這個模糊的申述並宣稱這個說他所做的事都是違法的言論不是真的。 |

答案：D/X（名詞/形容詞）

 第一個空格要選allegations，第二個空格要選illegal。

| -- incident 意外（n.） | -- critical 重要的（a.） |
| -- campaign 活動；運動（n.） | -- uncontrollable 無法控制的（a.） |

| 42. The **incident** happening at a **critical** point in the **campaign** forces the Britain authorities to consider an airlift, if the situation becomes even more **uncontrollable** in the next few hours. | 在這場活動的重要時刻所發生的意外，迫使英國官方考慮，如果接下來幾小時的情況變得無法控制的話，他們將會空運。 |

答案：V/F（名詞/形容詞）

| 解析 第一個空格要選campaign，第二個空格要選uncontrollable （More後面要加形容詞，而根據句意是要表達出情況不受控制）。 ||

-- secure 使…安全 (v.)
-- raid 突襲 (n.)

-- supply 供應 (n)
-- cease-fire 停火 (n.)

| **43.** The American government keeps making efforts to **secure** a **supply** line from enemy **raids** after an agreement to a **cease-fire** is approved. | 在停火協議的通過之後，美國政府繼續努力於使供應線安全，免於敵軍的突襲。 |

答案：K/Q（原形動詞/名詞）

 解析 第一個空格要選secure，第二個空格要選cease-fire。

-- dispatch 迅速處理 (v.)
-- investigate 調查 (v.)

-- replacement 取代、更換 (n.)
-- damaged 破壞 (v.)

| **44.** Before **dispatching replacement**, we have to **investigate** the possible reasons why all the chairs, books, and tables are all **damaged** and lost. | 在緊急處理更換之前，我們必須要調查所有椅子、書籍跟桌子為什麼都被毀壞或遺失的可能原因。 |

答案：H/N（Ving/原形動詞）

 解析 第一個空格要選dispatching （Before後最有可能是加上ving，但也有例外），第二個空格要選investigate。

-- vague 模糊的 (a.)
-- amuse 開心 被取悅 (v.)

-- apparently 明顯的 (adv.)
-- upcoming 即將到來的 (a.)

| **45.** Due to the fact that the speaking you had was too **vague** and general, the girls, **apparently**, were not **amused** and would not join the **upcoming** party hosted in your apartment. | 因為你的演說實在是太模糊又很一般，這些女生很明顯地沒有被取悅，而且也不會參加即將在你公寓舉辦的派對。 |

答案：A/U（過去分詞/形容詞）

解析 第一個空格要選amused（這題最有可能的答案是p.p，根據語意是要選取悅），第二個空格要選upcoming。

-- proposal 提議 (n.) -- accompany 伴隨 (v.)	-- instantly 立即地、馬上地 (adv.) -- applause 掌聲 (n.)

46. A **proposal** outlining how global warming would be controlled in the following years was submitted and **instantly** voted through, **accompanied** by enthusiastic **applause.**	這個描述地球暖化如何在接下來的幾年被控制住的計畫已經被提出，且馬上伴隨著熱烈的掌聲通過。

答案：R/I（名詞/名詞）

 解析 第一個空格要選proposal，第二個空格要選applause（語意表達的是熱烈的掌聲）。

-- standardized 標準化的 (a.) -- vital 重要的 (a.) -- concrete 具體的 (a.) -- deal with 處理 (v.)	

47. People consider **standardized** education, which could benefit those children who are either below or above average, as a **vital**, **concrete** issue to be **dealt with**.	人們認為標準化教育是個很重要並且要具體被處理的議題，可以有利於不論是高於水平或是低於水平的孩童。

答案：J/O（形容詞/過去分詞）

 解析 第一個空格要選standardized（根據語感可以知道standardized+education），第二個空格要選dealt with。

-- incentive 動機 (n.) -- method 方法 (n.)	-- adopt 採用 (v.) -- assumption 推測 (n.)

48. There is little or even no **incentive** to **adopt** this **method** due to the fact that the scientific **assumption** on which the global warming theory is based was questioned by Dr. Chen.	因為以科學推測為基礎的全球暖化理論遭受陳博士的質疑，所以沒有任何動機讓我們採用這個方法。

答案：L/P（原形動詞/名詞）

 解析 第一個空格要選adopt（這題由to後面可以知道其後加上動詞，且adopt this method符合語意），第二個空格要選assumption。

These two countries **97.** _____ to settle their **98.** _____ by negotiation.

The instructors have the project well-executed and hope that their efforts will **99.** _____ a sense of responsibility in both children and parents and **100.** _____ their lives.

The prosecutors of this gang **101.** _____ to overthrow the government, have been regarded as a criminal **102.** _____ that might directly violate the laws of the country.

After receiving the **103.** _____ treatment from the doctor he specified, the heart diseased patient lets us know that all his **104.** _____ have already been relieved.

The **105.** _____ candidate announced that at least three countries are going to **106.** _____ Korean imports to a maximum of twenty percent of their markets.

One of the candidates recently proposed that he would **107.** _____ modernizing the **108.** _____ of books and fruits.

He **109.** _____ cuts a branch off the tree while the superstar is taking a **110.** _____ of her coffee and straightening up a painting hung on the wall.

After walking in a garden full of ancient **111.** _____ trees, he climbed on a ladder, cut the **112.** _____ on which flowers and leaves grow, and handed it to his girlfriend.

I saw my neighbor taking off her glasses and rubbing it hard and after that, she started using furniture polish to **113.** _____ her favorite sofa back to its **114.** _____ look.

As knowing that **115.** _____ a musical instrument takes time, the host gives all the musicians **116.** _____ in this music discussion course an opportunity to voice their thoughts.

My dad **117.** _____ to the side of the road and found that there were a pile of boxes and neatly **118.** _____ pants placed in the trash bin.

My father was sitting on the lawn after carrying out **119.** _____ maintenance of the vehicle and my mom was leaning against the wall feeling tired after doing household **120.** _____.

A	acceded	**B**	symptoms	**C**	instill
D	restrict	**E**	participating	**F**	resist
G	conspired	**H**	restore	**I**	deliberately
J	stem	**K**	folded	**L**	routine
M	chores	**N**	mastering	**O**	original
P	offense	**Q**	pulled over	**R**	distribution
S	disputes	**T**	medical	**U**	gnarled
V	presidential	**W**	affect	**X**	sip

單字試題原文和中譯	
-- accede to 同意（v.） -- dispute 爭論（n.）	-- settle 使平靜（v.） -- negotiation 協商（n.）

49. These two countries **acceded to settle** their **disputes** by **negotiation**.	這兩個城市同意利用協商的方式來平緩之間的爭論。

答案： A/S（過去式動詞/形容詞）

 第一個空格要選acceded to（空格處推斷出缺一個主要動詞，且其後與to搭配），第二個空格要選dispute。

-- execute 執行（v.） -- responsibility 責任（n.）	-- instill 灌輸（v.） -- affect 影響（v.）

50. The instructors have the project well-**executed** and hope that their efforts will **instill** a sense of **responsibility** in both children and parents and **affect** their lives.	這些教授們使這個計畫完好的執行，並希望他們的努力可以灌輸家長與小孩責任感，且能夠影響他們的人生。

答案： C/W（原形動詞/原形動詞）

 第一個空格要選instill（由助動詞will得知其後要加上原形動詞），第二個空格要選affect。

-- prosecutor 實行者（n.） -- conspire 共謀（v.） -- overthrow 推翻（v.） -- offense 攻擊（n.）	

51. The **prosecutors** of this gang **conspired** to **overthrow** the government, have been regarded as a criminal **offense** that might directly violate the laws of the country.	這個派別的眾多執行者共謀要推翻政府，這樣的動作被視為是直接違反國家法律的有罪的攻擊。

答案： G/P（過去分詞/名詞）

 第一個空格要選conspired（空格處推斷出缺一主要動詞，由gang等訊息可以知道是謀反等意思），第二個空格要選offense。

-- medical 醫學的（a.） -- symptoms 症狀（n.）	-- specify 指定的（v.） -- relieve 減輕 解除（v.）
52. After receiving the **medical** treatment from the doctor he **specified**, the heart diseased patient lets us know that all his **symptoms** have already been **relieved**.	在接受了他指派的醫生所給予的醫藥治療後，這位患有心臟疾病的病人讓我們知道他所有的症狀都已經根除了。

答案： T/B（形容詞/名詞）

 解析　第一個空格要選medical，第二個空格要選symptoms。

-- presidential 總統的、首長的（a.） -- restrict 限制（v.）	-- announce 發表聲明（v.） -- import 進口（n.）
53. The **presidential** candidate **announced** that at least three countries are going to **restrict** Korean **imports** to a maximum of twenty percent of their markets.	總統候選人發表聲明，至少有三個國家正準備要抵制韓國進口，達到她們市場的20%。

答案： V/D（形容詞/原形動詞）

 解析　第一個空格要選presidential，第二個空格要選restrict，由to協助判斷其後要加上動詞，且restrict Korean imports符合句意。

-- candidate 候選人（n.） -- resist 抵抗（v.）	-- modernize 現代化（v.） -- distribution 分配（n.）
54. One of the **candidates** recently proposed that he would **resist modernizing** the **distribution** of books and fruits.	眾多候選人的其中一位最近計畫要抵制書籍與水果分配的現代化。

答案： F/R（原形動詞/名詞）

 解析　第一個空格要選resist（由would協助判斷其後加上原形動詞語意是表達抵制），第二個空格要選distribution。

-- deliberately 故意的（adv.） -- sip 啜飲（n.）	-- branch 樹枝（n.） -- straighten up 扶正（v.）

55. He **deliberately** cuts a **branch** off the tree while the superstar is taking a **sip** of her coffee and **straightening up** a painting hung on the wall.	當這位超級巨星正在小啜咖啡，並且扶正掛在牆上的畫時，他故意砍斷樹的樹枝。

答案：**I/X**（副詞/名詞）

 解析 第一個空格要選deliberately（在主詞後和動詞前僅可能是要填入副詞），第二個空格要選sip。

-- ancient 古老的（a.）	-- ladder 階梯（n.）
-- gnarled 多節的（a.）	-- stem 莖（n.）

56. After walking in a garden full of **ancient gnarled** trees, he climbed on a **ladder**, cut the **stem** on which flowers and leaves grow, and handed it to his girlfriend.	他走進一座種滿多節老樹的花園裡，攀爬上階梯，截斷長滿花跟葉子的莖，並且把它送給他的女朋友。

答案：**U/J**（形容詞/名詞）

 解析 第一個空格要選gnarled，第二個空格要選stem（這題根據語法要選名詞，語意為「截斷長滿花跟葉子的莖」）。

-- rub 摩擦（v.）	-- polish 拋光磨亮（n.）
-- restore 使回復到（v.）	-- original 原來的（a.）

57. I saw my neighbor taking off her glasses and **rubbing** it hard and after that, she started using furniture **polish** to **restore** her favorite sofa back to its **original** look.	我看到我的鄰居拿下她的太陽眼鏡用力的摩擦它，然後開始使用家具磨亮劑把她最愛的沙發回復到原來的樣子。

答案：**H/O**（原形動詞/形容詞）

 解析 第一個空格要選restore（to後方加上原形動詞，語意上指的是要將沙發回復到原狀），第二個空格要選original。

-- master 熟練（v.）	-- instrument 樂器（n.）
-- participate 加入（v.）	-- opportunity 機會（n.）

58.	As knowing that **mastering** a musical **instrument** takes time, the host gives all the musicians **participating** in this music discussion course an **opportunity** to voice their thoughts.	因為知道要駕馭一種樂器很花時間，這位主持人給了所有加入這個音樂討論課程的音樂家機會去表達他們的想法。

答案：N/E（動名詞/現在分詞）

 解析　第一個空格要選mastering，第二個空格要選participating（此題為關係代名詞子句省略，根據語法要選擇Ving形式的選項，加上其後的介係詞為in）。

-- pull over 停靠 (v.) -- neatly 整齊地 (adv.)	-- pile 疊 (n.) -- fold 摺疊 (v.)

59.	My dad **pulled over** to the side of the road and found that there were a **pile** of boxes and **neatly folded** pants placed in the trash bin.	我爸將車子停靠路旁，發現了放置於垃圾桶內的一疊書跟整齊摺好的褲子。

答案：Q/K（過去式動詞/過去分詞當形容詞）

 解析　第一個空格要選pulled over，第二個空格要選folded（根據語法要選形容詞，neatly形容folded，且符合語意）。

-- lawn 草地 (n.) -- lean 倚靠 (v.)	-- routine 例行的 (a.) -- chore 家務雜事 (n.)

60.	My father was sitting on the **lawn** after carrying out **routine** maintenance of the vehicle and my mom was **leaning** against the wall feeling tired after doing household **chores**.	在做完例行車子維修之後，我爸爸坐在草坪上；然後我媽媽做完家事之後，很累得依靠在牆邊。

答案：L/M（形容詞/名詞）

 解析　第一個空格要選routine（根據語感可以很快判斷是routine maintenance，表示定期保養），第二個空格要選chores。

Since Korea is celebrating the one hundredth **121.** _____ of the birth of Emperor Lee, the person in charge of Central Bank decides to **122.** _____ the interest rates by five percent.

The new editor of Daily Pennsylvania states that the **123.** _____ vote in the **124.** _____ of the killings happening in Brooklyn has already been nationally widespread.

We can tell from this year's **125.** _____ for AIDS prevention that probably the government's initiative to help AIDS patients has been **126.** _____.

Our government needs to make a **127.** _____ of how we take care of our elders due to the fact that supplies of food and **128.** _____ are insufficient and to ensure that all of them are safely settled down.

School of Education is **129.** _____ as one of the **130.** _____ equipped and prestigious schools in this university.

Right in the conference, researchers are proposing that nowadays Taiwan still **131.** _____ the traditional ways of celebrating Lunar Chinese New Year and people are used to having everything prepared **132.** _____.

The copy of the **133.** _____ in which their honeymoon locations are listed seems **134.** _____, so they decide to discuss with an attorney they have enough faiths in.

135. _____ is the most abundant metallic element in the Earth's crust and has been found to be fatal to human bodies, especially abdomen that contains a twenty feet long small **136.** _____.

Volcanic **137.** _____ and debris **138.** _____ always accompany other natural disasters, such as earthquake and tsunami.

With its **139.** _____ size and power, the Great Smoky Mountains is believed to be the vast storehouse of national resources, and the **140.** _____ of the mountain relies on two factors: knowledge of geology and advances in technology.

The frozen archives have been **141.** _____ gradually and give scientists unprecedented views of the history of earth's **142.** _____.

Sounds waves, like other types of **143.** _____, are **144.** _____ in an undulating manner.

A imprecise	**B** outstandingly	**C** transmitting
D retains	**E** lower	**F** intestine
G condemnation	**H** avalanches	**I** inadequate
J exploitation	**K** medications	**L** disclosed
M aluminum	**N** eruptions	**O** extraordinary
P unanimous	**Q** anniversary	**R** beforehand
S frequencies	**T** revision	**U** itinerary
V deemed	**W** budget	**X** crust

單字試題原文和中譯

-- anniversary 周年 (n.) -- lower 降低 (v.)	-- in charge 負責 (adv.) -- interest 利率 (n.)

61. Since Korea is celebrating the one hundredth **<u>anniversary</u>** of the birth of Emperor Lee, the person **in charge** of Central Bank decides to **<u>lower</u>** the **interest** rates by five percent.	因為韓國正在慶祝李皇帝的百年誕辰，負責中央銀行的人決定要降低利率達**5%**。

答案： Q/E（名詞/原形動詞）

 第一個空格要選anniversary，第二個空格要選lower（根據語感和語意要選lower，且lower the interest rates符合句意）。

-- editor 編輯 (n.) -- condemnation 有罪宣告 (n.)	-- unanimous 無異議的 (a.) -- widespread 遍及的 (a.)

62. The new **editor** of Daily Pennsylvania states that the **<u>unanimous</u>** vote in the **<u>condemnation</u>** of the killings happening in Brooklyn has already been nationally **widespread**.	賓州日報的新編輯說道，發生在布魯克林受譴責的殺人案消息遍及全美，嫌犯的有罪宣告已經無異議投票通過。

答案： P/G（形容詞/名詞）

 第一個空格要選unanimous，第二個空格要選condemnation（the後方要加上名詞condemnation，根據語意要選譴責）。

-- budget 預算 (n.) -- initiative 初步行動 (n.)	-- prevention 防止 (n.) -- inadequate 不足的 (a.)

63. We can tell from this year's **<u>budget</u>** for AIDS **prevention** that probably the government's **initiative** to help AIDS patients has been **<u>inadequate</u>**.	我們可以從今年防禦AIDS的預算中得知，可能政府幫助AIDS病患的初步行動目前為止是不足的。

答案： W/I（名詞/過去分詞）

第一個空格要選budget，第二個空格要選inadequate（has been後要加上形容詞，根據語意是要表明行動上的不足）。

-- revision 修正（n.） -- insufficient 不足的（a.）	-- medications 醫療照顧（n.） -- ensure 確保（v.）
64. Our government needs to make a **revision** of how we take care of our elders due to the fact that supplies of food and **medications** are **insufficient** and to **ensure** that all of them are safely settled down.	由於食物與醫療的不足，我們的政府必須要對如何照顧老人做出修正，並且得確保所有的人都可以被安全的安置好。

答案：T/K（名詞/名詞）

 第一個空格要選revision，第二個空格要選medications（and為對等連接詞，所以空格要選名詞且是跟前方的food有相關的）。

-- deem 認為（v.） -- equipped 設備（v.）	-- outstandingly 出眾地（adv.） -- prestigious 享有高聲望的（a.）
65. School of Education is **deemed** as one of the **outstandingly equipped** and **prestigious** schools in this university.	教育學院被認為是這個大學裡設備完善並且享譽盛名的學院之一。

答案：V/B（過去分詞/副詞）

 第一個空格要選deemed，第二個空格要選outstandingly（看到equipped可以迅速判斷出前方儘可能是副詞，表設備完善）。

-- conference 會議（n.） -- retain 保留（v.）	-- traditional 傳統的（a.） -- beforehand 事前先…（adv.）
66. Right in the **conference**, researchers are proposing that nowadays Taiwan still **retains** the **traditional** ways of celebrating Lunar Chinese New Year and people are used to having everything prepared **beforehand**.	會議中，研究者指出現今台灣依舊保留傳統慶祝農曆新年的方式，而且還說到人們習慣在事前都把所有事情都先準備好。

答案：D/R（第三人稱單數動詞/副詞）

解析	第一個空格要選retains（that子句後的主詞為Taiwan，其後要加上現在式的動詞，根據語法要選擇保留），第二個空格要選beforehand。

-- itinerary 旅行指南（n.） -- attorney 律師（n.）	-- imprecise 不清楚的（a.） -- faith 信心（n.）
67. The copy of the **itinerary** in which their honeymoon locations are listed seems **imprecise**, so they decide to discuss with an **attorney** they have enough **faiths** in.	因為記載蜜月地點的旅程指南的本子寫得不清楚，所以他們決定要跟他們信賴的律師討論。

答案：U/A（名詞/形容詞）

解析	第一個空格要選itinerary（從seems後可判斷出空格後要加入形容詞，語意是要表明指南中寫得不清晰），第二個空格要選imprecise。

-- aluminum 鋁（n.） -- abdomen 腹部（n.）	-- abundant 富有的（a.） -- intestine 腸（n.）
68. **Aluminum** is the most **abundant** metallic element in the Earth's crust and has been found to be fatal to human bodies, especially **abdomen** that contains a twenty feet long small **intestine**.	鋁是地殼中最多的金屬元素，且被發現對人體有致命性，特別是對存有二十呎長的小腸的腹部。

答案：M/F（名詞/名詞）

解析	第一個空格要選aluminum，第二個空格要選intestine（small後方要加上名詞，根據語意要選F，表達小腸這個部位）。

-- volcanic 火山的（a.） -- debris 岩屑（n.）	-- eruption 爆發（n.） -- avalanche 崩落（n.）
69. **Volcanic eruptions** and **debris avalanches** always accompany other natural disasters, such as earthquake and tsunami.	火山爆發跟岩屑崩落通常會伴隨著其他的自然災害，像是地震跟海嘯。

答案：N/H（名詞/名詞）

解析	第一個空格要選eruptions，第二個空格要選avalanche（這題要表達的是岩屑的崩落，形成一複合名詞）。

| -- extraordinary 不同凡響的（a.） | -- vast 大的（a.） |
| -- exploitation 開採、利用（n.） | -- geology 地質學（n.） |

| 70. With its **<u>extraordinary</u>** size and power, the Great Smoky Mountains is believed to be the **vast** storehouse of national resources, and the **<u>exploitation</u>** of the mountain relies on two factors: knowledge of **geology** and advances in technology. | 大煙山擁有驚人的巍壯與力量，所以被視為是自然資源的一大儲藏所，而山林的開採仰賴兩個因素：地質知識與新進的科技。 |

答案： **O/J**（形容詞/名詞）

 解析 第一個空格要選extraordinary，第二個空格要選exploitation （the後方要加上名詞，語意要表達的是山林的「開採」）。

| -- archives 檔案（n.） | -- disclosed 揭露（v.） |
| -- crust 殼（n.） | -- unprecedented 空前的（a.） |

| 71. The frozen **archives** have been **<u>disclosed</u>** gradually and give scientists **unprecedented** views of the history of earth's **<u>crust</u>**. | 被冰封的檔案漸漸地揭露，並且帶給科學家對於地殼歷史前所未有的視角。 |

答案： **L/X**（過去分詞/名詞）

 解析 第一個空格要選disclosed （have been後方要加上p.p表明被揭露），第二個空格要選crust。

| -- waves 波（n.） | -- frequencies 頻率（n.） |
| -- transmit 傳輸（v.） | -- undulating 波浪的（a.） |

| 72. Sounds **waves**, like other types of **<u>frequencies</u>**, are **<u>transmitting</u>** in an **undulating** manner. | 聲波就像是其他的頻率一樣，能以波浪的方式傳播。 |

答案： **S/C**（名詞/現在分詞）

 解析 第一個空格要選frequencies，第二個空格要選transmitting這題要表達的是正以什麼的形式傳播，要選現在分詞。

The reason why the Sun always appears in the **145.** _____ regions of the Moon is that the Moon's axis of rotation is almost **146.** _____ to the surface of its orbit around the Sun.

The presidential candidate's **147.** _____ of her viewpoints on a number of controversial issues, regarding **148.** _____ prevention, left many supporters in confusion.

The ways used to deal with global warming need to be **149.** _____ thoroughly to see which method could be properly adopted and more economically **150.** _____.

It is rare to find such an old, **151.** _____ American steam engine, which is not **152.** _____ from America but from England.

Over eighty research studies on the **153.** _____ of engineers and interior designers, about thirty found **154.** _____ risk of death from kidney cancer and heart diseases.

Over two millions of people in China nowadays have **155.** _____ or some other forms of **156.** _____ developmental disorder.

According to the **157.** _____ studies, many doctors claimed that people with a lot of phobias may be characterized as having **158.** ____ ___ high stress levels.

Scientists said that the **159.** _____ propensities of the family may extend over several generations because children may be forced to do what they are not **160.** _____ to do by their parents.

The article says that scientists are collecting ice **161.** _____ by diving a hollow tube deep into the miles thick ice sheets of **162.** _____, a large body of ice moving slowly down a slope or valley.

According to the book discussing the role of **163.** _____ played in the nation's history, we know that one underlying cause of the Civil War was for the **164.** _____ of all slaves in the South.

Since the temperature is getting higher, by mid-morning, the fog that has **165.** _____ this village just evaporates and the land covered with an **166.** _____ amount of snow appears right in front of us.

Some prestigious scientists believe that the **167.** _____ of the universe basically depends on a series of explosions, which is also essential in the formation of **168.** _____ and planets.

A	intact	**B**	excess	**C**	perpendicular
D	emancipation	**E**	epidemic	**F**	pervasive
G	feasible	**H**	psychological	**I**	criminal
J	enshrouded	**K**	glaciers	**L**	evolution
M	analyzed	**N**	illuminations	**O**	slaves
P	polar	**Q**	unusually	**R**	exceptional
S	mortality	**T**	autism	**U**	galaxy
V	cores	**W**	originally	**X**	intended

單字試題原文和中譯	
-- polar 極的（a.） -- rotation 旋轉（n.）	-- axis 軸（n.） -- perpendicular 直角的（a.）
73. The reason why the Sun always appears in the <u>**polar**</u> regions of the Moon is that the Moon's **axis** of **rotation** is almost <u>**perpendicu-lar**</u> to the surface of its orbit around the Sun.	太陽總是出現在月球的極區的原因是，因為月亮的旋轉軸幾乎跟它繞著太陽轉的軌道呈現直角。

答案：P/C（形容詞/形容詞）

 第一個空格要選polar，第二個空格要選perpendicular（這題稍難，但 is almost後方要填入的是形容詞，語意上要表達的是跟太陽轉的軌道呈現直角）。

-- illumination 闡明（n.） -- controversial 有爭議的（a.）	-- viewpoints 觀點（n.） -- epidemic 流行病（n.）
74. The presidential candidate's <u>**illu-minations**</u> of her **viewpoints** on a number of **controversial** issues, regarding <u>**epidemic**</u> prevention, left many supporters in confusion.	這位總統候選人對於一些有爭議性議題的闡明，像是流行病的預防，讓很多支持者感到疑惑。

答案：N/E（名詞/名詞）

 第一個空格要選illuminations，第二個空格要選epidemic（這題根據語感要選epidemic，且epidemic prevention符合語意）。

-- analyze 分析（v.） -- economically 合算地（adv.）	-- properly 合適地（adv.） -- feasible 可行的（a.）
75. The ways used to deal with global warming need to be <u>**analyzed**</u> thoroughly to see which method could be **properly** adopted and more **economically** <u>**feasible**</u>.	處理全球暖化的方法需要被仔細地分析過，才可以知道什麼樣的方法可以被採用，且在經濟上是比較可行的。

答案：M/G（過去分詞/形容詞）

第一個空格要選analyzed，第二個空格要選feasible（economically feasible為語感，常見的adv+adj的搭配）。	
-- rare 罕見的（a.） -- steam 蒸氣（n.）	-- intact 完整的（a.） -- originally 起源地（adv.）
76. It is **rare** to find such an old, **intact** American **steam** engine, which is not **originally** from America but from England.	這個古老又完好無缺，且又是英國產而非美國產的美國蒸汽引擎是很罕見的。

答案：A/W（形容詞/副詞）

 第一個空格要選intact（old後方要填入形容詞，最符合的是intact，表達完好無缺的狀態），第二個空格要選originally。

-- mortality 死亡率（n.） -- excess 過度（n.）	-- interior 室內的（a.） -- kidney 腎（n.）
77. Over eighty research studies on the **mortality** of engineers and **interior** designers, about thirty found **excess** risk of death from **kidney** cancer and heart diseases.	在超過八十項研究關於工程師與室內設計師的死亡率的報告中，大約三十項報告發現過高的致死危機來自腎癌與心臟疾病。

答案：S/B（名詞/名詞）

 第一個空格要選mortality，第二個空格要選excess（excess risk為慣用搭配，表示過高的致死危機）。

-- autism 自閉症（n.） -- developmental 發展性的（a.）	-- pervasive 相關的（a.） -- disorder 失調（n.）
78. Over two million of people in China nowadays have **autism** or some other forms of **pervasive developmental disorder**.	在中國大陸，超過兩百萬的人口現今患有自閉症，或是其他相關形式的發展性失調。

答案：T/F（名詞/形容詞）

 第一個空格要選autism，第二個空格要選pervasive（這題根據語法要選形容詞，表示相關形式的）。

-- psychological 心理上的（a.） -- characterized 表示有⋯特色（v.）	-- phobias 恐懼症（n.） -- unusually 不常見的（adv.）

79. According to the **psychological** studies, many doctors claimed that people with a lot of **phobias** may be **characterized** as having **unusually** high stress levels.	根據心理學研究指出，很多的醫生宣稱擁有很多恐懼症的人可能被標籤為有很多不常見的高壓力。

答案：H/Q（形容詞/副詞）

 解析 第一個空格要選psychological（根據語法要選形容詞，表明心理學的研究），第二個空格要選unusually。

-- criminal 犯罪的（a.）	-- propensity 傾向（n.）
-- extend 延長到（v.）	-- intended 意圖的（a.）

80. Scientists said that the **criminal propensities** of the family may **extend** over several generations because children may be forced to do what they are not **intended** to do by their parents.	科學家指出犯罪習慣是會傳到下一代的，因為小孩會被他們的大人逼迫去做他們不想要做的事。

答案：I/X（形容詞/過去分詞）

 解析 第一個空格要選criminal（這題語意要表明的是犯罪習慣），第二個空格要選intended。

-- cores 核心（n.）	-- hollow 空心的、中空的（a.）
-- glaciers 冰河（n.）	-- slope 斜波（n.）

81. The article says that scientists are collecting ice **cores** by diving a **hollow** tube deep into the miles thick ice sheets of **glaciers**, a large body of ice moving slowly down a **slope** or valley.	文章說，科學家正嘗試將中空的管子鑽入冰河（一大片的冰滑落斜坡或山谷）幾哩深，以收集冰核。

答案：V/K（名詞/名詞）

 解析 第一個空格要選cores，第二個空格要選glaciers（由ice sheets等可以知道空格處的名詞為跟此主題相關的）。

-- according to 根據（adv.）	-- slaves 奴隸（n.）
-- underlying 可能的（a.）	-- emancipation 解放（n.）

82. **According to** the book discussing the role of **slaves** played in the nation's history, we know that one **underlying** cause of the Civil War was for the **emancipation** of all slaves in the South.	根據這本描述奴隸在美國歷史上所扮演的角色的書，我們可以知道造成南北戰爭的可能的因素是因為南部所有奴隸的解放。

答案：O/D（名詞/名詞）

 解析 第一個空格要選slaves，第二個空格要選emancipation（指的是奴隸的解放）。

-- fog 霧 (n.) -- evaporate 蒸發 (v.)	-- enshroud 隱蔽 (v.) -- exceptional 異常的 (a.)

83. Since the temperature is getting higher, by mid-morning, the **fog** that has **enshrouded** this village just **evaporates** and the land covered with an **exceptional** amount of snow appears right in front of us.	因為氣溫逐漸升高，接近中午的時候，之前掩蓋村莊的霧氣都已經蒸發了，而且被超大量的雪所覆蓋的土地也探出頭來了。

答案：J/R（過去分詞/形容詞）

 解析 第一個空格要選enshrouded（has後要加p.p，表明隱蔽的意思，第二個空格要選exceptional。

-- prestigious 聲望很高的 (a.) -- explosions 爆炸 (n.)	-- evolution 進化 (n.) -- galaxy 銀河 (n.)

84. Some **prestigious** scientists believe that the **evolution** of the universe basically depends on a series of **explosions**, which is also essential in the formation of **galaxy** and planets.	一些享譽盛名的科學家相信，宇宙的進化基本上是基於一系列的爆炸，這些爆炸也就是銀河跟星球形成的必備要素。

答案：L/U（名詞/名詞）

 解析 第一個空格要選evolution（the後方要填入名詞表示宇宙的進化），第二個空格要選galaxy。

The funding increase has stimulated those research studies on finding **169.** _____ energy sources, making scientists perform a more **170.** _____ work on their experiment.

Situated close to the Atlantic Ocean, France has a **171.** _____ climate with temperatures ranging from fifteen to thirty Celsius degrees so that people from Greenland and Alaska would **172.** _____ a cold polar region by vacationing down south.

Many businesses were **173.** _____ while he was the Prime Minister of Britain because the constitution guarantees religious **174.** _____; that is why people decided to settle down in England.

175. _____ causes of lung cancer can include infections, the establishment of a **176.** _____ in its host after invasion, or exposure to chemical toxins, such as insecticides.

177. _____, known as the transmission of some qualities from ancestors to descendants through the **178.** _____, maybe one of the deciding factors in why some individuals become clinically obese.

He was **179.** _____ by our instructor to figure out ways to better educate retarded children, such as developing a **180.** _____ system to track records and further analyzing every action they perform in the lab.

181. _____ supplies of water and foods on this **182.** _____ island would make the establishment of a self-sustaining community much more feasible.

Exercising would be the best way to protect our **183.** _____ organs and keep them working properly because it increases bone mass and is extremely **184.** _____ to keep healthy and strong bones.

His favorite book, a classic of the mystery **185.** _____, inclined him toward a **186.** _____ career.

Even though we have already known the potential **187.** _____ of age on a woman's fertility, scientists committed to fertility research claim that this is the first time a strong **188.** _____ has been found between age and male fertility.

The study **189.** _____ indicates that a critical period does exist by which second language learning must be **190.** _____, for achieving native-like capabilities.

The idol is having an interview in which she spoke with **191.** _____ about the recent scandal; however, folks feel she is still attempting to hide something, just as how snakes **192.** _____ in the sand or rocks.

A pathogen	**B** alternative	**C** camouflage
D temperate	**E** heredity	**F** tolerance
G commissioned	**H** literary	**I** significant
J association	**K** abundant	**L** commenced
M primary	**N** genre	**O** internal
P escape	**Q** strenuous	**R** overwhelmingly
S isolated	**T** surveillance	**U** impact
V thrived	**W** genes	**X** candor

單字試題原文和中譯

-- stimulate 激勵 (v.) -- strenuous 發憤的 (a.)	-- alternative 替代的 (a.) -- experiment 實驗 (n.)
85. The funding increase has **stimulated** those research studies on finding **alternative** energy sources, making scientists perform a more **strenuous** work on their **experiment**.	研究資金的增加激勵了替代能源的研究，並且使科學家們更加努力的去做實驗。

答案：**B/Q**（形容詞/形容詞）

 第一個空格要選alternative （alternative energy sources為常見慣用搭配表明替代性的能源），第二個空格要選strenuous。

-- temperate 溫和的 (a.) -- celsius 攝氏 (n.)	-- situate 位處於 (v.) -- escape 逃離 (v.)
86. **Situated** close to the Atlantic Ocean, France has a **temperate** climate with temperatures ranging from fifteen to thirty **Celsius** degrees so that people from Greenland and Alaska would **escape** a cold polar region by vacationing down south.	法國因為靠近大西洋，而擁有溫和的氣候，且平均氣溫介於攝氏15到30度，以致於格林蘭和阿拉斯加的民眾願意逃離寒冷的極地地區，而往南度假。

答案：**D/P**（形容詞/原形動詞）

 第一個空格要選temperate（這題根據語法要填入形容詞，temperate最合適），第二個空格要選escape。

-- thrive 繁榮 (v.) -- religious 宗教的 (a.)	-- guarantee 保證 (v.) -- tolerance 忍受 (n.)
87. Many businesses were **thrived** while he was the Prime Minister of Britain because the constitution **guarantees religious tolerance**; that is why people decided to settle down in England.	當他是英國總理的時候，很多的企業因為憲法保證宗教寬容而繁榮昌盛，這也就是為什麼人們會選擇安身於英國。

答案：V/F（過去分詞/名詞）

解析 第一個空格要選thrived，第二個空格要選tolerance（religious後方要加上名詞，句意為宗教寬容或容忍）。

-- primary 主要的（a.） -- pathogen 病原體（n.）	-- infections 傳染（n.） -- invasion 侵犯（n.）

88. **Primary** causes of lung cancer can include **infections**, the establishment of a **pathogen** in its host after **invasion**, or exposure to chemical toxins, such as insecticides.	造成肺癌的主要原因為傳染（因為病毒入侵造成病原體建立在宿主身體裡，或是長期暴露於化學毒素中，例如殺蟲劑。

答案：M/A（形容詞/名詞）

解析 第一個空格要選primary，第二個空格要選pathogen（a後方要填入名詞，根據句子中的疾病相關字）。

-- heredity 遺傳（n.） -- descendants後代（n.）	-- ancestors 祖先（n.） -- genes 基因（n.）

89. **Heredity**, known as the transmission of some qualities from **ancestors** to **descendants** through the **genes**, maybe one of the deciding factors in why some individuals become clinically obese.	遺傳，特質藉著基因由祖先傳給後代，可能是有些人為何會有病學上的肥胖的主因。

答案：E/W（名詞/名詞）

解析 第一個空格要選heredity（空格為一主要名詞，後面為一同位語解釋前面名詞，經由ancestor…gene等相關字推知是heredity，第二個空格要選genes。

-- commission 指派任務（v.） -- surveillance 監視（n.）	-- retarded 延緩的（a.） -- analyze 分析（v.）

90. He was **commissioned** by our instructor to figure out ways to better educate **retarded** children, such as developing a **surveillance** system to track records and further **analyzing** every action they perform in the lab.	他被我們的指導者交代說要想出可以更好教育遲緩兒的方法，例如發展一個監看系統來記錄並分析他們在實驗室裡所做的每一個動作。

答案：G/T（過去分詞/名詞）

 第一個空格要選commissioned（根據語法要填入p.p表明被交代做某件事情），第二個空格要選surveillance。

-- abundant 富足的 (a.)　　　　　　-- isolated 隔絕的 (a.)
-- self-sustaining 自給自足的 (a.)　-- feasible 可行的 (a.)

91. **Abundant** supplies of water and foods on this **isolated** island would make the establishment of a **self-sustaining** community much more **feasible**.	這個與世隔絕的島嶼上有著豐富的水與食物的供應，這使得建造自給自足的社區更加可行。

答案：K/S（形容詞/形容詞）

 第一個空格要選abundant（空格處根據語法要填入形容詞，abundant+supplies是常見搭配），第二個空格要選isolated。

-- internal 內部 (a.)　　　-- organs 器官 (n.)
-- mass 質量 (n.)　　　　　-- significant 重要的 (a.)

92. Exercising would be the best way to protect our **internal organs** and keep them working properly because it increases bone **mass** and is extremely **significant** to keep healthy and strong bones.	運動可能是保護並使我們的內部器官功能適當的被使用的最好的方法，因為運動增加我們骨頭的質量，且使骨頭更加的強壯。

答案：O/I（形容詞/形容詞）

 第一個空格要選internal，第二個空格要選significant（這題為常見的adv+adj的搭配）。

-- mystery 神秘 (n.)　　-- genre 流派 類型 (n.)
-- incline 傾向於 (v.)　　-- literary 文學 (n.)

93. His favorite book, a classic of the **mystery genre**, **inclined** him toward a **literary** career.	他最喜歡的書，神秘類的經典書籍驅使他朝向文學的事業。

答案：N/H（名詞/形容詞）

第一個空格要選genre，第二個空格要選literary（這題要填入形容詞且表明的是文學的職涯）。

-- impact 衝擊 (n.)
-- commit 忠誠的 (a.)

-- fertility 生產 (n.)
-- association 關聯性 (n.)

94. Even though we have already known the potential **impact** of age on a woman's fertility, scientists **committed** to **fertility** research claim that this is the first time a strong **association** has been found between age and male fertility.

即使我們已經知道了年紀對於女人生產力的可能影響，致力於生育力研究的科學家們指出。這是第一次年紀與男性生產力有了強力的關聯性。

答案：U/J（名詞/名詞）

 解析 第一個空格要選impact，第二個空格要選association（根據語感strong association為常見慣用搭配）。

-- overwhelmingly 壓倒性地 (adv.)
-- achieve 達成 (v.)

-- commence 開始 (v.)
-- capabilities 能力 (n.)

95. The study **overwhelmingly** indicates that a critical period does exist by which second language learning must be **commenced**, for **achieving** native-like **capabilities**.

學說壓倒性地指出，為了能夠達到像是母語人士的能力，第二語言的學習應該要在關鍵期就開始。

答案：R/L（副詞/過去分詞）

 解析 第一個空格要選overwhelmingly，第二個空格要選commenced （must be後方要+p.p）。

-- candor 真誠 (n.)
-- attempt 試圖 (v.)

-- scandal 醜聞 (n.)
-- camouflage 偽裝 (v.)

96. The idol is having an interview in which she spoke with **candor** about the recent **scandal**; however, folks feel she is still **attempting** to hide something, just as how snakes **camouflage** in the sand or rocks.

這個偶像在訪問中真誠的說出有關最近的醜聞，然而人們仍然覺得她只是在試圖掩蓋一些東西，就像是蛇偽裝在沙子或是岩石中。

答案：X/C（名詞/動詞）

 解析 第一個空格要選candor，第二個空格要選camouflage （snakes為複數名詞，其後要加上複數動詞，語意是蛇偽裝在沙子或是岩石中）。

Five days after Montgomery civil rights activist Rosa Parks refused to **193.** _____ the city's rules mandating **194.** _____ on buses, black residents launched a bus boycott.

There will be something happening to **195.** _____ us according to the records that allow researchers to **196.** _____ the impact of vital events from volcanic eruptions to global warming.

A unique **197.** _____ to owls is that they can rotate their heads and necks as much as 270 degrees and to blue whales is that they can **198.** _____ down really deep into the ocean for long periods of time.

Animals possessing a **199.** _____ as a distinguishing anatomical feature are known as **200.** _____, including mammals, birds, reptiles, amphibians, and fishes.

Earthquakes perform shaking or **201.** _____ of the earth that could be either volcanic or tectonic in origin and may cause tsunami to be generated when the seafloor **202.** _____ deforms and vertically displaces the overlaying water.

203. _____ as a vigorous, patriotic person who runs enormous local offices, he soon becomes a leader but feels like rather overwhelmed working in the **204.** _____ environment of the big city.

Vomiting, the process of **205.** _____ the contents of the stomach through the mouth, sometimes happens when a person intentionally **206.** _____ a large amount of food and then vomits or has diarrhea, for the purpose of avoiding weight gain.

The business owner **207.** _____ aggressive investors would be more likely to believe **208.** _____ investors, but are less likely to make any mistakes.

A large number of buildings in Tokyo, Japan, from as far as eighteen miles from the **209.** _____ of the earthquake measuring 8.5 **210.** _____, suffered extensive damage.

211. _____ is usually a formal statement of the equality or equivalence of mathematical or logical expressions, such as A + B = C, or an expression representing a chemical reaction **212.** _____ by means of chemical symbols.

It was not until the end of the Civil War that the eternal **213.** _____ of wars between opposing groups of citizens **214.** _____ in the United States of America.

According to the recently revealed studies about Moon, it stated that there may be no underwater supplies that could be used for lunar **215.** _____ due to the possible fact that the interior of the Moon is **216.** _____ devoid of water.

A	equation	**B**	epicenter	**C**	segregation
D	predict	**E**	succession	**F**	trait
G	defensive	**H**	vertebrates	**I**	abruptly
J	disgorging	**K**	deemed	**L**	essentially
M	wary of	**N**	ceased	**O**	quantitatively
P	trembling	**Q**	backbone	**R**	inhabitants
S	obey	**T**	strike	**U**	magnitude
V	dive	**W**	vibrant	**X**	consumes

單字試題原文和中譯	
-- refuse 拒絕 (v.) -- mandating 強制的 (a.)	-- obey 遵守 (v.) -- segregation 隔離 (n.)
97. Five days after Montgomery civil rights activist Rosa Parks **refused** to **obey** the city's rules **mandating segregation** on buses, black residents launched a bus boycott.	在人民權利爭取者羅斯帕克拒絕遵守隔離政策五天後，黑人居民發起了巴士杯葛。

答案：**S/C** （原形動詞/名詞）

 解析　第一個空格要選obey，第二個空格要選segregation （mandating後方最可能是加上名詞且要表明隔離政策五天後）。

-- strike 襲擊 (v.) -- vital 重要的 (a.)	-- predict 預測 (v.) -- volcanic 火山的 (a.)
98. There will be something happening to **strike** us according to the records that allow researchers to **predict** the impact of **vital** events from **volcanic** eruptions to global warming.	根據讓研究者從火山爆發到全球暖化的影響的紀錄中去預測重要事件，將會有一些事情發生且襲擊我們。

答案：**T/D** （原形動詞/原形動詞）

 解析　第一個空格要選strike （to後面要加上原形動詞，表明預測重要事件），第二個空格要選predict。

-- unique 獨特的 (a.) -- rotate 旋轉 (v.)	-- trait 特色 (n.) -- dive 潛 (v.)
99. A **unique trait** to owls is that they can **rotate** their heads and necks as much as 270 degrees and to blue whales is that they can **dive** down really deep into the ocean for long periods of time.	貓頭鷹獨特的特色是他們的頭跟脖子可旋轉達到270度，而藍鯨獨特的特色是他們可以潛到很深的海底而且待很長的時間。

答案：**F/V** （名詞/原形動詞）

解析 第一個空格要選trait （unique trait為常見慣用搭配），第二個空格要選dive。

-- backbone 脊椎 (n.) -- anatomical 解剖上的 (a.)	-- distinguishing 可區分的 (a.) -- vertebrates 脊椎動物 (n.)
100. Animals possessing a **backbone** as a **distinguishing anatomical** feature are known as **vertebrates**, including mammals, birds, reptiles, amphibians, and fishes.	擁有脊椎這樣結構上可易區分的特色的動物可被視為有脊椎動物，包含哺乳類、鳥類、爬蟲類、兩棲類以及魚類。

答案： Q/H （名詞/名詞）

 解析 第一個空格要選backbone，第二個空格要選vertebrates（known as後方要加上名詞且根據其後的including得知表列舉的選項均是脊椎動物）。

-- tremble 發抖 (v.) -- deforms 解體 (v.)	-- abruptly 突然的、陡峭的 (adv.) -- vertically 垂直地 (adv.)
101. Earthquakes perform shaking or **trembling** of the earth that could be either volcanic or tectonic in origin and may cause tsunami to be generated when the seafloor **abruptly deforms** and **vertically** displaces the overlaying water.	地震（搖晃與震動）有可能是火山或是板塊造成的，而且當海床突然解體且垂直取代覆蓋的水體，還有可能會造成海嘯的發生。

答案： P/I （現在分詞/副詞）

 解析 第一個空格要選trembling，第二個空格要選abruptly（在主詞和主要動詞間僅可能填入的是副詞，且要表明突然解體）。

-- deem 認為 (v.) -- patriotic 有愛國心的 (a.)	-- vigorous 精力旺盛的、健壯的 (a.) -- vibrant 響亮的、戰慄的 (a.)
102. **Deemed** as a **vigorous, patriotic** person who runs enormous local offices, he soon becomes a leader but feels like rather overwhelmed working in the **vibrant** environment of the big city.	這位被認為是個精力旺盛、富有愛國心，且經營多家公司的人，很快的 成為了領導者，但卻越覺得在令人感到戰慄的大城市裡努力很有壓力。

答案： K/W （過去分詞/形容詞）

第一個空格要選deemed （deemed as為慣用搭配，表明被認為是…），第二個空格要選vibrant。

-- vomit 嘔吐 (v.) -- consume 消耗 (v.)	-- disgorge 吐出、流出 (v.) -- diarrhea 腹瀉 (n.)
103. Vomiting, the process of **disgorging** the contents of the stomach through the mouth, sometimes happens when a person intentionally **consumes** a large amount of food and then vomits or has **diarrhea**, for the purpose of avoiding weight gain.	嘔吐，一種胃裡的東西從嘴巴流出的過程，時常發生在為了減重而刻意地吃太多，然後發生嘔吐或是腹瀉的狀況。

答案： J/X （Ving/第三人稱單數動詞）

 第一個空格要選disgorging（這裡根據句意要選吐出），第二個空格要選consumes。

-- wary of 當心的、警惕留心的 (a.) -- investors 投資者 (n.)	-- aggressive 侵略的、好鬥的 (a.) -- defensive 防備的、防禦性的 (a.)
104. The business owner **wary of aggressive** investors would be more likely to believe **defensive investors**, but are less likely to make any mistakes.	提防激進投資者的企業家比較相信防備心較強且較少犯錯的投資者。

答案： M/G （形容詞/形容詞）

 第一個空格要選wary of，第二個空格要選defensive （investors前方僅可能是形容詞，表明防衛性強的投資客）。

-- epicenter 震央 (n.) -- magnitude 震度 (n.)	-- earthquake 地震 (n.) -- extensive 擴大的、廣泛的 (a.)
105. A large number of buildings in Tokyo, Japan, from as far as eighteen miles from the **epicenter** of the **earthquake** measuring 8.5 **magnitude**, suffered **extensive** damage.	大量的日本東京建築物，甚至遠至地震震央十八英里外，測出震度8.5級的震度，而遭受大規模的災害。

答案： B/U （名詞/名詞）

解析 第一個空格要選epicenter（根據句子中其他敘述均為跟地震相關的字句，根據語意要選震央），第二個空格要選magnitude。

-- equation 相等、等式 (n.) -- equivalence 相同、等價 (n.)	-- equality 相等 (n.) -- quantitatively 定量地 (adv.)
106. **Equation** is usually a formal statement of the **equality** or **equivalence** of mathematical or logical expressions, such as A + B = C, or an expression representing a chemical reaction **quantitatively** by means of chemical symbols.	等式通常被視為是數學上或是邏輯表達上相等概念的一種表達方式，例如 A＋B＝C，或者是一種藉由化學符號量化化學反應的表達方式。

答案：**A/O** （名詞/副詞）

 解析 第一個空格要選equation（空格要填入主要的主詞equation是唯一符合此數學類主題的字），第二個空格要選quantitatively。

-- eternal 永恆的、無窮的 (a.) -- citizens 市民、公民 (n.)	-- succession 連續 (n.) -- cease 停止 (v.)
107. It was not until the end of the Civil War that the **eternal succession** of wars between opposing groups of **citizens ceased** in the United States of America.	直到南北戰爭結束，美國人民兩派間無止境的戰爭才得以結束。

答案：**E/N** （名詞/過去式動詞）

 解析 第一個空格要選succession （eternal後方要填入的是名詞表示一個無終止的戰事），第二個空格要選ceased。

-- reveal 透露、表明 (v.) -- essentially 實質上、本質上 (adv.)	-- inhabitant 居民、住戶 (n.) -- devoid of 全無的、缺乏 (a.)
108. According to the recently **revealed** studies about Moon, it stated that there may be no underwater supplies that could be used for lunar **inhabitants** due to the possible fact that the interior of the Moon is **essentially devoid of** water.	根據最近發表的有關月亮的研究，因為事實顯示月球內部實質上是缺乏水資源的，所以月球上可能沒有可供居住用的地下水。

答案：**R/L** （名詞/副詞）

 解析 第一個空格要選inhabitant，第二個空格要選essentially （essentially devoid of water為常見的慣用搭配，在句子中僅可能再填入副詞）。

The hospital's operating rooms are full of the latest medical **217. _____** that could be especially helpful for doctors to save people and increase **218. _____** strength and experiences.

Nowadays, a large number of people in Korea were **219. _____** about the misconduct of their president on **220. _____** the scandal even though they had voted for her.

The audience of The Ellen Show **221. _____** cherishes every opportunity to win free flight tickets and free presents **222. _____** by other organizations.

Even though the movie is partially fictional, it still **223. _____** some historical events of the **224. _____** of Abraham Lincoln.

I can hear the **225. _____** sounds from the land of our planet while looking at the **226. _____** chart that shows nearly sixty percent of the Earth's natural forests and wild lives have already been destroyed and extinct, according to the World Resource Institute.

Researchers and scientists have been **227. _____** in finding a cure for SARS, AIDS, and Ebola **228. _____** due to a lack of funding by the academy.

The murderer's **229. _____** killing has been linked to wrongly identify foreigners as **230. _____**.

Most scientists speculate that volcanos located away from the edges of **231. _____** plates are the cause but the studies state that **232. _____** of lava rising from deep in the Earth might be the actual cause.

The game asks competitors to remember a list of twenty **233.** _____ items in a minute; as a result, team A gets the items faster and **234.** _____ the items in mind longer than other teams, by means of listing the given items in an organized fashion.

This castle was **235.** _____ by a group of Humanitarians who were determined to create a settlement for those **236.** _____ in the Philadelphia jails.

The **237.** _____ machinery, style of work, and ideology of nonviolence and freely given cooperation in the United States were **238.** _____ originally from England, the world's most industrialized country in the eighteenth century.

After reading the study, an expert implies that a tsunami, **239.** _____ at sea, can grow up to several **240.** _____ or more in height near the coast, due to its shoaling effect.

A imprisoned	**B** retains	**C** hotspot
D donated	**E** chronicles	**F** apparatus
G appalled	**H** grim	**I** imperceptible
J handicapped	**K** spread	**L** intruders
M tackling	**N** household	**O** industrial
P assassination	**Q** continental	**R** established
S definitely	**T** groaning	**U** deliberate
V virus	**W** surgical	**X** meters

單字試題原文和中譯	
-- operating 操作 (n.) -- surgical 外科的、手術上的 (a.)	-- apparatus 設備、器具 (n.) -- strength 力量、實力 (n.)

109. The hospital's **operating** rooms are full of the latest medical **apparatus** that could be especially helpful for doctors to save people and increase **surgical** **strength** and experiences.	醫院的手術室擺滿了最新的醫療器材，其特別對醫生救人，以及增加手術經驗與實力有幫助。

答案： F/W（名詞/形容詞）

 解析 第一個空格要選apparatus（medical apparatus為常見的慣用搭配），第二個空格要選surgical。

-- appall 驚恐 (v.) -- tackle 處理 (v.)	-- misconduct 錯誤處置 (n.) -- vote 投票 (v.)

110. Nowadays, a large number of people in Korea were **appalled** about the **misconduct** of their president on **tackling** the scandal even though they had **voted** for her.	現在大多數的韓國人民對於他們總理處理緋聞的錯誤方式感到很驚恐，縱使他們在之前的選舉是投給她的。

答案： G/M（過去分詞/Ving）

 解析 第一個空格要選appalled （were後方要加入p.p且要表明出驚嚇到），第二個空格要選tackling。

-- definitely 一定地 (adv.) -- organization 組織 (n.)	-- cherish 珍惜 (v.) -- donate 捐贈 (v.)

111. The audience of The Ellen Show **definitely** **cherishes** every opportunity to win free flight tickets and free presents **donated** by other **organizations**.	《艾倫秀》的觀眾們非常珍惜有機會可以贏得其他組織所捐贈的免費機票及禮物。

答案： S/D（副詞/過去分詞）

解析 第一個空格要選definitely，第二個空格要選donated（空格後方為by，可以推斷出前方為過去分詞，表明由其他機構所捐贈）。

-- fictional 虛構的、小說的 (a.) -- historical 歷史上的 (a.)	-- chronicle 載入編年史 (v.) -- assassination 暗殺、行刺 (n.)
112. Even though the movie is partially **fictional**, it still **chronicles** some **historical** events of the **assassination** of Abraham Lincoln.	雖然這部電影有部分是虛構的，但是這部電影還是有照著編年史的形式來敘述亞伯拉罕・林肯的行刺事件。

答案：E/P（第三人稱單數動詞/名詞）

 解析 第一個空格要選chronicles（It still後要加入現在式單數動詞），第二個空格要選assassination。

-- groan 呻吟、嘆息 (v.) -- destroy 破壞 (v.)	-- grim 冷酷的、殘忍的 (a.) -- extinct 滅絕的 (a.)
113. I can hear the **groaning** sounds from the land of our planet while looking at the **grim** chart that shows nearly sixty percent of the Earth's natural forests and wild lives have already been **destroyed** and **extinct**, according to the World Resource Institute.	當我看著這個殘酷的圖表上顯示著根據World Resource Institute 的調查，近六成地球上的自然森林及野生動物已經被破壞且滅絕，我可以聽到從我們的土地傳來的嘆息聲。

答案：T/H（形容詞/形容詞）

 解析 第一個空格要選groaning，第二個空格要選grim（空格中要填入形容詞，表明殘忍的圖表）。

-- lack 缺乏、欠缺 (n.) -- cure 治癒 (n.)	-- handicap 加障礙於、妨礙 (v.) -- virus 病毒 (n.)
114. Researchers and scientists have been **handicapped** in finding a **cure** for SARS, AIDS, and Ebola **virus** due to a **lack** of funding by the academy.	由於缺乏來自科學院的資金支持，研究員和科學家在關於治癒 SARS、AIDS以及伊波拉病毒方面的研究受到了阻礙。

答案：J/V（過去分詞/名詞）

 解析 第一個空格要選handicapped （have been後方要加上p.p，表示此項研究受到阻礙），第二個空格要選virus。

-- murderer 謀殺者 (n.)	-- deliberate 刻意的 (adj.)
-- foreigner 外來者 (n.)	-- intruder 入侵者 (n.)

115. The **murderer's** **deliberate** killing has been linked to wrongly identify **foreigners** as **intruders**.	謀殺者的蓄意謀殺與錯誤判定外來者為入侵者有關。

答案：U/L（形容詞/名詞）

 解析 第一個空格要選deliberate，第二個空格要選intruder （as後方要加上名詞，表示入侵者）。

-- speculate 深思、推測 (v.)	-- continental 大陸的、洲的 (a.)
-- plate 板塊 (n.)	-- hotspot 熱點 (n.)

116. Most scientists **speculate** that volcanos located away from the edges of **continental** plates are the cause but the studies state that **hotspot** of lava rising from deep in the Earth might be the actual cause.	大部分的科學家推測說遠離大陸板塊邊緣的火山是主因，但是研究指出從地球深處上升的熔岩熱點可能才是真正的主因。

答案：Q/C（形容詞/名詞）

 解析 第一個空格要選continental，第二個空格要選hotspot （that後方要填入名詞，為一名詞片語表明熔岩的熱點）。

-- competitor 競賽 (n.)	-- household 家庭的 (a.)
-- fashion 方式 (n.)	-- retain 保持 (v.)

117. This game asks **competitors** to remember a list of twenty **household** items in a minute; as a result, team A gets the items faster and **retains** the items in mind longer than other teams, by means of listing the given items in an organized **fashion**.	這個遊戲要求應賽者要在一分鐘內記住表單上的二十件家用物品，結果A組藉由把這些物品做有組織性的排列，而成為最快完成且在心裡記住這些物品最久的隊伍。

答案：N/B（形容詞/第三人稱單數動詞）

 解析 第一個空格要選household，第二個空格要選retains （and後方需要填入現在式動詞，表示記住這些物品）。

-- establish 建造 (v.) -- determined 決心的、堅決的 (a.)	-- humanitarian 人道主義者 (n.) -- imprison 限制、監禁 (v.)
118. The castle was **established** by a group of **Humanitarians** who were **determined** to create a settlement for those **imprisoned** in the Philadelphia jails.	這座城堡由一群人道救援者所造，他們決心要為被監禁於費城監獄的人創建一個可安身立命的地方。

答案： R/A （過去分詞/過去分詞）

 解析 第一個空格要選established，第二個空格要選imprison （those後省略 who were，空格要填入過去分詞，被監禁在監獄的人）。

-- industrial 工業的 (a.) -- cooperation 合作、協力 (n.)	-- ideology意識形態、觀念學 (n.) -- spread 散佈、傳播 (v.)
119. The **industrial** machinery, style of work, and **ideology** of nonviolence and freely given **cooperation** in the United States were **spread** originally from England, the world's most industrialized country in the eighteenth century.	在美國，工業化的機器、工作型態、以及反暴力和合作這樣的意識形態，最剛開始是從英國這個在十七世紀是世界上最工業化的國家傳播過來的。

答案： O/K （形容詞/過去分詞）

 解析 第一個空格要選industrial，第二個空格要選spread （were後方要加過去分詞，僅有spread也符合語意）。

-- imply 暗示、意味 (v.)   -- imperceptible 不能感知的、細微的 (a.)   -- meter 公尺 (n.)   -- coast 海岸 (n.)

120. After reading the study, an expert **implies** that a tsunami, **imperceptible** at sea, can grow up to several **meters** or more in height near the **coast**, due to its shoaling effect.	這位專家在讀完這份研究之後，暗示因為淺灘效應，海嘯是無法被注意到的，且會在沿海升高幾公尺甚至更高。

答案： I/X （形容詞/名詞）

 解析 第一個空格要選imperceptible（空格前為一形容詞子句的省略，故空格要填入形容詞，表明幾乎察覺不到的），第二個空格要選meter。

For infected cells to be healed and a high degree of **241.** _____ to be developed, adjusting eating habits and **242.** _____ a balanced lifestyle are the key.

Our intestines need **243.** _____ bacteria to keep our body **244.** _____ from infection.

Some great works were **245.** _____ during the financial ruin of **246.** _____ World War II.

Medical **247.** _____ are so innovative that they are revolutionizing how doctors **248.** _____ and monitor medical conditions.

Becoming addicted to drugs can lead to **249.** _____ insanity in drug **250.** _____.

Extreme **251.** _____ from the boss is a direct cause for patients suffering from **252.** _____.

It would be possible to return to pre-settlement landscapes, existing **253.** _____ European contact, with instigating burning and **254.** _____ reduction through forest thinning.

The expert said that high rainfall amounts, **255.** _____ winter storms, and steep terrain areas are all **256.** _____ to land sliding, which is also found to be especially high in the median range of elevation.

The government believes the two **257.** _____ are still alive in that someone intentionally **258.** _____ the talking between these two notorious leaders in this record.

Scientists claimed that the possible reason why a tsunami not only **259.** _____ at high speeds, but also travels great distances with limited energy losses is that the rate at which a wave loses its energy is **260.** _____ related to its wave length.

They use the **261.** _____ to generate predictions that **262.** _____ catastrophic events might happen only to one or more mountains in Asia.

He, in spite of having a lumbering sort of **263.** _____, is quite effective as a trainer who knows how all animals **264.** _____ their prey.

A	insomnia	**B**	intercepted	**C**	incurable
D	conducive	**E**	fuel	**F**	resistance
G	beneficial	**H**	inversely	**I**	diagnose
J	impending	**K**	approaching	**L**	lure
M	abuse	**N**	intense	**O**	hypothesis
P	maintaining	**Q**	stress	**R**	character
S	produced	**T**	immuned	**U**	propagates
V	apparatuses	**W**	prior to	**X**	hostages

單字試題原文和中譯

-- heal 治療、痊癒 (v.) -- adjust 調整 (v.)	-- resistance 抵抗、反抗 (n.) -- maintain 維持 (v.)

121. For infected cells to be **healed** and a high degree of <u>**resistance**</u> to be developed, **adjusting** eating habits and <u>**maintaining**</u> a balanced lifestyle are the key.	感染細胞要痊癒且發展出高抵抗力，調整飲食習慣和維持均衡生活方式是關鍵。

答案： **F/P**（名詞/動名詞）

 解析 第一個空格要選resistance，of後要加ving or n（**of後加上名詞當作受詞，包含動名詞**），a high degree of resistance為常見的搭配，第二個空格要選maintaining。

-- beneficial 好處的 (a.) -- immune 免疫的、不受影響的 (a.)	-- bacteria 細菌 (n.) -- infection 感染 (n.)

122. Our intestines need <u>**beneficial bacteria**</u> to keep our body <u>**immuned**</u> from **infection**.	我們的腸道需要有益菌來維持我們身體免於感染。

答案： **G/T**（形容詞/過去分詞）

 解析 第一個空格要選beneficial（beneficial bacteria為常見的慣用搭配），第二個空格要選immuned。

-- work 作品 (n.) -- ruin 毀壞 (v.)	-- produce 產出 (v.) -- impending 迫切的 (a.)

123. Some great **works** were <u>**produced**</u> during the financial **ruin** of <u>**impending**</u> World War II.	許多偉大作品在二次世界大戰迫近的財政崩壞時期下產出。

答案： **S/J**（過去式動詞/形容詞）

 解析 第一個空格要選produced（句意要表達的是二戰的迫近），第二個空格要選impending。

-- apparatus 儀器、器具 (n.) -- revolutionize 徹底改革 (v.)	-- innovative 創新的、改革的 (a.) -- diagnose 診斷 (v.)

124. Medical **apparatuses** are so **innovative** that they are **revolutionizing** how doctors **diagnose** and monitor medical conditions.	醫療器材是如此創新以致於他們令醫生如何診斷和監控醫療狀況產生了革新。

答案：V/I（名詞/複數動詞）

 解析 第一個空格要選apparatus，第二個空格要選diagnose（根據對等連接詞and可以判斷出and前方也要用複數動詞）。

-- addicted to 上癮的 (a.)	-- incurable 不能醫治的 (a.)
-- insanity 精神錯亂 (n.)	-- abuse 濫用、虐待 (n.)

125. Becoming **addicted to** drugs can lead to **incurable insanity** in drug **abuse**.	藥物沉癮可能導致因藥物濫用引起的無法治癒的精神錯亂。

答案：C/M（形容詞/名詞）

 解析 第一個空格要選incurable（空格中要填入形容詞表示無法治癒的第二個空格要選abuse。

-- stress 壓力 (n.)	-- direct 直接的 (adj.)
-- suffer 受痛苦 (v.)	-- insomnia 失眠 (n.)

126. Extreme **stress** from the boss is a **direct** cause for patients **suffering** from **insomnia**.	老闆給予過度的壓力是病人們飽受失眠困擾的直接原因。

答案：Q/A（名詞/名詞）

 解析 第一個空格要選stress，第二個空格要選insomnia （from後要加上名詞且為一個病徵）。

-- prior to 在前、居先 (prep)	-- instigate 唆使、煽動 (v.)
-- fuel 燃料 (n.)	-- reduction 削減 (n.)

127. It would be possible to return to pre-settlement landscapes, existing **prior to** European contact, with **instigating** burning and **fuel** reduction through forest thinning.	透過森林間伐，利用燃燒及縮減燃料把土地回復到歐洲人接觸前的樣子，是有可能的。

答案：W/E（介係詞片語/名詞）

-- intense 緊張的、強烈的（a.） -- conducive 有助的、有益的（a.）	-- terrain 地帶、地形（n.） -- elevation 海拔、提高（n.）
128. The expert said that high rainfall amounts, **intense** winter storms, and steep **terrain** areas are all **conducive** to land sliding, which is also found to be especially high in the median range of **elevation**.	專家説高降雨量、強烈的冬季風暴以及陡峭的地形都會促成土石流，且其也被發現特別容易發生於中海拔的地區。

答案：N/D（形容詞/形容詞）

 第一個空格要選intense，第二個空格要選conducive（這題要表達的是促成土石流這個現象，空格中要選conducive）。

-- hostage 人質、抵押品（n.） -- intercept 攔截、截斷（v.）	-- alive 活潑的、活著的 -- notorious 惡名昭彰的（a.）
129. The government believes the two **hostages** are still **alive** in that someone intentionally **intercepted** the talking between these two **notorious** leaders in this record.	政府方面相信這兩位人質還依舊活著，因為有人在這卷錄音中刻意打斷了這兩位惡名昭彰的領導者的對話。

答案：X/B（名詞/過去分詞）

 第一個空格要選hostages，第二個空格要選intercepted（副詞子句中缺少一主要動詞且intentionally剛好修飾動詞，根據句意要選攔截）。

-- tsunamis 海嘯（n.） -- inversely 相反地、增值地（adv.）	-- propagate 繁殖、增值（v.） -- length 長度、全長（n.）
130. Scientists claimed that the possible reason why a **tsunami** not only **propagates** at high speeds, but also travels great distances with limited energy losses is that the rate at which a wave loses its energy is **inversely** related to its wave **length**.	科學家指出海嘯為什麼能夠在高速下快速地增值增量，且其海浪能夠移動很長的距離卻只有很少的能量損失，其原因為海浪的能量損失與波長呈現相反關係。

答案：U/H（第三人稱單數動詞/副詞）

 解析 第一個空格要選propagates，第二個空格要選inversely（這題也是常見的搭配，以inversely…to表明與什麼成反比）。

-- hypothesis 假設（n.）
-- approaching 接近（a.）

-- predictions 預言、預報（n.）
-- catastrophic 災難的（a.）

131. They use the **hypothesis** to generate **predictions** that **approaching catastrophic** events might happen only to one or more mountains in Asia.

他們用假設法推出預言，並指出在亞洲的幾座山區可能即將發生災難事件。

答案：O/K（名詞/形容詞）

 解析 第一個空格要選hypothesis，第二個空格要選approaching（這題要選形容catastrophic events的形容詞，最符合的是approaching）。

-- lumber 笨重的、無用的（a.）
-- lure 引誘（v.）

-- character 個性、天性（n.）
-- prey 被掠食者、犧牲者（n.）

132. He, in spite of having a **lumbering** sort of **character**, is quite effective as a trainer who knows how all animals **lure** their **prey**.

他雖然天生駑鈍，但做為一位知道所有動物是如何引誘獵物的訓練師還蠻成功的。

答案：R/L（名詞/複數動詞）

 解析 第一個空格要選character，第二個空格要選lure（空格前的主詞為animals，句子中缺少了主要動詞且要是複數動詞）。

We could see inside the cave deep down the Pacific Ocean without a flashlight due to the fact that there are full of **265.** _____ fungus and **266.** _____.

The **267.** _____ of this machine that the accused murders were in charge of might be the primary reason why he was **268.** _____ by many aggressive mobs in this village.

The model, having **269.** _____, a prolonged disorder of eating due to inadequate or unbalanced intake of nutrients, has to be hospitalized because of **270.** _____.

We **271.** _____ applying for your top universities as early as possible to keep the enrollment procedures in a **272.** _____ level.

The news reporter said that **273.** _____ body parts of an anonymous woman were found completely spread in this square with head on the swing, **274.** _____ in a tree, and a leg in a fountain.

The **275.** _____ of a mother and her children, the most famous in this museum, depicts the very **276.** _____ of maternal love.

Elephants have long been taught some hand signs and techniques to **277.** _____ drawing tools and to understand some spoken **278.** ____ ___.

279. _____ of architecture, literature, sculpture, painting and more are mostly inspired by **280.** _____ and mythological characters.

Even though people are **281.** _____ considered reaching the maturity at the age of eighteen in almost all Asian countries, the

282. _____ is still there. Maturity and wisdom are regarded as necessities to run a company.

283. _____, ten is the medial number between five and fifteen; anatomically, the part located in the medial part of the knee structure, **284.** _____ the knee when a person is in an upright position, is called anterior cruciate ligament.

Anorexic girls might have some **285.** _____ and physical disorders, say, having an extreme fear of gaining weight or missing at least half a year **286.** _____ menstrual period.

287. _____ can refer to all chemical reactions that occur in living organisms, such as digestion and transport of substances into or between different cells. For example, the **288.** _____ hydrolyzed from Starch by your body is metabolized and used for energy.

A	discrepancy	**B**	myths	**C**	lynched
D	luminescent	**E**	malnutrition	**F**	mangled
G	stabilizing	**H**	manifestation	**I**	manageable
J	consecutive	**K**	manipulate	**L**	metabolism
M	squid	**N**	mathematically	**O**	glucose
P	anorexia	**Q**	legally	**R**	commands
S	malfunction	**T**	recommend	**U**	portrait
V	torso	**W**	mental	**X**	masterpieces

單字試題原文和中譯	
-- cave 洞穴（n.） -- fungus 菌類、蘑菇（n.）	-- luminescent 發光的（a.） -- squid 烏賊（n.）

133. We could see inside the **cave** deep down the Pacific Ocean without a flashlight due to the fact that there are full of **luminescent fungus** and **squid**.	因為這裡遍布會發光的菌類與烏賊，所以我們可以不用手電筒就很深入的看到這個位處於太平洋底部的洞穴。

答案：D/M（形容詞/名詞）

 解析　第一個空格要選luminescent（空格要選形容詞修飾後方兩個名詞，指發光的菌類與烏賊），第二個空格要選squid。

-- malfunction 故障（n.） -- lynch 處以私刑（v.）	-- accused 被指控（v.） -- mob 暴民、暴徒（n.）

134. The **malfunction** of this machine that the **accused** murders were in charge of might be the primary reason why he was **lynched** by many aggressive **mobs** in this village.	這個被指控的謀殺犯所負責的機器故障部分，有可能是為什會他會被這個村莊裡許多激進的暴徒處以私刑的原因。

答案：S/C（名詞/過去分詞）

 解析　第一個空格要選malfunction，第二個空格要選lynched（空格中要填入過去分詞且根據句意要選處以私刑才符合語意）。

-- anorexia 厭食（n.） -- nutrients 營養物（n.）	-- prolong 延長、拖延（v.） -- malnutrition 營養失調、營養不良（n.）

135. The model, having **anorexia**, a **prolonged** disorder of eating due to inadequate or unbalanced intake of **nutrients**, has to be hospitalized because of **malnutrition**.	這位模特兒患有厭食症，一種因為營養的攝取不足與不平衡而造成的飲食長期失調，所以營養失調的她必須被迫住院。

答案：P/E（名詞/名詞）

解析 第一個空格要選anorexia，第二個空格要選malnutrition（because of 後加名詞，要選跟營養主題相關的字）。

-- recommend 推薦 (v.)	-- procedure 程序、過程 (n.)
-- enrollment 登記 (n.)	-- manageable 易控制的、易管理的 (a.)

136. We **recommend** applying for your top universities as early as possible to keep the **enrollment procedures** in a **manageable** level.	為了可以讓登記的程序可以達到最好管理的狀態，我們推薦越早申請妳的前幾志願學校越好。

答案：T/I（複數動詞/形容詞）

 解析 第一個空格要選recommend，第二個空格要選manageable（空格中要填入形容詞形容level，句意指的是管理的狀態）。

-- mangled 亂砍、損毀 (v.)	-- anonymous 沒署名的 (a.)
-- spread 散佈 (v.)	-- torso 軀幹 (n.)

137. The news reporter said that **mangled** body parts of an **anonymous** woman were found completely **spread** in this square with head on the swing, **torso** in a tree, and a leg in a fountain.	記者報導指出，這個無名女屍被毀損的屍塊散佈在這個廣場上，頭在鞦韆上、軀幹在樹上，以及腳在噴泉裡。

答案：F/V（過去分詞/名詞）

 解析 第一個空格要選mangled（空格中要填入形容詞修飾body，表示受到毀損的），第二個空格要選torso。

-- portrait 肖像 (n.)	-- depict 描述、描繪 (v.)
-- manifestation 顯示、證明 (n.)	-- maternal 母親的 (a.)

138. The **portrait** of a mother and her children, the most famous in this museum, **depicts** the very **manifestation** of maternal love.	這個博物館裡最著名的畫作，一位母親與她的孩子的肖像畫，描述了母愛的顯現。

答案：U/H（名詞/名詞）

 解析 第一個空格要選portrait，第二個空格要選manifestation（空格中要填入名詞，表示母愛的彰顯，考試中也常見the very definition這樣的搭配）。

-- techniques 技巧、技法 (n.)	-- signs 記號、標誌 (n,)
-- manipulate 操作、利用 (v.)	-- commands 命令、指令 (n.)

139. Elephants have long been taught some hand **signs** and **techniques** to **manipulate** drawing tools and to understand some spoken **commands**.	大象長久被指導一些手勢以及操作繪畫工具，並且了解一些口語指令的技巧。

答案：K/R（原形動詞/名詞）

 第一個空格要選manipulate（空格中要填入原形動詞，表示操作這些器具），第二個空格要選commands。

-- masterpieces 傑作、名著 (n.)	-- architectures 建築相關理論、風格 (n.)
-- sculpture 雕塑 (n.)	-- myth 神話、虛構的人事 (n.)

140. **Masterpieces** of **architecture**, literature, **sculpture**, painting and more are mostly inspired by **myths** and mythological characters.	建築、文學、雕塑、繪畫及更多方面的傑作主要都是受到神話及神話虛構人物所激發而有靈感的。

答案：X/B（名詞/名詞）

 第一個空格要選masterpieces，第二個空格要選myths（空格中要選名詞且可以由空格後的主題協助判答）。

-- legally 法律上合法地 (adv.)	-- maturity 成熟、完備 (n.)
-- discrepancy 矛盾、差異 (n.)	-- wisdom 智慧、學識 (n.)

141. Even though people are **legally** considered reaching the **maturity** at the age of eighteen in almost all Asian countries, the **discrepancy** is still there. Maturity and **wisdom** are regarded as necessities to run a company.	即使幾乎在所有亞洲國家的法律上，年齡達到十八歲的就算是認可上的成熟，但還是有差異存在。成熟與智慧是被視為經營企業的必需品。

答案：Q/A（副詞/名詞）

 第一個空格要選legally，第二個空格要選discrepancy（空格中要選名詞，且表示當中有差異的存在）。

-- mathematically 數學上地 (adv.)	-- medial 中間的、普通的 (a.)
-- anatomically 解剖學上地 (adv.)	-- stabilize 使穩定 (v.)

142. **Mathematically**, ten is the medial number between five and fifteen; **anatomically**, the part located in the **medial** part of the knee structure, **stabilizing** the knee when a person is in an upright position, is called anterior cruciate ligament.	以數學上來說，十是五跟十五的中間數；在解剖學上來說，當人們站立的時候，膝關節中間用來穩定膝蓋的部分，被稱作為前十字韌帶。

答案：**N/G**（副詞/現在分詞）

 解析 第一個空格要選mathematically，第二個空格要選stabilizing（空格中要填入ving的形式，句意指的是穩固膝蓋的部分）。

-- mental 精神的、心理的 (a.)	-- physical 身體的 (a.)
-- consecutive 連續的 (a.)	-- menstrual 每月一次的 (a.)

143. Anorexic girls might have some **mental** and **physical** disorders, say, having an extreme fear of gaining weight or missing at least half a year **consecutive menstrual** period.	有厭食症的女生有可能會有心理與身體上的不協調症狀出現，包含極度害怕體重增加，或者是會有至少連續半年沒有月經來。

答案：**W/J**（形容詞/形容詞）

 解析 第一個空格要選mental，第二個空格要選consecutive（空格中要填入形容詞修飾後方的menstrual period，並表示是一個連續的狀態）。

-- metabolism 新陳代謝 (n.)	-- organism 生物、有機體 (n.)
-- digestion 消化力、領悟 (n.)	-- glucose 葡萄糖 (n.)

144. **Metabolism** can refer to all chemical reactions that occur in living **organisms**, such as **digestion** and transport of substances into or between different cells. For example, the **glucose** hydrolyzed from Starch by your body is metabolized and used for energy.	新陳代謝就是指生物體內發生的化學反應，像是消化或是物質於兩種不同的細胞間相互運輸。舉例來說，澱粉在你體內水解後的葡萄糖，會被新陳代謝，然後用於增加能量。

答案：**L/O**（名詞/名詞）

 解析 第一個空格要選metabolism（句子中缺少一個主詞，要選名詞，且根據後面的語意敘述要選新陳代謝這個字），第二個空格要選glucose。

The chief or capital city of a country, region, or state is called a **289.** _____, normally the largest city of that area, such as Los Angeles, Tokyo, Paris, and New York, where **290.** _____ people from all over the world come to make their marks.

Professor Martin, a **291.** _____ researcher who is anxious about doing everything in an extremely **292.** _____ and exact fashion, assigns a task that consists of more than three hundred questions with terribly detailed instructions for each question.

Scientists speculate parasites that can **293.** _____ within the human body normally stay in their hosts for an extended period and **294.** _____ at a faster rate than their hosts.

The concept Ivan Pavlov is famous for is the Conditional Reflex, presenting that dogs would **295.** _____ when food presents. He further analyzed how the dogs **296.** _____ the sound with the presentation of food.

The victim's family members could not **297.** _____ their emotions upon hearing the **298.** _____ because the suspects were going to be arrested and taken to the city jail.

Regardless of how large the space is, sound waves traveling straightforward may be **299.** _____ because of the difference in temperature and **300.** _____ toward the ground.

The aim of performing these **301.** _____ is to remove specifically defined uncleanliness before proceeding to particular activities, especially prior to the **302.** _____ of a deity.

During the Osaka earthquake at the end of the twentieth century, many buildings were **303.** _____ to nothing, but a pile of rubble and then praying has become a **304.** _____ activity since then.

The **305.** _____ shelters standing out along this river bank were assumed to be built by prehistoric people who probably had taken regimented constructing training **306.** _____ by people from other village.

There is the sacred belief existing between candidates and the **307.** _____, even though the election itself is a **308.** _____ work.

Those **309.** _____ concentration camps built during the World War II were known as the symbol of not being **310.** _____ and were not liberated by the allies until the end of the war.

A large number of immigrants from China were **311.** _____ among ten different countries and are still under scrutiny from **312.** _____ organizations.

A	secular	**B**	worship	**C**	ambitious
D	meticulous	**E**	reproduce	**F**	refracted
G	restrain	**H**	reduced	**I**	domesticated
J	rudimentary	**K**	scattered	**L**	salivate
M	rituals	**N**	contrived	**O**	electorate
P	associated	**Q**	accurate	**R**	redirected
S	metropolis	**T**	verdict	**U**	migrate
V	humanitarian	**W**	routine	**X**	savage

單字試題原文和中譯

-- chief 主要的（a.）
-- metropolis 大都市、首府（n.）

-- capital 首都的、重要的（a.）
-- ambitious 野心勃勃的（a.）

145. The **chief** or **capital** city of a country, region, or state is called a **Metropolis**, normally the largest city of that area, such as Los Angeles, Tokyo, Paris, and New York, where **ambitious** people from all over the world come to make their marks.	一個國家、地區、或是洲的主要城市被稱作是首府，通常是那個地區最大的城市，像是洛杉磯、東京、巴黎以及紐約，且通常是來自世界各地充滿雄心的人們來發展的地方。

答案：S/C（名詞/形容詞）

 第一個空格要選metropolis，第二個空格要選ambitious（空格中要填入形容詞來修飾people，表達充滿雄心的人）。

-- meticulous 一絲不苟的、精確的（a.）
-- accurate 準確的（a.）

-- anxious 憂慮的、渴望的（a.）
-- consist of 包含、組成（v.）

146. Professor Martin, a **meticulous** researcher who is **anxious** about doing everything in an extremely **accurate** and exact fashion, assigns a task that **consists of** more than three hundred questions with terribly detailed instructions for each question.	馬丁博士是個做事一絲不苟，且總是焦慮地對於所做的每件事都要十分精確，並使用一定的方式去完成的研究員，出了包含超過三百題問題的一個任務，且每一題都附上極詳細的指示。

答案：D/Q（形容詞/形容詞）

 第一個空格要選meticulous（空格中要填入形容詞來修飾researcher，根據句意要選小心翼翼的），第二個空格要選accurate。

-- parasites 寄生蟲（n.）
-- host 主人（n.）

-- migrate 遷移（v.）
-- reproduce 繁殖、生殖（v.）

147. Scientists speculate **parasites** that can **migrate** within the human body normally stay in their **hosts** for an extended period and	科學家推測可以在人體內游移的寄生蟲，通常會在寄主的身體內停留很長一段時間，且會比牠們寄主繁殖的速率更快。

reproduce at a faster rate than their hosts.

答案： U/E （原形動詞/複數動詞）

 解析 第一個空格要選migrate，第二個空格要選reproduce（空格中要填入一個複數動詞reproduce且表示繁殖的意思）。

-- reflex 反射、反映 (n.) -- analyze 分析 (v.)	-- salivate 分泌唾液 (v.) -- associate 使有聯繫 (v.)

148. The concept Ivan Pavlov is famous for is the Conditional **Reflex**, presenting that dogs would **salivate** when food presents. He further **analyzed** how the dogs **associated** the sound with the presentation of food.	使Ian Pavlov有名的概念就是條件反射，其表示當食物出現時，狗會分泌唾液。他嘗試去分析狗是如何把聲音與食物的出現做連結。

答案： L/P （原形動詞/過去分詞）

 解析 第一個空格要選salivate（空格前方為would，其為助動詞後方要加上原形動詞，故要選跟情境相符的，表示分泌的意思），第二個空格要選associated。

-- victim 受害人、犧牲品 (n.) -- verdict 裁決、判斷 (n.)	-- restrain抑制、約束 (v.) -- suspect 可疑分子 (n.)

149. The **victim**'s family members could not **restrain** their emotions upon hearing the **verdict** because the **suspects** were going to be arrested and taken to the city jail.	一聽到判決的時候，受害人的家屬便無法克制他們的情緒，因為嫌疑人就要被拘留且帶往監獄。

答案： G/T （原形動詞/名詞）

 解析 第一個空格要選restrain（空格前方為could，其為助動詞後方要加上原形動詞restrain），第二個空格要選verdict。

-- regardless of 不管、不顧 (prep) -- temperature 溫度 (n.)	-- refract 使折射 (v.) -- redirect 使改變方向 (v.)

150. **Regardless of** how large the space is, sound waves traveling straightforward may be **refracted** because	不論這個空間有多大，直直往前的聲波有可能會因為遇到不同的溫度而折射，並可能改向而朝向地面。

of the difference in **temperature** and **redirected** toward the ground.

答案：**F/R**（過去分詞/過去分詞）

 第一個空格要選refracted，第二個空格要選redirected（may be後要加上p.p./adj，且要選跟物理現象表達有關的refracted）。

-- ritual 宗教儀式（n.）
-- prior to 之前（prep）

-- defined 清晰的（a.）
-- worship 尊敬、禮拜（n.）

151. The aim of performing these **rituals** is to remove specifically **defined** uncleanliness before proceeding to particular activities, especially **prior to** the **worship** of a deity.	實行這個宗教儀式的目的是，要在進行特定活動之前洗除掉被特別認定為不乾淨的東西，特別是在對神禮拜之前。

答案：**M/B**（名詞/名詞）

 第一個空格要選rituals，第二個空格要選worship（空格中要填入名詞worship，表示對神的崇敬）。

-- century 世紀、百年（n.）
-- rubble 粗石、碎磚（n.）

-- reduce 減少、降低（v.）
-- routine 例行的（a.）

152. During the Osaka earthquake at the end of the twentieth **century**, many buildings were **reduced** to nothing, but a pile of **rubble** and then praying has become a **routine** activity since then.	二十世紀末發生的阪神大地震，許多的建物在一夕之間變成了大量的碎石，從此祈禱成為了例行活動。

答案：**H/W**（過去分詞/形容詞）

 第一個空格要選reduced（這題是被動式be reduced to，用於表示一夕之間化為烏有），第二個空格要選routine。

-- rudimentary 基本初步的、尚未發展完全的（a.） -- prehistoric 史前的（a.）
-- regiment 嚴密管制、把...編成大團（v.）　　　-- contrive 策畫、圖謀（v.）

153. The **rudimentary** shelters standing out along this river bank were assumed to be built by **prehistoric** people who probably had taken **regimented** constructing training **contrived** by people from other village.	在河岸邊的基本避難所被推測為史前人所建造的，而且這些人有可能有接受過來自其他村莊的人所謀畫的嚴密管制的建造訓練。

答案：J/N（形容詞/過去分詞）

 解析 第一個空格要選rudimentary（空格中要填入形容詞來修飾來形容shelters，表達基礎的避難所），第二個空格要選contrived。

-- sacred 宗教的、不可侵犯的（a.）	-- candidates 候選人（n.）
-- electorate 有選舉權者（n.）	-- secular 世俗的（a.）

154.	There is the **sacred** belief existing between **candidates** and the **electorate**, even though the election itself is a **secular** work.	候選人與選民之間存有神聖的信仰，縱使選舉本身就是件很世俗的事。

答案：O/A（名詞/形容詞）

 解析 第一個空格要選electorate，第二個空格要選secular（空格中要填入形容詞來修飾work表達世俗間的事）。

-- savage 野蠻的、兇猛的（a.）	-- domesticated 被馴服了的（a.）
-- liberate 解放、使自由（v.）	-- Ally 同盟國（n.）

155.	Those **savage** concentration camps built during the World War II were known as the symbol of not being **domesticated** and were not **liberated** by the **allies** until the end of the war.	那些在第二次世界大戰中所建立的野蠻集中營被認為是未被馴服的象徵，且直到戰爭結束才被同盟國解放。

答案：X/I（形容詞/過去分詞）

 解析 第一個空格要選savage，第二個空格要選domesticated（空格中要填入過去分詞/形容詞來修飾，表示被馴服的象徵）。

-- immigrant 移民（n.）	-- scatter 散播、分散（v.）
-- scrutiny監視、仔細檢查（n.）	-- humanitarian 人道主義的（a.）

156.	A large number of **immigrants** from China were **scattered** among ten different countries and are still under **scrutiny** from **humanitarian** organizations.	來自中國大量的移民被分散到十個不同的國家，且現在還在人道組織的監視下。

答案：K/V（過去分詞/形容詞）

 解析 第一個空格要選scattered（這題也是被動語態表示散佈至10個不同的國家），第二個空格要選humanitarian。

Cognitive Psychology is the study of **313.** _____ processes, and their effects on human behavior and some other **314.** _____, such as sensation, memory, learning, and more.

For the sake of enjoying the **315.** _____ encounter to good books, I am committed to running a bookshop because I believe that we all have experienced the serendipity of relevant information arriving just when we were least **316.** _____ it.

Professor Morgan is such a **317.** _____, uncompromising educator who normally locks the door upon the bell ringing and won't let anyone in afterward, just as how the hot weather in San Diego **318.** _____ people.

Studies state that a systematized schedule could be helpful in increasing **319.** _____ at work because it sharpens your mind, just as how you sharpen the **320.** _____ of your knife frequently for the purpose of cutting things off sharply.

Transplantation is the **321.** _____ of modern medicine that performs transferring an **322.** _____ from a donor to a recipient.

The **323.** _____ of Internet provides folks with an access to instant events taking place in this world, fostering people to have an **324.** _____ mind and making them alter the way they perceive this world.

It's such a **325.** _____ day today that people all around the world are so ready for commemorating those who are **326.** _____ achieving their convictions of peace.

327. _____ simply imparting knowledge, it is extremely essential for an educator to instruct students the importance of reaching reconciliation when they encounter **328.** _____ opinions and ideas.

The **329.** _____ presented for redeveloping the city center is not comparable to the best one due to the scant of feasibility and **330.** _____ from the theme and the original purposes of the competition.

The experiment corroborates the prediction that these **331.** _____ consisting of the particular materials will **332.** _____ on the central point in high temperature.

This chart **333.** _____ an eccentric way of how our ancestors **334.** _____ unpleasant memories, yet it has been regarded as an elusive action for us nowadays.

Creatures are **335.** _____ of all their rights to live on the land, making us realize that victory is just ephemeral and we have to seek the **336.** _____ between environmental sustainability and economic growth.

A revolution	**B** deviating	**C** advent
D effaced	**E** consequential	**F** efficiency
G divergent	**H** tortures	**I** converge
J serendipitous	**K** equilibrium	**L** phenomena
M elaborates	**N** scheme	**O** apart from
P divested	**Q** particles	**R** agile
S severe	**T** devoted to	**U** organ
V mental	**W** blade	**X** expecting

單字試題原文和中譯

-- mental 內心的、心理的 (a.) -- phenomena 現象 (n.)	-- behavior 行為 (n.) -- sensation 感覺、知覺 (n.)
157. Cognitive Psychology is the study of **mental** processes, and their effects on human **behavior** and some other **phenomena**, such as **sensation**, memory, learning, and more.	認知心理學主要是有關心智歷程的研究，以及其對於人的行為的影響和其他的現象，例如感知、記憶、學習之類的。

答案：**V/L**（形容詞/名詞）

 第一個空格要選mental，第二個空格要選phenomena（空格中要填入名詞phenomena，表示其他的現象）。

-- serendipitous 偶然發現的 (a) -- relevant 相關的 (a.)	-- committed 忠誠的 (a.) -- expect 期待 (v.)
158. For the sake of enjoying the **serendipitous** encounter to good books, I am **committed** to running a bookshop because I believe that we all have experienced the serendipity of **relevant** information arriving just when we were least **expecting** it.	為了能夠享受到與好書來個不期而遇，我非常致力於經營書店，因為我相信我們都有過，當我們不期待能夠遇到相關資訊的時候，在找的東西就出現了的經驗。

答案：**J/X**（形容詞/現在分詞）

 第一個空格要選serendipitous（空格中要填入形容詞來修飾encounter），第二個空格要選expecting。

-- severe 嚴厲的 (a.)   -- uncompromising 不妥協的、不讓步的 (a.)   -- afterward 之後 (adv.)   -- torture 折磨、拷問 (v.)

159. Professor Morgan is such a **severe**, **uncompromising** educator who normally locks the door upon the bell ringing and won't let anyone in **afterward**, just as how the hot weather in San Diego **tortures** people.	摩根教授就是個很嚴厲且不妥協的教育家，他是個在鐘一響就立刻關上門，且之後不讓任何人進來的人，就像是聖地牙哥的天氣如何折磨人們一樣。

答案： **S/H** （形容詞/第三人稱單數動詞）

解析 第一個空格要選severe，第二個空格要選tortures（空格中要填入動詞torture且表達出天氣的狀態折磨人）。

-- systematized 使系統化 (v.)
-- sharpen 使尖銳、加重 (v.)

-- efficiency 效率、效能 (n.)
-- blade 刀身、葉片 (n.)

160. Studies state that a **systematized** schedule could be helpful in increasing **efficiency** at work because it **sharpens** your mind, just as how you sharpen the **blade** of your knife frequently for the purpose of cutting things off sharply.	研究指出，有系統的行程能夠促進工作效率，因為它使你的心變得敏銳，這就像是你為了能夠銳利地切斷某物，而使刀片變得尖銳一樣。

答案： **F/W** （名詞/名詞）

解析 第一個空格要選efficiency（空格中要填入名詞efficiency，表示日益增加的工作效率，increasing修飾efficiency），第二個空格要選blade。

-- transplantation 移植(n.)
-- donor 捐贈者 (n.)

-- organ 器官 (n.)
-- revolution 革命 (n.)

161. **Transplantation** is the **revolution** of modern medicine that performs transferring an **organ** from a **donor** to a recipient.	移植是現代醫學的一大革命，其把器官從捐贈者的身上轉移到另一個人身上。

答案： **A/U** （名詞/名詞）

解析 第一個空格要選revolution（空格中要填入名詞revolution，表示現代醫學的革命），第二個空格要選organ。

-- advent 出現、到來 (n.)
-- agile 靈活的、輕快敏捷的 (a.)

-- access 接近 (n.)
-- alter 改變 (v.)

162. The **advent** of Internet provides folks with an **access** to instant events taking place in this world, fostering people to have an **agile** mind and making them **alter** the way they perceive this world.	網路的出現提供民眾一個可以接觸到這世界上立即發生的事件的管道，也訓練人們有一顆靈敏的心，並讓他們改變了他們看世界的方式。

答案： **C/R** （名詞/形容詞）

-- consequential重要的 (a.)	-- commemorate 紀念 (v.)
-- devoted to 專心於 (v.)	-- conviction 定罪、堅信 (n.)

163. It's such a **consequential** day today that people all around the world are so ready for **commemorating** those who are **devoted to** achieving their **convictions** of peace.	今天是如此重要的一天，全世界的人民都準備好要紀念那些致力於達成他們所堅信的和平的人。

答案：E/T（形容詞/過去分詞）

 解析 第一個空格要選consequential（空格中要填入形容詞consequential來修飾day，表示重要的日子），第二個空格要選devoted to。

-- apart from 遠離、除…之外 (prep)	-- essential 本質的、必要的 (a.)
-- reconciliation 和解、順從 (n.)	-- divergent 分歧的 (a.)

164. **Apart from** simply imparting knowledge, it is extremely **essential** for an educator to instruct students the importance of reaching **reconciliation** when they encounter **divergent** opinions and ideas.	除了只是傳遞知識之外，對於一位教育家來說，當他們遇到意見分歧時，教導學生如何達到和解也是很重要的。

答案：O/G（片語/形容詞）

 解析 第一個空格要選apart from，第二個空格要選divergent（空格中要填入形容詞divergent來修飾opinions表示意見和想法的分歧）。

-- scheme 方案 (n.)	-- comparable 可比較的 (a.)
-- scant of 缺乏的 (a.)	-- deviate 脫離、使脫軌 (v.)

165. The **scheme** presented for redeveloping the city center is not **comparable** to the best one due to the **scant of** feasibility and **deviating** from the theme and the original purposes of the competition.	這個中心城市重新發展的方案無法與最好的那個相比，因為它缺乏可行性，並且脫離主題和這個比賽的最初目的。

答案：N/B（名詞/現在分詞）

解析 第一個空格要選scheme，句子中的主要主詞是scheme，介係詞for後方分別連接了兩個Ving，第一個為redeveloping，第二個是deviating。

| -- corroborate 使堅固、確證 (v.) | -- particle 粒子、極小量 (n.) |
| -- consist of 構成 (v.) | -- converge 聚合、集中於一點(v.) |

| **166.** The experiment **corroborates** the prediction that these **particles consisting of** the particular materials will **converge** on the central point in high temperature. | 研究證實以下的預測：這些由特定物質組成的粒子會在高溫下聚合到中心點。 |

答案：Q/I（名詞/原形動詞）

 解析 第一個空格要選particles，第二個空格要選converge（空格前方為will，其為助動詞，後方要加上原形動詞converge，表示聚合到中心點）。

| -- elaborate 闡述 (v.) | -- eccentric 奇怪的(a.) |
| -- efface忘去、抹卻 (v.) | -- elusive 難以捉摸的 (a.) |

| **167.** This chart **elaborates** an **eccentric** way of how our ancestors **effaced** unpleasant memories, yet it has been regarded as an **elusive** action for us nowadays. | 這個表闡述我們的祖先是如何以支怪的方式抹去不好的回憶，但是這對我們現今來說，已經被認為是個模糊難懂的動作。 |

答案：M/D（第三人稱單數動詞/過去式動詞）

 解析 第一個空格要選elaborates，第二個空格要選effaced（ancestors後要填入動詞efface表達抹去不好的回憶）。

| -- divest 剝奪 (v.) | -- ephemeral 短暫的、短命的 (a.) |
| -- equilibrium 平衡、均衡 (n.) | -- creatures 生物 (n.) |

| **168. Creatures** are **divested** of all their rights to live on the land, making us realize that victory is just **ephemeral** and we have to seek the **equilibrium** between environmental sustainability and economic growth. | 生物被剝奪居住在這片土地上的權力這件事，讓我們理解到勝利是短暫的，以及我們必須要尋找環境永續與經濟成長之間的平衡點。 |

答案：P/K（過去分詞/名詞）

 解析 第一個空格要選divested，第二個空格要選equilibrium（空格中要填入名詞equilibrium，表示環境永續與經濟成長之間的平衡點）。

In order to **337.** _____ all people's fears and anxiety, the government attempts to eradicate the **338.** _____ way of punishing raped women that has existed in this tribe for hundreds of years.

The article **339.** _____ the drastic protest taking place about twenty-six years ago when people considered liberty the belief that human beings cannot **340.** _____.

After knowing that this fertile land had been **341.** _____ by chemical waste, thousands of people fled this area yet the information; however, was found to be **342.** _____.

Through detailed investigation, the reason why this buried vase, **343.** _____ by a fisherman few years ago, is extant is that it was made from **344.** _____ materials.

The emperor is exceedingly in love with his wife, so he assigns a **345.** _____ task to his slaves saying that they have to find a broad expanse of land that can be **346.** _____ by his wife to plant roses.

The businessman, whom everyone extols as a symbol of success, says that the reason why the revenue and growth of his company can be **347.** _____ is that he gets accustomed to **348.** _____ himself in challenges out of his comfort zone.

You can take heed of how **349.** _____ your body temperature is by using this handy and **350.** _____ machine that can accommodate its size according to your body temperature.

My boss notices that the recently **351.** _____ employee prefers to put host of notes in folders in a **352.** _____ fashion and that is why he genuinely recommends her use tags to identify each folder.

They have an identical **353.** _____ that they will be rather diligent if working in an **354.** _____ working atmosphere.

Flattering is an indispensable **355.** _____ for a salesman who needs to **356.** _____ customers' infirm mind to the sky.

The **357.** _____ of enemy troops with no reasons induces **358.** _____ people to launch a severe protest that has never happened in this country.

This imposing star made an **359.** _____ impression on people after she had committed an **360.** _____ crime that could ruin her career.

A inflate	**B** dissipate	**C** escalated
D formidable	**E** encapsulates	**F** fluctuating
G haphazard	**H** idiosyncrasy	**I** fabricated
J incursion	**K** implausible	**L** excavated
M inaccessible	**N** trait	**O** inert
P indigenous	**Q** extraneous	**R** contaminated
S exposing	**T** discard	**U** erratic
V hired	**W** exploited	**X** flexible

單字試題原文和中譯	
-- dissipate 失散、驅散消散(v.) -- erratic 不穩定的、奇怪的 (a.)	-- eradicate 根絕、滅絕 (v.) -- tribe 部落、部族 (n.)
169. In order to **dissipate** all people's fears and anxiety, the government attempts to **eradicate** the **erratic** way of punishing raped women that has existed in this **tribe** for hundreds of years.	為了要驅散民眾的害怕與焦慮，政府嘗試著去根除這個已經存於這個部落幾百年，用來懲罰強暴婦女的怪異的方式。

答案： **B/U**（原形動詞/形容詞）

 第一個空格要選dissipate（to後面要加上原形動詞dissipate，in order to用於表達為了…一個表目的的常見片語，語意是為了要驅散…），第二個空格要選erratic。

-- encapsulate 壓縮、形成膠囊、概述 (v.)　-- drastic 激烈的 (a.) -- consider 考慮、認為 (v.)　　　　　　-- discard 拋棄、解雇 (v.)	
170. The article **encapsulates** the **drastic** protest taking place about twenty-six years ago when people **considered** liberty the belief that human beings cannot **discard**.	這篇文章簡述這個發生在約莫二十六年前的激烈抗爭，當時人民視自由為一種身為人不能拋棄的信仰。

答案： **E/T**（第三人稱單數動詞/原形動詞）

 第一個空格要選encapsulates（這題要選單數動詞且表達出簡述這個概念的字），第二個空格要選discard。

-- fertile 肥沃的、能生產的 (a.) -- flee 消失、逃避 (v.)	-- contaminate 毒害、汙染 (v.) -- fabricate 製造、偽造、杜撰 (v.)
171. After knowing that this **fertile** land had been **contaminated** by chemical waste, thousands of people **fled** this area yet the information; however, was found to be **fabricated**.	在知道這個肥沃的土地已經被化學廢棄物污染了之後，數千名民眾逃離這塊土地，但是卻發現這個消息是杜撰的。

答案：R/I（過去分詞/過去分詞）

解析 第一個空格要選contaminated，第二個空格要選fabricated（be後方要選過去分詞的字fabricated，表達消息是杜撰的）。

-- investigation 研究、調查（n.）	-- excavate 挖掘（v.）
-- extant 現存的、未毀的（a.）	-- extraneous 無關係的、外來的（a.）

172.	
172. Through detailed **investigation**, the reason why this buried vase, **excavated** by a fisherman few years ago, is **extant** is that it was made from **extraneous** materials.	經過詳細的調查之後，這個被一位漁夫幾年前挖掘出的花瓶還現存著的原因為這個花瓶是由外來的物質所製成的。

答案：L/Q（過去分詞/形容詞）

解析 第一個空格要選excavated，第二個空格要選extraneous（這題為形容詞子句的省略，故要選過去分詞形式的字）。

-- exceedingly 非常地、極度地（adv.）	-- formidable 強大的、艱難的（a.）
-- expanse 寬闊的區域（n.）	-- exploit 開採、開發（v.）

173.	
173. The emperor is **exceedingly** in love with his wife, so he assigns a **formidable** task to his slaves saying that they have to find a broad **expanse** of land that can be **exploited** by his wife to plant roses.	這位國王非常愛他的老婆，並且分派了一個艱難的任務給他的奴隸，要尋找一片寬廣且可以讓他老婆種植玫瑰的土地。

答案：D/W（形容詞/過去分詞）

解析 第一個空格要選formidable（空格中要填入形容詞來修飾task，表示一個艱難的任務），第二個空格要選exploited。

-- extol 吹捧、稱讚（v.）	-- get accustomed to 習慣於（v.）
-- escalate 逐步擴大（v.）	-- expose 使暴露、揭穿（v.）

174.	
174. The businessman, whom everyone **extols** as a symbol of success, says that the reason why the revenue and growth of his company can be **escalated** is that he **gets accustomed to exposing** himself in challenges out of his comfort zone.	這個每個人都稱讚且視為成功的象徵的商人說到，為什麼他的公司各項收益以及成長可以快速擴大，是因為他習慣把他自己暴露於舒適圈外的挑戰之下。

答案: **C/S**（過去分詞/Ving）

 解析 第一個空格要選escalated（can be後要加上p.p./adj，且要選跟快速增長有關的表達escalated），第二個空格要選exposing。

| -- heed 注意、留心 (n.) | -- fluctuate 使起伏、動搖 (v.) |
| -- handy 便利的、容易取得的（a.） | -- flexible 柔軟的、靈活的 (a.) |

| 175. | You can take **heed** of how **fluctu-ating** your body temperature is by using this **handy** and **flexible** machine that can accommodate its size according to your body temperature. | 你可以藉由使用這個便利、彈性空間大且可以隨著你的體溫改變他的大小的機器，來仔細留意你的體溫有多容易變動不穩。 |

答案: **F/X**（現在分詞/形容詞）

 解析 第一個空格要選fluctuating（how+ving表這個狀態，fluctuating最符合語意），第二個空格要選flexible。

| -- hire 雇用 (v.) | -- prefer 較喜歡 (v.) |
| -- haphazard 偶然的、隨便的 (a.) | -- genuinely 真誠地 (adv.) |

| 176. | My boss notices that the recently **hired** employee **prefers** to put host of notes in folders in a **haphazard** fashion and that is why he **genuinely** recommends her use tags to identify each folder. | 我的老闆最近發現這個剛被雇用的員工比較喜歡隨便的把大量的筆記塞進資料夾裡，這就是為什麼老闆真誠地推薦這位員工用標記的方式來定位每一個資料夾。 |

答案: **V/G**（過去分詞/形容詞）

 解析 第一個空格要選hired，第二個空格要選haphazard（空格中要填入形容詞來修飾表示「隨便的」）。

| -- identical 完全相似的 (a.) | -- idiosyncrasy 特質、特性 (n.) |
| -- diligent 勤勉的 (a.) | -- inert 惰性的 (a.) |

| 177. | They have an **identical idiosyncrasy** that they will be rather **diligent** if working in an **inert** working atmosphere. | 他們擁有完全相同的特質，就是如果他們在一個惰性且無生命的工作環境下，他們會比較用功專心。 |

答案: **H/O**（名詞/形容詞）

解析 第一個空格要選idiosyncrasy（空格中要填入名詞idiosyncrasy，表示完全相同的特質），第二個空格要選inert。

-- indispensable 不可或缺的 (a.)	-- trait 特色、品質 (n.)
-- inflate 使得意、使驕傲 (v.)	-- infirm 柔弱的、虛弱的 (a.)

178. Flattering is an **indispensable trait** for a salesman who needs to **inflate** customers' **infirm** mind to the sky.	對於需要使顧客不確定的心得意到飛上天的銷售員來説，奉承諂媚是個不可或缺的特色。

答案：N/A （名詞/原形動詞）

 解析 第一個空格要選trait，第二個空格要選inflate （to後面要加上原形動詞inflate，表示膨脹或捧顧客）。

-- incursion 入侵 (n.)	-- induce 勸誘、導致、促使 (v.)
-- indigenous 本地的、固有的 (a.)	-- severe 嚴厲的、劇烈的 (a.)

179. The **incursion** of enemy troops with no reasons **induces indigenous** people to launch a **severe** protest that has never happened in this country.	敵軍毫無理由的入侵導致本地民眾發起了一個在這國家從沒發生過的劇烈抗爭。

答案：J/P （名詞/形容詞）

 解析 第一個空格要選incursion（空格中要填入名詞incursion，表示敵軍的入侵），第二個空格要選indigenous。

-- imposing 氣勢宏偉的、莊嚴的 (a.)	-- inaccessible 難接近的 (a.)
-- implausible 難信的、不像真實的(a.)	-- ruin 毀壞 (v.)

180. This **imposing** star made an **inaccessible** impression on people after she had committed an **implausible** crime that could ruin her career.	在她犯下了一個令人難以相信且會毀掉她事業前程的罪後，這個氣勢強大的明星給民眾一種難以接近的印象。

答案：M/K （形容詞/形容詞）

 解析 第一個空格要選inaccessible，第二個空格要選implausible（空格中要填入形容詞implausible來修飾crime，表示令人難以置信的罪）。

Initiating a new career with an **361.** _____ meaning requires inherent **362.** _____.

The procedure of performing instantaneous rescue is **363.** _____, so that is why emergency rescue personnel and salvage apparatus are integral parts and regarded as **364.** _____ assets to all people.

This **365.** _____ plan, of which people did not perceive the intrinsic value, literally justifies that an **366.** _____ in wages could improve productivity and efficiency at work.

She did not get shocked when initially noticing this matter, but it gave her quite a **367.** _____ after she knew the beginning and the **368.** _____ development of it.

His inherent ability of **369.** _____ people's action and facial expressions, makes him an **370.** _____ person.

You have to **371.** _____ manipulate public opinions because firstly, it is mandatory and secondly, it may affect the forthcoming presentation about running a **372.** _____ business.

Constantly **373.** _____ thoughts manifests that he is a **374.** _____ person rather than a stiff person.

The **375.** _____ of this action that has been regarded as an unreachable **376.** _____ is now a historical milestone of our country.

Her **377.** _____ with coding makes her a peculiar person in the school; notwithstanding, her parents have a slight **378.** _____ over the reasons why she chose to study technology rather than literature.

He is obliged to monitor **379.** _____ bicycles parked in this space, which is the most **380.** _____ work he has ever done in his life.

The engineer maintains the turbines **381.** _____ and finds out a myriad of **382.** _____ places that needed to be repaired instantly.

Everyone has his or her unique nature that makes a person **383.** _____ in the crowd; nevertheless, some people are still **384.** _____ as to who they actually are and what uniqueness they own.

A	innumerable	**B**	obsession	**C**	mimicking
D	meticulously	**E**	minuscule	**F**	malleable
G	intricate	**H**	ingenuity	**I**	noticeable
J	legitimacy	**K**	jettisoned	**L**	jolt
M	obscure	**N**	objective	**O**	subsequent
P	minutely	**Q**	invaluable	**R**	monotonous
S	misunderstanding	**T**	instructive	**U**	escalation
V	altering	**W**	intriguing	**X**	lucrative

單字試題原文和中譯

-- initiate 開始 (v.) -- inherent 固有的、與生俱來的 (a.)	-- instructive 有益的、有教育性的 (a.) -- ingenuity 智巧 (n.)
181. **Initiating** a new career with an **instructive** meaning requires **inherent ingenuity**.	開創一個具教育意義的新事業需要與生俱來的靈巧。

答案：T/H（形容詞/名詞）

 解析 第一個空格要選instructive（空格中要填入名詞ingenuity，表示與生俱來的靈巧），第二個空格要選ingenuity。

-- instantaneous 同時發生的 (a.) -- integral 整體的、必須的 (a.)	-- intricate 複雜的 (a.) -- invaluable　無價的 (a.)
182. The procedure of performing **instantaneous** rescue is **intricate**, so that is why emergency rescue personnel and salvage apparatus are **integral** parts and regarded as **invaluable** assets to all people.	要做到即時救援的步驟是很複雜的，所以這就是為什麼緊急救援人員 跟救助器材是整體不可或缺，且被視為對於人民說是無價的資產。

答案：G/Q（形容詞/形容詞）

 解析 第一個空格要選intricate（be動詞後面幾乎都是形容詞，表示步驟是複雜的），第二個空格要選invaluable。

-- jettison 投棄 (v.) -- justify 證明合法、替…辯護 (v.)	-- intrinsic 本身的、固有的 (a.) -- escalation 逐步上升 (n.)
183. The **jettisoned** plan, of which people did not perceive the **intrinsic** value, literally **justifies** that an **escalation** in wages could improve productivity and efficiency at work.	這個被拋棄且沒有人了解到其中固有價值的計畫，確切地證明工資的提高可以增進工作的生產力與效率。

答案：K/U（形容詞/名詞）

 解析 第一個空格要選jettisoned（表示受遺棄的），第二個空格要選escalation。

-- initially 最初地（adv.） -- jolt 震搖、顛簸（n.）	-- matter 事件、原因、物質（n.） -- subsequent 後來的、併發的（a.）

184. She did not get shocked when **initially** noticing this **matter**, but it gave her quite a **jolt** after she knew the beginning and the **subsequent** development of it. | 他在最開始注意到這件事情時並沒有被嚇到，但當他知道這件事的起因以及之後的發展後，卻給了他一個很大的震撼。

答案：**L/O（名詞/形容詞）**

 解析 第一個空格要選jolt（表示一個震撼），第二個空格要選subsequent。

-- inherent 固有的、與生俱來的（a.） -- expression 表達、措辭（n.）	-- mimic 模仿（v.） -- intriguing 吸引人的、有趣的（a.）

185. His **inherent** ability of **mimicking** people's action and facial **expressions**, makes him an **intriguing** person. | 他天生善於模仿他人動作與臉部表情的能力，使他成為一位很有趣的人。

答案：**C/W（Ving/形容詞）**

 解析 第一個空格要選mimicing（介係詞後方要加上名詞或Ving形式的字（**of 後加上名詞當作受詞，包含動名詞**），符合句意的只有mimicking），第二個空格要選intriguing。

-- meticulously 一絲不苟地（adv.） -- mandatory 命令的、強制的（a.）	-- manipulate 操作（v.） -- lucrative 有利益的、獲利的（a.）

186. You have to **meticulously manipulate** public opinions because firstly, it is **mandatory** and secondly, it may affect the forthcoming presentation about running a **lucrative** business. | 你必須要非常細心地去操作公眾言論，因為第一，這是必須的；第二，這些言論有可能會影響到接下來的一個可以獲利的企業經營簡報。

答案：**D/X（副詞/形容詞）**

 解析 第一個空格要選meticulously（句子已經非常完整有主要主詞和動詞等訊息時，空格處僅可能是副詞的選項），第二個空格要選mandatory。

-- constantly 不斷地、時常地（adv.） -- manifest 表明、證明（v.）	-- alter 改變（v.） -- malleable 有延展性的（a.）

187. Constantly <u>altering</u> thoughts **manifests** that he is a <u>**malleable**</u> person rather than a stiff person.	時常改變想法顯示他是個有延展性的人，而不是一個腦袋不靈活的人。

答案：V/F（動名詞/形容詞）

 解析 第一個空格要選altering，第二個空格要選malleable（表示有延展性的/八面玲瓏的）。

-- legitimacy 合法（n.）　　　　　　-- unreachable 不能得到的（a.）
-- objective 目的（n.）　　　　　　-- milestone 里程碑、劃時代的事件（n.）

188. The <u>**legitimacy**</u> of this action that has been regarded as an **unreachable** <u>objective</u> is now a historical **milestone** of our country.	這個曾經被視為是無法達成的目的的動作，其合法性是我們國家歷史上的一個里程碑。

答案：J/N（名詞/名詞）

 解析 第一個空格要選legitimacy（表示此行為的合法性），第二個空格要選objective。

-- obsession 迷住（n.）　　　　　　-- peculiar 奇特的、特殊的（a.）
-- notwithstanding 儘管、還是（adv.）　-- misunderstanding 誤解（n.）

189. Her <u>**obsession**</u> with coding makes her a <u>**peculiar**</u> person in the school; <u>**notwithstanding**</u>, her parents have a slight <u>**misunderstanding**</u> over the reasons why she chose to study technology rather than literature.	她對於編碼的癡迷使他在學校裡成為一名很特殊的人物，然而她的爸媽對於她為什麼選擇念科技而不是文學有一點小誤解。

答案：B/S（名詞/名詞）

 解析 第一個空格要選obsession（所有格後加名詞，表示對於編碼的癡迷），第二個空格要選misunderstanding。

-- oblige 強制、束縛（v.）　　　　　-- monitor 監控、監視（v.）
-- innumerable 數不清的（a.）　　　-- monotonous 單調的（a.）

190. He is **obliged** to **monitor** <u>**innumerable**</u> bicycles parked in this space, which is the most <u>**monotonous**</u> work he has ever done in his life.	他被強制去監視停在這個區域中數不盡輛數的腳踏車，他覺得這工作是他目前人生中做過最單調無聊的一個工作了。

答案：A/R（形容詞/形容詞）

 解析 第一個空格要選innumerable（表示監視數不盡輛數的腳踏車），第二個空格要選monotonous。

-- maintain 維修、保養 (v.) -- myriad 無數 (n.)	-- minutely 仔細地、微小地 (adv.) -- minuscule 極小的 (a.)
191. The engineer **maintains** the turbines **minutely** and finds out a **myriad** of **minuscule** places that needed to be repaired instantly.	這位工程師仔細的保養這個渦輪，並且發現有數不盡的細小地方需要立即地修復。

答案：P/E（副詞/形容詞）

 解析 第一個空格要選minutely，第二個空格要選minuscule（表示細微地方）。

-- nature 自然、天性 (n.) -- noticeable 引人注目的 (a.)	-- unique 獨特的 (a.) -- obscure 含糊的、難解的 (a.)
192. Everyone has his or her **unique nature** that makes a person **noticeable** in the crowd; nevertheless, some people are still **obscure** as to who they actually are and what uniqueness they own.	每個人都有他獨特且可以使一個人在人群中受人注目的天性，然而有很多人始終對於他們到底是誰以及他們擁有甚麼樣的獨特性感到很模糊。

答案：I/M（形容詞/形容詞）

 解析 第一個空格要選noticeable（空格中要填入形容詞（make+人+adj）表示受人注目），第二個空格要選obscure。

Nearly everyone feels that they are in a mundane world, having a mundane life and reading books full of **385.** _____ contents; on the contrary, everything mundane still **386.** _____ your life.

Water has **387.** _____ through patches of the wall for a couple of days, so he asks the property agent to pull down the prices to **388.** _____ the imperfection.

This slide is basically an **389.** _____ demonstrating what the outcome would be if enemy troops keep penetrating our **390.** _____.

The movement of tides, the **391.** _____ rise and fall of the sea level in the given time, is **392.** _____, which, in this face, differs from a tsunami.

Even though the landlord gives the **393.** _____ that this land will not be parceled out by a dozen or so small buyers, the family still decides to move to the **394.** _____ district of the city to ensure safety.

Everyone can tell it's evidently a paradox that the owner spent so much money **395.** _____ rather than improving the quality of the food, and the explanation he provided was deliberately **396.** _____.

At the peak of her beauty career, she does not allow herself to **397.** _____ any tiny piece of work even if her boss **398.** _____ tiny mistakes.

As an **399.** _____ of hostilities interrupted the ongoing construction, the government had no options but to **400.** _____ crush the rebellion.

Her life seems to comply with the **401.** _____ path of being a playwright due to her **402.** _____ composing and writing abilities.

People do not accept the **403.** _____ that a loan of money could pull our government out of the economical **404.** _____.

A portion of the **405.** _____ belonging to the prominent scholar has been well- preserved, regarded as what made him reach the **406.** __ _____ of his instructing career.

That this language is used **407.** _____ in this district may possibly preclude the development of other dialects that experts **408.** _____ as the sources of all languages used in this area.

A pledge	**B** preordained	**C** ornamenting
D premise	**E** permits	**F** perceptible
G instantaneously	**H** overview	**I** pinnacle
J permeated	**K** mundane	**L** predominantly
M manuscripts	**N** periodic	**O** pacifies
P predicament	**Q** outermost	**R** outbreak
S opaque	**T** omit	**U** territory
V postulate	**W** preeminent	**X** offset

單字試題原文和中譯

-- nearly 幾乎（adv.） -- on the contrary 相反地（conj.）	-- mundane 現世的、世俗的（a.） -- pacify 使平靜、安慰（v.）
193. Nearly everyone feels that they are in a mundane world, having a mundane life and reading books full of **mundane** contents; **on the contrary**, everything mundane still **pacifies** your life.	幾乎每個人都覺得他們現處於一個世俗的世界，過著世俗的生活，讀著充滿世俗內容的書籍；但相反地，每件世俗的事情仍然使你的人生感到平靜。

答案：K/O（形容詞/第三人稱單數動詞）

 第一個空格要選mundane（表示普通的內容），第二個空格要選pacifies。

-- permeate 瀰漫、滲透滲入（v.） -- offset 彌補（v.）	-- patch 補釘（n.） -- imperfection 不完美、瑕疵（n.）
194. Water has **permeated** through **patches** of the wall for a couple of days, so he asks the property agent to pull down the prices to **offset** the **imperfection**.	水經由牆上的補釘部分滲透進來，所以他向房仲要求降低價錢來彌補這個瑕疵。

答案：J/X（過去分詞/原形動詞）

 第一個空格要選permeated（has+p.p的搭配，所以要選過去分詞的選項，從中過濾後僅有permeated符合句意），第二個空格要選offset。

-- overview 概要（n.） -- penetrate 滲透、穿入（v.）	-- outcome 結果、後果（n.） -- territory 版圖、領地（n.）
195. This slide is basically an **overview** demonstrating what the **outcome** would be if enemy troops keep **penetrating** our **territory**.	這個投影片基本上來說，是個概述如果敵軍軍隊一直滲透到我們的領地會有甚麼後果發生。

答案：H/U（名詞/名詞）

 第一個空格要選overview（表示一個概述），第二個空格要選territory。

| -- tide 潮汐（n.） | -- periodic 週期的、定期的（a.） |
| -- perceptible 可察覺的、可感覺的（a.） | -- differ 不一致、不同（v.） |

| **196.** The movement of **tides**, the **periodic** rise and fall of the sea level in the given time, is **perceptible**, which, in this face, **differs** from a tsunami. | 潮汐運動，也就是一定時間內海平面週期性上升下降，是可以察覺的，並且可以此來區分其與海嘯的不同。 |

答案：N/F（形容詞/形容詞）

 第一個空格要選periodic（be動詞後通家都加形容詞當補語，表示可察覺的），第二個空格要選perceptible。

| -- landlord 房東、地主（n.） | -- pledge 保證、抵押、發誓（n.） |
| -- parcel out 分配（v.） | -- outermost 最外邊的、離中心最遠的（a.） |

| **197.** Even though the **landlord** gives the **pledge** that this land will not be **parceled out** by a dozen or so small buyers, the family still decides to move to the **outermost** district of the city to ensure safety. | 縱使地主給出承諾說，這塊土地不會被十幾位買家所分購，這家人決定為了確保安全，還是要搬到這個城市最外圍的區域。 |

答案：A/Q（名詞/形容詞）

 第一個空格要選pledge（表示承諾），第二個空格要選outermost。

| -- evidently 顯然、明顯的（adv.） | -- paradox 似是而非的論點（n.） |
| -- ornament 裝飾（v.） | -- opaque 不透明的、含糊的（a.） |

| **198.** Everyone can tell it's **evidently** a **paradox** that the owner spent so much money **ornamenting** rather than improving the quality of the food, and the explanation he provided was deliberately **opaque**. | 每個人都知道這個主人花很多錢在裝飾而不是優化食物的品質，很明顯是個矛盾的事情，且他對於此事刻意地提出模糊的解釋。 |

答案：C/S（Ving/形容詞）

 第一個空格要選ornamenting（spend後方要加上動名詞，選項中僅有ornamenting符合），第二個空格要選opaque。

| -- peak 山頂、高峰（n.） | -- allow 允許（v.） |
| -- omit 忽略（v.） | -- permit 許可、容許（v.） |

199. At the **peak** of her beauty career, she does not **allow** herself to **omit** any tiny piece of work even if her boss **permits** tiny mistakes.	正處事業頂峰的她，即使她的老闆允許小錯誤，她也不允許她自己忽略工作上任何細微的部分。

答案： T/E （原形動詞/第三人稱單數動詞）

 第一個空格要選omit，第二個空格要選permits （even if的副詞子句中少了現在式單數動詞）。

-- outbreak 爆發、暴動 (n.)	-- options 選擇 (n.)
-- ongoing進行的 (a.)	-- instantaneously同時發生地 (adv.)

200. As an **outbreak** of hostilities inter-rupted the **ongoing** construction, the government had no **options** but to **instantaneously** crush the rebellion.	因為反對勢力大舉入侵正在進行中的施工工程，政府沒有其他選擇，只好立即地殲滅掉這些叛源。

答案： R/G （名詞/副詞）

 第一個空格要選outbreak，第二個空格要選instantaneously（句子已經非常完整有主要主詞和動詞等訊息時，空格處僅可能是副詞的選項）。

-- comply with 遵守、服從 (v.)	-- preordain 預先注定、命運來源 (v.)
-- preeminent 超群的、卓越的 (a.)	-- compose 組成、構成 (v.)

201. Her life seems to **comply with** the **preordained** path of being a play-wright due to her **preeminent composing** and writing abilities.	她的人生似乎遵守了註定好的命運，因為她卓越的作曲跟寫作能力，她成為一個劇作家。

答案： B/W （形容詞/形容詞）

 第一個空格要選preordained（表示命中注定要走的路），第二個空格要選preeminent。

-- accept 接受 (v.)	-- premise 前提 (n.)
-- loan 貸款 (n.)	-- predicament 困境 (n.)

202. People do not **accept** the **premise** that a **loan** of money could pull our government out of the eco-nomical **predicament**.	人民不接受借款可以使我們的政府脫離經濟困境這樣的一個前提。

答案：D/P（名詞/名詞）

 解析 第一個空格要選premise（表示接受這樣的前提），第二個空格要選predicament。

-- portion 部分（n.）	-- manuscript 手稿、原稿（n.）
-- prominent 卓越的、顯著的（a.）	-- pinnacle 巔峰、最高點（n.）

203. A **portion** of the **manuscripts** belonging to the **prominent** scholar has been well- preserved, regarded as what made him reach the **pinnacle** of his instructing career.	屬於這位傑出學者的手稿部分被完好的保存著，且其被認為是使他達到他教學事業巔峰的東西。

答案：M/I（名詞/名詞）

 解析 第一個空格要選manuscripts，第二個空格要選pinnacle（表示教學事業巔峰）。

-- predominantly 主要地（adv.）	-- preclude 預先排除、預防（v.）
-- postulate 假設（v.）	-- source 來源（n.）

204. That this language is used **predominantly** in this district may possibly **preclude** the development of other dialects that experts **postulate** as the **sources** of all languages used in this area.	這個語言在這個地區盛行，很有可能預先排除了其他方言發展，而專家認為方言是這個區域中所有語言的來源。

答案：L/V（副詞/複數動詞）

 解析 第一個空格要選predominantly，第二個空格要選postulate。

Your report is lack of precision because there might be potential **409.** _____ happening if you just say the point is mentioned in the **410.** _____ paragraph.

It's definitely a potent study **411.** _____ that the latest trend in accessory fashion would be **412.** _____ from East Asia to Western countries.

It is plausible that the phenomenon of how your skin **413.** _____ is just as how moisture passes through the **414.** _____ in the surface of a leaf.

The color created by mixing artificial and natural **415.** _____ up is phenomenal, and the way to create it is **416.** _____, especially in tropical counties, such as Mexico and Brazil.

The persistent questioning has been lasting for an hour in this conference in that people are so **417.** _____ about how this miraculous way of **418.** _____ a bridge from just hundreds of poles could form such a solid building.

419. _____ comments are raised regarding how the radical changes would bring about a **420.** _____ improvement in establishing a prosperous city.

She was provoked by the **421.** _____ words saying that she has no ability to go to college, which then **422.** _____ her to pursue a life of research.

Proponents consider this his **423.** _____ that he can hang on to a piece of rock protruding from the cliff face in such an **424.** _____ condition.

Rising fruit and vegetable prices are **425.** _____, said the government, in order to **426.** _____ grow fruits and assure farmers' right.

This scheme is prolonged due to the fact that **427.** _____ weather condition is programmed to reform the capital cities and **428.** _____ the ancient temples.

We are supposed to put protecting the world's **428.** _____ pristine forests in our top **430.** _____.

To live a primitive lifestyle is **431.** _____ nowadays, such as camping, and the **432.** _____ reason why it is popular among families may be because children can learn the remarkable way of living.

A	presumable	B	ambiguity	C	inquisitive
D	prolifically	E	pertinent	F	ruinous
G	malicious	H	prowess	I	positing
J	breathes	K	remaining	L	pigments
M	emergent	N	piecing	O	pronounced
P	prevalent	Q	prohibitive	R	pervasive
S	pores	T	preceding	U	widespread
V	priority	W	preserve	X	propels

單字試題原文和中譯

-- precision 精確度 (n.) -- ambiguity 不明確、含糊 (n.)	-- potential 可能的、潛在的 (a.) -- preceding 上述的、在前的 (a.)
205. Your report is lack of **precision** because there might be **potential** <u>**ambiguity**</u> happening if you just say the point is mentioned in the <u>**preceding**</u> paragraph.	你的報告缺乏準確性，因為你如果只說這個論點已經在之前的段落中敘述過了，有可能會有敘述不明確的情況發生。

答案： B/T（名詞/形容詞）

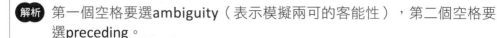 第一個空格要選ambiguity（表示模擬兩可的客能性），第二個空格要選preceding。

-- potent 有力的、有說服力的 (a.) -- widespread 廣布的、普及的 (a.)	-- posit 斷定 (v.) -- trend 趨勢、流行 (n.)
206. It's definitely a **potent** study <u>**positing**</u> that the latest **trend** in accessory fashion would be <u>**widespread**</u> from East Asia to Western countries.	這個很有說服力的研究斷定飾品的流行趨勢會從東亞到西方國家廣泛普及。

答案： I/U（現在分詞/形容詞）

解析 第一個空格要選positing（這題為關係代名詞省略，故要選positing才符合答案），第二個空格要選widespread。

-- plausible 似是而非的 (a.) -- breathe 呼吸 (v.)	-- phenomenon 現象 (n.) -- pore 孔 (n.)
207. It is **plausible** that the **phenomenon** of how your skin <u>**breathes**</u> is just as how moisture passes through the <u>**pores**</u> in the surface of a leaf.	你的皮膚呼吸就像是水分如何透過葉面的細孔滲透，這樣的現象似乎是合理的。

答案： J/S（第三人稱單數動詞/名詞）

解析 第一個空格要選breathes（your skin後方要加上單數動詞），第二個空格要選pores。

-- artificial 人造的 (a.) -- phenomenal 非凡的 (a.)	-- pigment 色素 (n.) -- pervasive 普及的、遍布的 (a.)
208. The color created by mixing **artificial** and natural **pigments** up is **phenomenal**, and the way to create it is **pervasive**, especially in tropical counties, such as Mexico and Brazil.	由混和人造與天然色素創造出來的色素十分出色，而且製造的方法遍及熱帶國家，像是墨西哥與巴西。

答案：L/R（名詞/形容詞）

 第一個空格要選pigments（表示天然色素），第二個空格要選pervasive。

-- persistent 堅持的、持續的 (a.) -- miraculous 奇蹟的、不可思議的 (a.)	-- inquisitive 好奇的 (a.) -- piece 連接、接上 (v.)
209. The **persistent** questioning has been lasting for an hour in this conference in that people are so **inquisitive** about how this **miraculous** way of **piecing** a bridge from just hundreds of poles could form such a solid building.	研討會中的發問持續一小時之久而不間斷，因為人們對於這樣不可思議，只使用幾百根竿子連接橋便可以建出這樣堅固的建物感到好奇。

答案：C/N（形容詞/Ving）

 第一個空格要選inquisitive（空格中要填入形容詞（so+adj），表示好奇的），第二個空格要選piecing。

-- pertinent 相關的 (a.) -- pronounced 明顯的 (a.)	-- radical 激進的、根本的 (a.) -- prosperous 繁榮的 (a.)
210. **Pertinent** comments are raised regarding how the **radical** changes would bring about a **pronounced** improvement in establishing a **prosperous** city.	有關一些根本上的改變如何能於建造一個繁榮城市時帶來顯著的進步，這樣的言論已被提出。

答案：E/O（形容詞/形容詞）

 第一個空格要選pertinent（表示有關連性的），第二個空格要選pronounced。

| -- provoke 激怒、招惹 (v.) | -- malicious 懷惡意的 (a.) |
| -- propel 推進、驅使 (v.) | -- pursue 追求、追趕 (v.) |

| 211. She was **provoked** by the **malicious** words saying that she has no ability to go to college, which then **propels** her to **pursue** a life of research. | 她被說她沒有能力進大學這樣的惡意言論給激怒，其促使她去追求走上研究之路。 |

答案：G/X（形容詞/第三人稱單數動詞）

 解析 第一個空格要選malicious（表示惡意的字眼），第二個空格要選 propels。

| -- proponent 支持者 (n.) | -- prowess 實力、才智 (n.) |
| -- protrude 突出、伸出 (v.) | -- emergent 緊急的、浮現的 (a.) |

| 212. **Proponents** consider this his **prowess** that he can hang on to a piece of rock **protruding** from the cliff face in such an **emergent** condition. | 支持者認為可以在這樣緊急的時刻緊緊抓住由懸崖突出的岩石，是他的英勇才智。 |

答案：H/M（名詞/形容詞）

 解析 第一個空格要選prowess（所有格+名詞，表示才智），第二個空格要選emergent。

| -- prohibitive 禁止的、抑制的 (a.) | -- in order to 為了 (conj.) |
| -- prolifically 多產地、豐富地 (adv.) | -- assure 向…保證、使放心 (v.) |

| 213. Rising fruit and vegetable prices are **prohibitive**, said the government, **in order to prolifically** grow fruits and **assure** farmers' right. | 政府表示為了大量的生產水果以及確保農民的權益，抬高水果與蔬菜價格是被禁止的。 |

答案：Q/D（形容詞/副詞）

 解析 第一個空格要選prohibitive，第二個空格要選prolifically（句子已經非常完整有主要主詞和動詞等訊息時，空格處僅可能是副詞的選項，為常見的to+adv+V+N的架構）。

| -- prolong 延長、拖延 (v.) | -- ruinous 招致破壞的 (a.) |
| -- program 程式化、規劃 (v.) | -- preserve 保護、保存 (v.) |

| 214. This scheme is **prolonged** due to the fact that <u>**ruinous**</u> weather condition is **programmed** to reform the capital cities and <u>**preserve**</u> the ancient temples. | 此計劃是用於改善首都以及保存古廟宇，因為破壞性的氣候狀況而延後。 |

答案：F/W（形容詞/複數動詞）

 解析 第一個空格要選ruinous（表示招致破壞的），第二個空格要選preserve。

| -- protect 保護 (v.)
-- pristine 原始的、質樸的 (a.) | -- remaining 剩餘的、剩下的 (a.)
-- priority 優先 (n.) |

| 215. We are supposed to put "**protecting** the world's **remaining pristine** forests" in our top <u>**priority**</u>. | 我們應該要把保護世界上剩餘的原始森林當作我們的第一優先。 |

答案：K/V（形容詞/名詞）

 解析 第一個空格要選remaining（表示僅存的），第二個空格要選priority。

| -- primitive 原始的 (a.)
-- presumable 可推測的 (a.) | -- prevalent 普遍的、流行的 (a.)
-- remarkable 卓越的、非凡的 (a.) |

| 216. To live a **primitive** lifestyle is <u>**prevalent**</u> nowadays, such as camping, and the **presumable** reason why it is popular among families may be because children can learn the **remarkable** way of living. | 過著原始的生活方式像是露營，在現今來說是很普遍的，且為什麼這樣的生活方式在家庭間很熱門其可能的原因為小孩子可以學到非凡卓越的生活方式。 |

答案：P/A（形容詞/形容詞）

 解析 第一個空格要選prevalent，第二個空格要選presumable（表示可推測的原因）。

The reputation of this **433.** _____ store has been ruined by this drastic explosion assumed to be terrorist attack, and there is still **434.** _____ oil spread all over the floor.

Even though this story is readily **435.** _____, I would choose to follow all the **436.** _____ of the plot rather than scan and then directly skip to the conclusion.

This group of people regards the sort of interior design as **437.** _____, while another group deems this refined work as adorned with **438.** _____ decoration.

Relatively speaking, it is a lot urgent to strictly **439.** _____ the army for the sake of **440.** _____ our defense against attacks.

The downcast facial expression she had while **441.** _____ admitting to the truth constantly **442.** _____ through my mind.

The **443.** _____ of the Eiffel Tower she made approximately two years ago has received an exceptional reputation for sophistication and its delicate **444.** _____.

The fragments of **445.** _____ wood and glasses scattered due to the **446.** _____ explosion have screened off part of the room.

He has been the **447.** _____ of his colleagues since they saw him carrying scores of goods in such a **448.** _____ day.

Having the mass production of **449.** _____ dress is outside the scope of our ability, save for designing just few **450.** _____ of it.

I feel quite **451.** _____ using a scented soap for the shower, making me feel like **452.** _____ around the street full of roses in Paris - the most fanciful city in the world.

The **453.** _____ of religions is so philosophical and profound that makes me merely have a **454.** _____ grasp of Buddhism, for example that the cow is a sacred animal in India.

The president's **455.** _____ way of making a presentation leads to the deep **456.** _____ within the party, making roughly 70% percent of the members unable to execute their power.

A	satisfied	B	refreshing	C	ramifications
D	residual	E	regulate	F	roundabout
G	scorn	H	samples	I	gargantuan
J	realm	K	recurs	L	symmetry
M	scorching	N	replica	O	historic
P	rudimentary	Q	reluctantly	R	scraped
S	ruptures	T	reinforcing	U	refuse
V	comprehensible	W	scented	X	roaming

單字試題原文和中譯

-- reputation 聲譽、名譽 (n.)　　-- historic 歷史上重要的、歷史性的 (a.)
-- drastic 激烈的 (a.)　　　　　-- residual 剩餘的、殘餘的 (a.)

217.The **reputation** of this **historic** store has been ruined by this **drastic** explosion assumed to be terrorist attack, and there is still **residual** oil spread all over the floor.	這間具歷史性意義的商店聲譽被這次推測為是恐怖攻擊的轟炸給摧毀了，而且還有殘餘的油漬遍布地上。

答案: **O/D**（形容詞/形容詞）

 解析　第一個空格要選historic（表示殘餘的），第二個空格要選residual。

-- readily 容易地、快捷地 (adv.)　　-- comprehensible 可理解的 (a.)
-- ramifications 分支 (n.)　　　　-- rather than 而不是 (conj.)

218.Even though this story is **readily comprehensible**, I would choose to follow all the **ramifications** of the plot **rather than** scan and then directly skip to the conclusion.	雖然這個故事可以很快速地被理解，我還是會選擇遵照故事情節的所有分支而不是掃過去然後直接跳到結局。

答案: **V/C**（形容詞/名詞）

 解析　第一個空格要選comprehensible（表示情節的分支），第二個空格要選ramifications。

-- refuse 拒絕 (v.) 廢物、殘渣 (n.) -- refined 精緻的、精確的、優雅的 (a.)
-- adorn 使裝飾、使生色 (v.)　　　-- refreshing 清爽的 (a.)

219.This group of people regards the sort of interior design as **refuse**, while another group deems this **refined** work as **adorned** with **refreshing** decoration.	這群人認為這樣類型的室內設計根本是垃圾，然而其他的人卻認為這是個精緻的作品，因為其使用耳目一新的裝飾。

答案: **U/B**（名詞/形容詞）

第一個空格要選refuse，第二個空格要選refreshing，空格中要填入形容詞（現在分詞當形容詞表示令人感到）來修飾表示耳目一新的裝飾。	

-- relatively 相對地、比較而言 (adv.)	-- urgent 急迫的、緊急的 (a)
-- regulate 管理、為…制定規章 (v.)	-- reinforce 增強、加固 (v.)

220. **Relatively** speaking, it is a lot **urgent** to strictly **regulate** the army for the sake of **reinforcing** our defense against attacks.	相對來說，去嚴格的管理我們的軍隊來達到鞏固我們防線免於受到攻擊是更加地緊急。

答案： E/T（原形動詞/Ving）

第一個空格要選regulate （to後面要加上原形動詞regulate，表示嚴格的管制），第二個空格要選reinforcing。

-- reluctantly 不情願地 (adv.)	-- admit 承認 (v.)
-- constant 持續的、堅決的 (adv.)	-- recur 再發生、復發 (v.)

221. The downcast facial expression she had while **reluctantly admitting** to the truth **constantly recurs** through my mind.	她不情願承認這個事實時的悲哀表情一直在我腦海中反覆浮現。

答案： Q/K （副詞/第三人稱單數動詞）

第一個空格要選reluctantly，第二個空格要選recurs（這題要選單數動詞且表示反覆出現的概念）。

-- replica 複製品、複寫 (n.)	-- reputation 名聲、名譽 (n.)
-- delicate 細緻的、微妙的 (a.)	-- symmetry 對稱、調和 (n.)

222. The **replica** of the Eiffel Tower she made approximately two years ago has received an exceptional **reputation** for sophistication and its **delicate symmetry**.	她大約兩年前做的艾菲爾鐵塔的複製品，因為精細與細緻的對稱，贏得很好的聲譽。

答案： N/L （名詞/名詞）

第一個空格要選replica，第二個空格要選symmetry（表示細緻的對稱）。

-- scrape 刮、擦 (v.)	-- scatter 散播、散佈 (v.)
-- gargantuan 巨大的、龐大的 (a.)	-- screen 隔離 (v.)

223. The fragments of **scraped** wood and glasses **scattered** due to the **gargantuan** explosion have **screened** off part of the room.	因為巨大爆炸而四射的這些有擦痕的木頭與玻璃的碎片遮蔽了這房間的一部分。

答案：R/I（形容詞/形容詞）

 解析 第一個空格要選scraped，第二個空格要選gargantuan（表示巨大爆炸）。

-- scorn 輕蔑、奚落 (n.) -- score 大量、許多 (n.)	-- carry 攜帶 (v.) -- scorching 灼熱的、激烈的 (a.)

224. He has been the **scorn** of his colleagues since they saw him **carrying scores** of goods in such a **scorching** day.	自從他同事看到他在烈日下提著大包小包的貨物後，他就成為他同事奚落的對象。

答案：G/M（名詞/形容詞）

 解析 第一個空格要選scorn（為常見的冠詞a/the其後加上名詞的架構，表示同事的奚落），第二個空格要選scorching。

-- scented 有氣味的 (a.) -- samples 樣品 (n.)	-- scope 範圍、廣度 (n.) -- save for 除了 (preposition)

225. Having the mass production of **scented** dress is outside the **scope** of our ability, **save for** designing just few **samples** of it.	大量製作有香氛的洋裝完全超出我們的可行範圍，除了只是設計出幾樣樣本以外。

答案：W/H（形容詞/名詞）

 解析 第一個空格要選scented，第二個空格要選samples（表示幾個樣本）。

-- satisfied 感到滿足的 (a.) -- roam 漫步、漫遊 (v.)	-- scented 有氣味的 (a.) -- fanciful 想像的、奇怪的 (a.)

226. I feel quite **satisfied** using a **scented** soap for the shower, making me feel like **roaming** around the street full of roses in Paris - the most **fanciful** city in the world.	使用有香氛的香皂洗澡讓我感到很滿意，感覺就像是漫步在開滿玫瑰的巴黎街道，而巴黎則是世界上最讓人充滿幻想的城市。

答案：A/X（形容詞/現在分詞）

解析 第一個空格要選satisfied（feel感官動詞後要加形容詞，故這題要選 satisfied），第二個空格要選roaming。

-- realm 領域、界 (n.) -- rudimentary 基本的、初步的 (a.)	-- profound 深奧的 (a.) -- sacred 宗教的、不可侵犯的 (a.)
227. The **realm** of religions is so philosophical and **profound** that makes me merely have a **rudimentary** grasp of Buddhism, for example that the cow is a **sacred** animal in India.	宗教這個領域是非常哲學且深奧的，讓我只能大概知道佛教的基礎，像是牛是印度神聖的動物。

答案：J/P（名詞/形容詞）

 解析 第一個空格要選realm（表示宗教這個領域），第二個空格要選 rudimentary。

-- roundabout 繞圈子的 (a.) -- roughly 概略地、粗糙地 (adv.)	-- rupture 破裂、斷開 (n.) -- execute 執行 (v.)
228. The president's **roundabout** way of making a presentation leads to the deep **ruptures** within the party, making **roughly** 70% percent of the members unable to **execute** their power.	總統兜圈子的報告方式導致了這個黨派的破裂，使得大約百分之70的成員無法執行他們的權力。

答案：F/S（形容詞/名詞）

 解析 第一個空格要選roundabout（表示兜圈子的報告方式），第二個空格要選ruptures。

The **457.** _____ man plays a rather important role in our team because he can rotate the **458.** _____ handle gently.

Through rigorous examination, the distinguished scholar states that the speed of a patient's **459.** _____ after having an operation represents the person's **460.** _____ capacity.

The old man finally **461.** _____ his suitcase ten years after he left it at the lobby of JFK international airport and appreciates the anonymous man **462.** _____ the original appearance of his suitcase.

She has acquired the **463.** _____ of handcraft, and the necklace she made is widely sought-after, making it the most **464.** _____ moment in her life.

Myriad people **465.** _____ for planting more trees after knowing there is just one **466.** _____ tree growing on the mountainside, with its stem slightly and gradually sinking down into the mud.

In my case, since I am skeptical of the truthfulness of any telephone **467.** _____ calls from banks, I reckon people must **468.** _____ themselves from information theft.

The branch he was standing on **469.** _____ off and a small **470.** _____ of it sank down into the shallow-end of the swimming pool.

The **471.** _____ of this event is that even though the spectators speculated that this man with a suspicious look murdered his mother, the police officer still believed that the young woman somewhat **472.** _____ on the floor did that.

After she switched to the department **473.** _____ concentrating on composing rather than singing, this singer finally got a chance to **474.** _____ her new songs.

The tiger mother has been exceedingly severe with her son, making him a **475.** _____ student who may have potential **476.** _____ problems.

In order to create a spectacular marble sculpture, the architect has to have the close **477.** _____ of people's preference to art and **478.** _____ attitude.

The language institute in which I was teaching English language was **479.** _____ for aiding immigrants and refugees subjected to verbal and physical **480.** _____ in acquiring required abilities to get a job.

A sophistication		**B** scrutiny		**C** segment	
D sedentary		**E** principally		**F** solitary	
G singularity		**H** shield		**I** cumbersome	
J resilient		**K** retrieves		**L** established	
M aesthetic		**N** revival		**O** shivering	
P meaningful		**Q** robust		**R** retaining	
S showcase		**T** solicit		**U** solicitation	
V snapped		**W** secreted		**X** abuse	

單字試題原文和中譯

-- robust 強健的、結實的 (a.)　　　-- role 角色 (n.)
-- rotate 旋轉 (v.)　　　　　　　　-- cumbersome 累贅的、沉重的 (a.)

229.The **robust** man plays a rather important **role** in our team because he can **rotate** the **cumbersome** handle gently.	這個強健的男人在我們的團隊中扮演著相當重要的角色，因為他可以輕鬆旋轉這個沉重的把手。

答案：Q/I（形容詞/形容詞）

 第一個空格要選robust，第二個空格要選cumbersome（表示沉重的把手）。

-- rigorous 嚴格的、苛刻的 (a.)　　-- distinguished 卓越的、著名的 (a.)
-- revival 再生、復活 (n.)　　　　　-- resilient 彈回的、迅速恢復精力的 (a.)

230.Through **rigorous** examination, the **distinguished** scholar states that the speed of a patient's **revival** after having an operation represents the person's **resilient** capacity.	在經歷過嚴苛的檢查後，這位卓越的學者陳述，一位病人在手術過後甦醒的速度代表著一個人的復原能力。

答案：N/J（名詞/形容詞）

 第一個空格要選revival，第二個空格要選resilient（表示復原的能力）。

-- retrieve 重新得到、收回 (v.)　　-- international 國際的 (a.)
-- anonymous 作者不詳的 (a.)　　　-- retain 保持、保留 (n.)

231.The old man finally **retrieves** his suitcase ten years after he left it at the lobby of JFK **international** airport and appreciates the **anonymous** man **retaining** the original appearance of his suitcase.	十年後，這位老人終於取回他十年前丟失在紐約JFK國際機場的皮箱，並且對於那位不知道名字，卻幫他保留行李箱原貌的那位先生感到很感激。

答案：K/R（第三人稱單數動詞/動名詞）

解析 第一個空格要選retrieves（這句的主詞為man故空格要選單數動詞且句意為取回的意思），第二個空格要選retaining。

| -- acquire 取得、獲得 (v.) | -- sophistication 複雜、精密 (n.) |
| -- sought-after 很吃香的、受歡迎的 (a.) | -- meaningful 有意義的 (a.) |

| **232.** She has **acquired** the **sophistication** of handcraft, and the necklace she made is widely **sought-after**, making it the most **meaningful** moment in her life. | 她已經獲取了做手工藝的精隨，而且她親手製作的項鍊非常受歡迎，這成為她人生中最有意義的時刻。 |

答案： A/P（名詞/形容詞）

 解析 第一個空格要選sophistication（表示手工藝的精隨），第二個空格要選meaningful。

| -- myriad 大量的、無數的 (a.) | -- solicit 請求、乞求 (v.) |
| -- solitary 獨居的、孤獨的 (a.) | -- sink 沉入 (v.) |

| **233.** **Myriad** people **solicit** for planting more trees after knowing there is just one **solitary** tree growing on the mountainside, with its stem slightly and gradually **sinking** down into the mud. | 當民眾知道只有一棵孤獨的樹生長在山上，它的莖漸漸地且輕輕地沉入泥土中，無數的民眾乞求說要種植更多的樹。 |

答案： T/F（複數動詞/形容詞）

 解析 第一個空格要選solicit，第二個空格要選solitary（表示一棵孤獨的樹）。

| -- reckon 估計、認為、猜想 (v.) | -- shield 保護、遮蔽 (v.) |
| -- solicitation 懇請、懇求 (n.) | -- skeptical 懷疑性的 (a.) |

| **234.** In my case, since I am **skeptical** of the truthfulness of any telephone **solicitation** calls from banks, I **reckon** people must **shield** themselves from information theft. | 以我的例子來說，因為我對於任何銀行推銷電話的真實性感到懷疑，因此我認為人們必須要保護自己免於資訊遭竊取。 |

答案： U/H（名詞/原形動詞）

 解析 第一個空格要選solicitation，第二個空格要選shield，空格前方為must，其為助動詞後方要加上原形動詞shield，在此指保護自己免於。

| -- snap 咬斷、拉斷 (v.) | -- segment 分割 (n.) |
| -- sank 沉入 (v.) | -- shallow 淺的 (a.) |

| 235. The branch he was standing on **snapped** off and a small **segment** of it **sank** down into the **shallow**-end of the swimming pool. | 他剛剛站在上面的樹枝斷掉了，且小部分的枝幹沉入泳池中較淺的部分。 |

答案：V/C（片語/名詞）

 解析　第一個空格要選snapped，第二個空格要選segment（為常見的冠詞+形容詞+名詞的架構），表示小部分的枝幹。

| -- singularity 奇異、奇妙 (n.) | -- spectator 觀眾、目擊者 (n.) |
| -- speculate 推測 (v.) | -- shiver 顫抖 (v.) |

| 236. The **singularity** of this event is that even though the **spectators speculated** that this man with a suspicious look murdered his mother, the police officer still believed that the young woman somewhat **shivering** on the floor did that. | 這件事情奇妙的地方在於，雖然目擊者推測說這個擁有可疑外型的男子殺了他的母親，警察方面還是認為是那位在地上顫抖的年輕小姐做的。 |

答案：G/O（名詞/形容詞）

 解析　第一個空格要選singularity（表示事情奇妙的地方），第二個空格要選shivering。

| -- switch 主換、切換 (v.) | -- principally 原理的、原則的 (adv.) |
| -- concentrate 集中、集結 (v.) | -- showcase 陳列 (v.) |

| 237. After she **switched** to the department **principally concentrating** on composing rather than singing, this singer finally got a chance to **showcase** her new songs. | 在被調去著重創作歌曲而非歌唱的部門之後，這位歌手最終有機會可以展現她的新歌了。 |

答案：E/S（副詞/原形動詞）

 解析　第一個空格要選principally（句子已經非常完整有主要主詞和動詞等訊息時，空格處僅可能是副詞的選項），第二個空格要選showcase。

-- exceedingly 極端的 (adv.) -- sedentary 久坐的 (a.)	-- severe 嚴厲的 (a.) -- secreted 分泌的 (a.)

238. The tiger mother has been **exceedingly severe** with her son, making him a **sedentary** student who may have potential **secreted** problems.	這位虎媽對她的兒子極端嚴厲，使她的兒子成為習慣於久坐，且可能會有潛在內分泌方面問題的學生。

答案：D/W（形容詞/形容詞）

 解析 第一個空格要選sedentary（表示慣於久坐），第二個空格要選secreted。

-- scrutiny 仔細檢查、監視 (n.) -- sculpture 雕刻 (n.)	-- aesthetic 美學的 (a.) -- spectacular 驚人的 (a.)

239. In order to create a **spectacular** marble **sculpture**, the architect has to have the close **scrutiny** of people's preference to art and **aesthetic** attitude.	為了要創造出不凡的大理石雕刻，這位建築師必須要仔細觀察人們對於美的喜好與審美觀。

答案：B/M（名詞/形容詞）

 解析 第一個空格要選scrutiny（表示仔細觀察），第二個空格要選aesthetic。

-- establish 創立 (v.) -- subjected to 使…遭受 (v.)	-- aid 幫助 (v.) -- abuse 侮辱、虐待 (n.)

240. The language institute in which I was teaching English language was **established** for **aiding** immigrants and refugees **subjected to** verbal and physical **abuse** in acquiring required abilities to get a job.	我以前任教的語言機構之所以創立，是基於幫助遭受言語與肢體虐待的移民跟難民能夠獲取找工作必備的能力。

答案：L/X（過去分詞/名詞）

 解析 第一個空格要選established（be established for），第二個空格要選abuse。

He has sturdy resistance to believe that our country is encountering a **481.** _____ economic climate that has been **482.** _____ growing in other Asian countries for a few years.

Experts predict that there will be a **483.** _____ thunderstorm striking at least twice in the following two weeks, so people have to start **484.** _____ foods and water.

Even though we are stripped of our right to vote for international affairs, our **485.** _____ allies are still there with us, no matter what would happen ensuing this **486.** _____.

The way our government chooses to **487.** _____ the price of fruits is to spur people's **488.** _____ to spontaneously go purchasing discounted fruits.

There have been **489.** _____ pieces of gunfire taking place for a long **490.** _____ of time between a group of students and a group split away from its source.

The pet frog I have had a short span of time just **491.** _____ in the pool, which is the **492.** _____ I have ever seen in my whole life so far.

The opinions he raised have sparked off **493.** _____ arguments and **494.** _____ bursts of anger between these two parties.

A full body massage is such a tempting way to **495.** _____ relieve the **496.** _____ in your muscles.

I tend to go to bed early in a day teeming with rain in that I am so

497. _____ to bad weather condition that makes me feel like I am in a 498. _____.

The question pertaining to 499. _____ sensation has long been tantalizing the world's best scientists and experts in different 500. _____ of science for a long period of time.

Ancient people got a lot of their 501. _____ from hunting to sustain life, but since then, buying and selling commodities have 502. _____ hunting as the substantial way to get food.

To prevent thieves from intruding the 503. _____ feast, monitors have been set to 504. _____ our money and personal belongings under video surveillance.

A	sumptuous	B	stabilize	C	sporadic
D	spawned	E	susceptible	F	tactual
G	stockpiling	H	staunch	I	stealthily
J	intermittent	K	swiftly	L	sustenance
M	safeguard	N	splendor	O	sparse
P	stringent	Q	drastic	R	adversity
S	supplanted	T	tension	U	tailspin
V	spell	W	realms	X	willingness

單字試題原文和中譯	
-- sturdy 強健的 (a.) -- stringent 迫切的、嚴厲的 (a.)	-- resistance 抵抗力 (n.) -- stealthily 悄悄地 (adv.)

241. He has **sturdy resistance** to believe that our country is encountering a **stringent** economic climate that has been **stealthily** growing in other Asian countries for a few years.	他頑強抵抗不去相信我們的國家正面臨嚴峻的經濟情勢，且此經濟危機已悄悄地在亞洲其他國家蔓延好幾年了。

答案：P/I（形容詞/副詞）

 第一個空格要選stringent，第二個空格要選stealthily（句子已經非常完整有主要主詞和動詞等訊息時，空格處僅可能是副詞的選項）。

-- predict 預測 (v.) -- striking 攻擊、襲擊 (v.)	-- drastic 激烈的 (a.) -- stockpile 儲存 (v.)

242. Experts **predict** that there will be a **drastic** thunderstorm **striking** at least twice in the following two weeks, so people have to start **stockpiling** foods and water.	專家預測在接下來的兩週會有至少兩次激烈的雷暴雨襲擊我們，所以民眾必須要開始儲存食物與水。

答案：Q/G（形容詞/Ving）

 第一個空格要選drastic，第二個空格要選stockpiling（start後方要加上ving形式）。

-- strip 剝奪、拆卸 (v.) -- ensue 接踵而至 (v.)	-- staunch 堅固的、忠實的 (a.) -- adversity 災難、逆境 (n.)

243. Even though we are **stripped** of our right to vote for international affairs, our **staunch** allies are still there with us, no matter what would happen **ensuing** this **adversity**.	雖然我們被剝奪我們對國際事務投票的權利，我們堅固的盟友們還是跟我們站在一起，不論在這個困境之後會發生什麼事情。

答案：H/R（形容詞/名詞）

解析 第一個空格要選staunch（表示我們堅固的盟友），第二個空格要選 adversity。

-- stabilize 使穩定 (v.) -- spur 刺激、鼓舞 (v.)	-- willingness 樂意 (n.) -- spontaneously 自發地 (adv.)
244. The way our government chooses to **stabilize** the price of fruits is to **spur** people's **willingness** to **spontaneously** go purchasing discounted fruits.	我們政府選擇使水果物價穩定的方法，就是刺激民眾自發性地去購買打折水果的意願。

答案：B/X（原形動詞/名詞）

 解析 第一個空格要選stabilize（ to後面要加上原形動詞stabilize，表示穩定價格），第二個空格要選willingness。

-- sporadic 偶爾發生的、零星的 (a.) -- split 分割 (v.)	-- spell 一段時間 (n.) -- source 來源 (n.)
245. There have been **sporadic** pieces of gunfire taking place for a long **spell** of time between a group of students and a group **split** away from its **source**.	學生與從源頭分裂出來的群組間一些零星的擦槍走火事件已經發生了好一長段時間了。

答案：C/V（過去分詞/名詞）

 解析 第一個空格要選sporadic，（表示零星的），第二個空格要選spell。

-- span 廣度、全長 (n.) -- splendor 壯闊的景觀 (n.)	-- spawn 產卵 (v.) -- so far 目前 (adv.)
246. The pet frog I have had a short **span** of time just **spawned** in the pool, which is the **splendor** I have ever seen in my whole life **so far**.	我養了一小段時間的寵物青蛙剛剛在池塘中產卵了，這是一幅我人生中從沒見過的壯闊震撼的景象。

答案：D/N（過去式動詞/名詞）

 解析 第一個空格要選spawned（句子中少的主要動詞且要是過去式），第二個空格要選splendor。

-- spark 閃爍 (v.) -- intermittent 間歇的、斷斷續續的 (a.)	-- sparse 稀稀疏疏的 (a.) -- burst 爆裂 (n.)

247. The opinions he raised have **sparked** off __sparse__ arguments and __intermittent__ **bursts** of anger between these two parties.	他提出的見解使得兩派間稀稀落落的爭論以及斷斷續續的火藥味都被激活了起來。

答案：O/J（形容詞/形容詞）

 解析 第一個空格要選sparse，第二個空格要選intermittent（表示斷斷續續的）。

-- tempting 誘人的 (a.) -- relieve 釋放 (v.)	-- swiftly 很快地、即刻地 (adv.) -- tension 緊繃、壓力 (n.)

248. A full body massage is such a **tempting** way to __swiftly relieve__ the __tension__ in your muscles.	全身按摩就是個非常誘人且可以快速釋放身體肌肉緊張壓力的方法。

答案：K/T（副詞/名詞）

 解析 第一個空格要選swiftly（句子已經非常完整有主要主詞和動詞等訊息時，空格處僅可能是副詞的選項），第二個空格要選tension。

-- tend 趨向 (v.) -- susceptible 易受影響的 (a.)	-- teem with 充滿大量 (v.) -- tailspin混亂、困境 (n.)

249. I **tend** to go to bed early in a day **teeming with** rain in that I am so __susceptible__ to bad weather condition that makes me feel like I am in a __tailspin__.	我傾向於在大雨的日子早點睡，因為我對於這種會讓我感到身陷混亂的壞天氣很敏感。

答案：E/U（形容詞/名詞）

 解析 第一個空格要選susceptible（空格中要填入形容詞，so…that的句型表達如此…以致於，so後面加上形容詞），第二個空格要選tailspin。

-- tactual 觸覺的、觸覺感官的 (a.) -- tantalize 逗弄 (v.)	-- sensation 感覺、感情 (n.) -- realm 領域 (n.)

250. The question pertaining to __tactual sensation__ has long been **tantalizing** the world's best scientists and experts in different __realms__ of science for a long period of time.	有關觸覺的這個問題已經誘惑著世界上最好的幾個科學家以及在科學界不同領域的專家好一段時間了。

答案：F/W（形容詞/名詞）

 解析 第一個空格要選tactual（表示觸覺的感受），第二個空格要選realms。

-- sustenance 生計、食物來源 (n.) -- supplant 排擠掉、替代來源 (v.)	-- sustain 支援、忍受 (v.) -- substantial 重要的 (a.)

251. Ancient people got a lot of their <u>**sustenance**</u> from hunting to **sustain** life, but since then, buying and selling commodities have <u>**supplanted**</u> hunting as the **substantial** way to get food.	古時候人們用打獵來維持生計，但從那時起，商品買賣就已取代狩獵成為人們獲取食物來源最重要的方式。

答案：L/S（名詞/過去分詞）

 解析 第一個空格要選sustenance（所有格+名詞，表示生計），第二個空格要選supplanted。

-- intrude 入侵 (v.) -- safeguard 保障、保護 (v.)	-- sumptuous 奢侈的、華麗的 (a.) -- surveillance 監督、監視 (n.)

252. To prevent thieves from **intruding** the <u>**sumptuous**</u> feast, monitors have been set to <u>**safeguard**</u> our money and personal belongings under video **surveillance**.	為了避免小偷們入侵這奢華的宴會，顯示器必須裝有監視器來保障錢財跟個人物品。

答案：A/M（形容詞/原形動詞）

 解析 第一個空格要選sumptuous（表示奢華的盛宴），第二個空格要選safeguard。

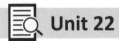

The uncertainty of personal safety is **505.** _____ to this plan, meaning a **506.** _____ is required to get the plan approved.

I passed an **507.** _____ night after undergoing the great hardship, and the sadness has been ultimately transformed into the **508.** _____ I would never recover from.

The **509.** _____ her father has been making have set a firm **510.** _____ for this company, which is about to be undertaken by the new boss.

We have to **511.** _____ that there is unanimity on keeping this apartment **512.** _____.

The rebellion launched by turbulent factions was **513.** _____ by the series of police **514.** _____.

The influential adventurer **515.** _____ wild and mountainous tracts of land, through which he thoroughly realized how hard it would be to **516.** _____ large amounts of ultraviolet energy.

According to the unsurpassed project the scholar presented, we are about to enter the unprecedented prosperity; however, the **517.** _____ is still there denoting destiny is always subject to **518.** _____.

The plan of providing utilitarian student accommodation is **519.** _____ to everyone attending the meeting, but statistics is still needed to **520.** _____ the underlying merits the school will get.

The participant's behavior that he overlooked an **521.** _____ point that might invoke another set of problems, extremely **522.** _____ his administrator.

He attempts to incorporate other scholars' opinions into his paper and to blend **523.** _____ and modern thoughts together to elaborate his teaching practices, based on **524.** _____ evidence.

The government has imposed new **525.** _____ on the Internet usage to ensure information security; it is, however, totally bizarre to see an **526.** _____ of alarming messages popping up on your computer screen.

Adherents of this city reform movement suggest **527.** _____ surrounding villages into the **528.** _____ growing city.

A	substitute	**B**	absorbing	**C**	overt
D	triggered	**E**	conservative	**F**	traversed
G	endeavors	**H**	truism	**I**	assemblage
J	warrant	**K**	trauma	**L**	unadorned
M	underpinning	**N**	tolerate	**O**	arrests
P	restrictions	**Q**	appealing	**R**	outraged
S	rapidly	**T**	subsidiary	**U**	empirical
V	variation	**W**	ensure	**X**	uneasy

單字試題原文和中譯

-- uncertainty 不確定性 (n.) -- approve 批准、贊成 (v.)	-- subsidiary 輔助的、次要的 (a.) -- substitute 替代方案 (n.)

253. The **uncertainty** of personal safety is **subsidiary** to this plan, meaning a **substitute** is required to get the plan **approved**.	個人安全的不確定性是此計劃所附加的，因此代表必須要有一個替代方案，這個計畫才會被批准。

答案： T/A （形容詞/名詞）

 第一個空格要選subsidiary，第二個空格要選substitute（表示一個替代方案）。

-- uneasy 心神不寧的、不穩定的 (a.) -- ultimately 最終的 (adv.)	-- undergo 經歷、忍受 (v.) -- trauma 外傷、損傷 (n.)

254. I passed an **uneasy** night after **undergoing** the great hardship, and the sadness has been **ultimately** transformed into the **trauma** I would never recover from.	在經歷嚴重的苦難之後，我過了令人心神不寧的一夜，且這傷痛最終被轉換成我永遠也無法從中痊癒的創傷。

答案： X/K （形容詞/名詞）

 第一個空格要選uneasy，第二個空格要選trauma（且可由空格後的敘述協助判答，表示創傷）。

-- endeavor 努力、盡力 (n.) -- underpinning 支撐、支援 (n.)	-- firm 堅固的 (a.) -- undertake 承擔 (v.)

255. The **endeavors** her father has been making have set a **firm underpinning** for this company, which is about to be **undertaken** by the new boss.	他父親所做的努力為這個即將有新老闆接管的公司立下了堅固的基礎。

答案： G/M （名詞/形容詞）

 第一個空格要選endeavors（表示所做的努力），第二個空格要選underpinning。

| -- ensure 確保 (v.) | -- unanimity 無異議 (n.) |
| -- keep 保留 (v.) | -- unadorned 未經裝飾的、樸素的 (a.) |

| 256. We have to **ensure** that there is **unanimity** on **keeping** this apartment **unadorned**. | 我們必須要確認大家對於維持這棟公寓未經裝修是無異議的。 |

答案：**W/L**（原形動詞/形容詞）

 第一個空格要選ensure，第二個空格要選unadorned（keep連綴動詞後加形容詞當補語，表示未經裝修的狀態）。

| -- rebellion 謀反、叛亂 (n.) | -- turbulent 狂暴的 (a.) |
| -- trigger 引發 (v.) | -- arrest 逮捕 (v.) |

| 257. The **rebellion** launched by **turbulent** factions was **triggered** by the series of police **arrests**. | 那些狂暴的小派系引起的謀反是因一連串的警察逮捕行動所引發的。 |

答案：**D/O**（過去分詞/名詞）

 第一個空格要選triggered（這題的結構為被動語態的架構，依句意要選triggered，表達小派系所引起的謀反），第二個空格要選arrests。

| -- traverse 旅遊、經過 (v.) | -- tracts 遼闊的土地 (n.) |
| -- thoroughly 徹底地 (adv.) | -- tolerate 寬容、容忍 (v.) |

| 258. The influential adventurer **traversed** wild and mountainous **tracts** of land, through which he **thoroughly** realized how hard it would be to **tolerate** large amounts of ultraviolet energy. | 這位有影響力的冒險家旅行過大片曠野山林，他從這趟旅行中深刻領悟到要忍受大量的紫外線是非常困難的。 |

答案：**F/N**（過去式動詞/原形動詞）

 第一個空格要選traversed（空格要填入過去式動詞，根據語意要選traversed），第二個空格要選tolerate。

| -- unsurpassed 非常卓越的 (a.) | -- unprecedented 空前的 (a.) |
| -- truism 眾所周知的事、自明之理 (n.) | -- variation 變動 (n.) |

| 259. According to the **unsurpassed** project the scholar presented, we are about to enter the **unprece** | 根據這位學者所提出的卓越計畫，我們正要進入空前的繁榮，但是大家都知道命運永遠是充滿著變數的。 |

dented prosperity; however, the **truism** is still there denoting destiny is always subject to **variation**.

答案：H/V（名詞/名詞）

 第一個空格要選truism（表示眾所周知的事），第二個空格要選variation。

-- utilitarian 實用的 (a.) -- warrant 批准、證明 (v.)	-- appealing 吸引人的 (a.) -- underlying 潛在的、根本的 (a.)

260. The plan of providing **utilitarian** student accommodation is **appealing** to everyone attending the meeting, but statistics is still needed to **warrant** the **underlying** merits the school will get.

提供實用的學生住宿對所有來參與會議的人來說都是很吸引人的，但這還是需要數據來證明學校方面可能會因此得到的好處。

答案：Q/J（形容詞/原形動詞）

 第一個空格要選appealing，第二個空格要選warrant （to後面要加上原形動詞warrant，表示證明）。

-- participant 參與者 (n.) -- overt 明顯的 (a.)	-- overlook 沒注意到 (v.) -- outrage 凌辱、觸犯 (v.)

261. The **participant**'s behavior that he **overlooked** an **overt** point that might invoke another set of problems, extremely **outraged** his administrator.

這位參與者忽略了一個很明顯且會導致其他問題產生的一點，這樣的行為嚴重的惹怒了他的負責人。

答案：C/R（形容詞/形容詞）

 第一個空格要選overt（表示明顯的），第二個空格要選outraged。

-- incorporate 合併 (v.) -- conservative 保守的 (a.)	-- blend 使混合 (v.) -- empirical 以經驗為依據的 (a.)

262. He attempts to **incorporate** other scholars' opinions into his paper and to **blend conservative** and modern thoughts together to elaborate his teaching practices, based on **empirical** evidence.

他嘗試著合併其他學者的意見並放入他的論文中，並且試著混合保守與現代的想法進一步以經驗主義為基礎來闡釋他的教學實踐。

答案: **E/U**（形容詞/形容詞）

解析 第一個空格要選conservative（表示保守的），第二個空格要選 empirical。

-- impose 施加影響、把…強加於 (v.)
-- bizarre 奇異的 (a.)

-- restrictions 限制、約束 (n.)
-- assemblage 集合、裝配 (n.)

263. The government has **imposed** new **restrictions** on the Internet usage to ensure information security; it is, however, totally **bizarre** to see an **assemblage** of alarming messages popping up on your computer screen.	政府頒布並實施網路使用的限制來確保資訊安全，然而看到一堆警告視窗在你的電腦螢幕上跳出來時，是一件令人感到很奇怪的事。

答案: **P/I**（名詞/名詞）

解析 第一個空格要選restrictions，第二個空格要選assemblage（表示一堆警告訊息）。

-- adherent 擁護者、追隨者 (n.)
-- surrounding 附近的 (a.)

-- absorb 吸收 (v.)
-- rapidly 快速地 (adv.)

264. **Adherents** of this city reform movement suggest **absorbing** **surrounding** villages into the **rapidly** growing city.	城市改良運動的擁護者建議把周圍的鄉村都給吸進這個快速成長的城市。

答案: **B/S**（Ving/副詞）

解析 第一個空格要選absorbing（suggest後加上一段描述，依句意要選 absorbing），第二個空格要選rapidly。

The erratic schedule thoroughly **529.** _____ the **530.** _____ happiness I have ever had since I started working in this company.

The examination drastically reveals that this is just a **531.** _____ rather than the original one, and the exact cause of this accident is still in **532.** _____.

The two best friends are so alike that no one can even **533.** _____ one from the other, yet their parents can still tell the distinction from their discrepant **534.** _____.

Due to the lack of ability to cope with **535.** _____ interruptions, the project was doomed from the start without any **536.** _____ advantages.

A **537.** _____ of talented carpenters converted the room from a walk-in closet to a kitchen with its design being consistent with the **538.** _____ design of the entire apartment.

The architect is standing there **539.** _____ how delicate this deluxe chandelier is but simultaneously thinking that how come there are still **540.** _____ debating about the truthfulness of this magnificent work.

The inveterate sculptor **541.** _____ the regular stone into an exquisite statue that has a certain degree of **542.** _____ to another work.

She beckons to me asking me to **543.** _____ carry the bags because the grapes she got in bulk are as **544.** _____ as thin glasses.

Even though we all know every member **545.** _____ his or her energies into this project, he is still inclined to boast of his success focusing on how "he", rather than the whole team, **546.** _____ the productivity of the team.

Knowing the **547.** _____ situation in developing countries beforehand can reduce the risk of having a business in these **548.** _____ nations.

549. _____ creatures, such as owls are widely appealing to some zoologists because it is even more effortless for them to **550.** _____ attacks and wind.

The emperor agilely and flexibly **551.** _____ authority and power to push the country to an unprecedented level of **552.** _____.

A eradicates	**B** detractors	**C** brittle
D duplicate	**E** dispositions	**F** chiseled
G channels	**H** continual	**I** constellation
J nocturnal	**K** wielded	**L** burgeoning
M countervailing	**N** distinguish	**O** cautiously
P chaotic	**Q** contemplating	**R** interior
S excellence	**T** resemblance	**U** dispute
V boosts up	**W** transient	**X** withstand

單字試題原文和中譯	
-- erratic 不穩定的、奇怪的 (a.) -- eradicate 根除、滅絕 (v.)	-- thoroughly 徹底地 (adv.) -- transient 短暫的、瞬間的 (a.)
265. The **erratic** schedule **thoroughly** <u>**eradicates**</u> the <u>**transient**</u> happiness I have ever had since I started working in this company.	這個不穩定的行程徹底地毀了自從我進這公司以來所擁有的短暫快樂。

答案: A/W（第三人稱單數動詞/形容詞）

 第一個空格要選eradicates（空格處要填入單數動詞，依句意要選eradicates），第二個空格要選transient。

-- drastically 激烈地、徹底地 (adv.) -- reveal 透露、顯示 (v.)	-- duplicate 複製品 (n.) -- dispute 爭論 (n.)
266. The examination **drastically reveals** that this is just a <u>**duplicate**</u> rather than the original one, and the exact cause of this accident is still in <u>**dispute**</u>.	這檢查全然地揭露這只是一個複製品而不是原作，並且造成這個意外的確切原因還在爭論當中。

答案: D/U（複數動詞/名詞）

 第一個空格要選duplicate（表示一個複製品），第二個空格要選dispute。

-- distinguish 識別、辨認出 (v.) -- discrepant 有差異的 (a.)	-- distinction 區別、差別 (n.) -- dispositions 性情 (n.)
267. The two best friends are so alike that no one can even <u>**distinguish**</u> one from the other, yet their parents can still tell the **distinction** from their **discrepant** <u>**dispositions**</u>.	這兩個好朋友實在是太相似了，以致於沒有人可以區分他們兩個，但是他們的父母親還是可以從他們不相同的性情看出差別。

答案: N/E（原形動詞/名詞）

 第一個空格要選distinguish，第二個空格要選dispositions（表示性情的差異）。

-- continual 持續不斷的 (a.) -- doom 末日 (v.)	-- interruptions 阻礙、打擾 (n.) -- countervailing 補償、抵銷 (a.)
268. Due to the lack of ability to cope with **continual interruptions**, the project was **doomed** from the start without any **countervailing** advantages.	由於缺乏處理持續不斷的阻礙的能力，這個計畫從一開始就註定失敗且沒有任何可以補償的優勢。

答案： H/M（形容詞/形容詞）

 解析 第一個空格要選continual，第二個空格要選countervailing（表示一直被打斷）。

-- constellation 燦爛的一群；星座 (n.) -- consistent 一致的 (a.)	-- convert 轉變、轉換 (v.) -- interior 室內的 (a.)
269. A **constellation** of talented carpenters **converted** the room from a walk-in closet to a kitchen with its design being **consistent** with the **interior** design of the entire apartment.	一群天才般的工匠們把這個房間從一個可走進的衣櫥轉變為廚房，其設計與整棟公寓的室內設計相一致。

答案： I/R（名詞/形容詞）

 解析 第一個空格要選constellation（表示一群…），第二個空格要選interior。

-- contemplate 沉思、深思熟慮 (v.) -- detractor 誹謗者 (n.)	-- deluxe 豪華的 (a.) -- debate 辯論 (v.)
270. The architect is standing there **contemplating** how delicate this **deluxe** chandelier is but simultaneously thinking that how come there are still **detractors debating** about the truthfulness of this magnificent work.	這位建築師站著，靜靜的沉思這個如此細緻豪華的吊燈，但也同時想著為什們還會有誹謗者對於這個傑作的真實性做辯論。

答案： Q/B（Ving/名詞）

 解析 第一個空格要選contemplating，第二個空格要選detractor（表示性情的差異）。

-- inveterate 根深的、成癖的 (a.)	-- chisel 雕 (v.)
-- exquisite 精緻的、敏銳的 (a.)	-- resemblance 相似處 (n.)

271. The **inveterate** sculptor **chiseled** the regular stone into an **exquisite** statue that has a certain degree of **resemblance** to another work.	雕刻成癖的雕刻師把這個平凡無奇的石頭雕刻成一個精緻且有一定程度上與其他作品相似的雕像。

答案: F/T（過去式動詞/名詞）

 解析 第一個空格要選chiseled（空格中要填入一個動詞，表示雕刻家雕刻平凡無奇的石頭），第二個空格要選resemblance。

-- beckon 向…示意、召喚 (v.)	-- cautiously 小心地 (adv.)
-- bulk 大批 (n.)	-- brittle 易碎的 (a.)

272. She **beckons** to me asking me to **cautiously** carry the bags because the grapes she got in **bulk** are as **brittle** as thin glasses.	她示意我過來要我小心地提著袋子，因為她買的一大袋葡萄就跟玻璃一樣的脆弱。

答案: O/C（副詞/形容詞）

 解析 第一個空格要選cautiously（空格中（as...as的句型）要填入形容詞或副詞），第二個空格要選brittle。

-- channel 引導、付出 (v.)	-- be inclined to 傾向於 (a.)
-- boost up 增加、推進 (v.)	-- boast 吹牛 (v.)

273. Even though we all know every member **channels** his or her energies into this project, he **is** still **inclined to boast** of his success focusing on how "he", rather than the whole team, **boosts up** the productivity of the team.	縱使我們都清楚每一個成員都對這個計畫付出了很多的心力，這位先生還是傾向於吹噓他的成功且關注在「他」如何促進團隊的生產力，而不是整個團隊。

答案: G/V（第三人稱單數動詞/片語）

 解析 第一個空格要選channels（空格前的主詞為member，其後要加單數動詞），第二個空格要選boosts up。

-- chaotic 混亂的 (a.)	-- beforehand 預先、事先 (adv.)
-- reduce 降低 (v.)	-- burgeon 萌芽、急速成長 (v.)

274. Knowing the **chaotic** situation in developing countries **beforehand** can **reduce** the risk of having a business in these **burgeoning** nations.	事先了解開發中國家的凌亂情勢可以降低在這些急速成長國家中做生意的風險。

答案：P/L（形容詞/形容詞）

 解析 第一個空格要選chaotic，第二個空格要選burgeoning（表示正急速成長的）。

-- nocturnal 夜的（a.）　　　　　　-- widely appealing 有吸引力的（a.）
-- zoologist 動物學家（n.）　　　　-- withstand 抵抗、經得起（v.）

275. **Nocturnal** creatures, such as owls are **widely appealing** to some **zoologists** because it is even more effortless for them to **withstand** attacks and wind.	夜行性動物例如貓頭鷹，對於動物學家來說是非常有吸引力的，因為對貓頭鷹來說，抵抗攻擊及強風是輕而易舉的事。

答案：J/X（形容詞/原形動詞）

 解析 第一個空格要選nocturnal（表示夜行性動物），第二個空格要選withstand。

-- agilely 靈活地、敏捷地（adv.）　　-- wield 運用（v.）
-- unprecedented 空前的（a.）　　　-- excellence 優秀、卓越（n.）

276. The emperor **agilely** and flexibly **wielded** authority and power to push the country to an **unprecedented** level of **excellence**.	這國王靈活及彈性地運用他的權威跟權力把這個國家推到一個空前的盛世。

答案：K/S（過去式動詞/名詞）

 解析 第一個空格要選wielded（空格處要填入動詞，前方有兩個副詞修飾此動詞），第二個空格要選excellence。

The fateful decision has caused an **553.** _____ harm to this country, and no one can possibly **554.** _____ the fall of the empire.

She has a **555.** _____ attitude to relationships, thinking that a man's **556.** _____ worth arises from how ingenious and genuine he is, rather than how much he owns.

The States urges us to work even harder to **557.** _____ our architectural **558.** _____ in that the heritage protection project we presented was found wanting.

The little boy is attempting to **559.** _____ himself from domestic violence because he refuses to be **560.** _____ by his parents anymore.

Faced with **561.** _____ environmental issues, experts have been attempting to **562.** _____ into the latest research to find out possible ways to combat these threatening phenomena.

563. _____ crowds and parents rush into the Franklin arena in which the commencement of the year of 2015 is held; however, it completely **564.** _____ students who have been unceasingly diligent in the pursuit of their future in the nearby library.

It is so hard for this **565.** _____ scholar to endure **566.** _____ opinions and thoughts raised by other researchers in that he does not think people are equivalent.

Indulging in a **567.** _____ world can **568.** _____ deprive your contact from the real world unless you are willing to take a determined step.

These changes, conforming to the requirements and the plan we set, were **569.** _____ and could **570.** _____ enhance our productivity at work.

The contemporary world is a race-conscious society in which people, such as humanitarians and other types of volunteers are **571.** _____ trained to understand the **572.** _____ between races and to make individuals accept the differences between themselves and others.

Those **573.** _____ governors soon regreted the **574.** _____ reactions they have had at the earlier of significance international conference, and no one could possibly help them escape from the coming debate.

The commercial propaganda eventually **575.** _____ industrialized reforms, giving rise to **576.** _____ population growth.

A precipitous	**B** temporarily	**C** invigorated
D intrinsic	**E** irreparable	**F** heritage
G rigid	**H** disentangle	**I** cogent
J deliberately	**K** exuberant	**L** pedantic
M dictated	**N** discrete	**O** liberal
P comprehensively	**Q** virtual	**R** preserve
S delve	**T** disguise	**U** interrupts
V exponential	**W** pretentious	**X** discrepancies

單字試題原文和中譯

-- fateful 宿命的、重大的 (a.) -- disguise 假裝、隱藏 (v.)	-- irreparable 不能修補的 (a.) -- empire 帝國 (n.)

277. The **fateful** decision has caused an **irreparable** harm to this country, and no one can possibly **disguise** the fall of the **empire**.	這個重大的決定已經對這個國家造成不可挽回的傷害，沒有人可以隱藏這個國家即將衰亡的事實。

答案：E/T（形容詞/原形動詞）

解析 第一個空格要選irreparable（表示不可挽回的傷害），第二個空格要選disguise。

-- liberal 慷慨的、寬大的 (a.) -- ingenious 聰明、靈敏的 (a.)	-- intrinsic 本質的 (a.) -- genuine 真誠的、誠懇的 (a.)

278. She has a **liberal** attitude to relationships, thinking that a man's **intrinsic** worth arises from how **ingenious** and **genuine** he is, rather than how much he owns.	她對於情感關係保持著寬容的態度，並認為説一個男人的自身價值不在於他有多富有，而在於他聰明與誠懇的態度。

答案：O/D（形容詞/形容詞）

解析 第一個空格要選liberal（表示寬容的態度），第二個空格要選intrinsic。

-- urge 催促 (v.) -- heritage 遺產、傳統 (n.)	-- preserve 保存 (v.) -- found wanting 需要改進的 (a.)

279. The States **urges** us to work even harder to **preserve** our architectural **heritage** in that the heritage protection project we presented was **found wanting**.	美國方面催促我們要在保存我們的建築遺產上多下點功夫，因為我們對遺產保護的計畫並不夠周全。

答案：R/F（原形動詞/名詞）

解析 第一個空格要選preserve，第二個空格要選heritage（表示建築遺產）。

-- disentangle 解開 (v.)
-- refuse 拒絕 (v.)

-- domestic 家庭的 (a.)
-- dictate 命令 (v.)

280. The little boy is attempting to **disentangle** himself from **domestic** violence because he **refuses** to be **dictated** by his parents anymore.

這個可憐的小男孩試圖把他自己從家暴中抽離出來，因為他拒絕再被他的父母所命令了。

答案：**H/M**（原形動詞/過去分詞）

 解析 第一個空格要選disentangle（to後面要加上原形動詞disentangle，表示從家暴中抽離出來），第二個空格要選dictated。

-- rigid 堅硬的 (a.)
-- delve 探究、搜索、挖掘 (v.)

-- attempt 嘗試 (v.)
-- combat 戰鬥 (v.)

281. Faced with **rigid** environmental issues, experts have been **attempting** to **delve** into the latest research to find out possible ways to **combat** these threatening phenomena.

面對生硬難解決的環境議題時，專家已經嘗試去探究最新的研究來找出可能的方法去打擊這些有威脅性的現象。

答案：**G/S**（形容詞/原形動詞）

 解析 第一個空格要選rigid（空格中要填入形容詞來修飾issues，表示生硬難解決的環境議題），第二個空格要選delve。

-- exuberant 繁茂的 (a.)
-- interrupt 打斷、妨礙 (v.)

-- commencement 畢業典禮 (n.)
-- diligent 勤奮的 (a.)

282. **Exuberant** crowds and parents rush into the Franklin arena in which the **commencement** of the year of 2015 is held; however, it completely **interrupts** students who have been unceasingly **diligent** in the pursuit of their future in the nearby library.

歡騰的群眾們及家長們擁入舉辦2015畢業典禮的富蘭克林運動場，這同時打斷了正在附近圖書館不停地用功、追求他們未來的學生們。

答案：**K/U**（形容詞/第三人稱單數動詞）

 解析 第一個空格要選exuberant（表示歡騰的群眾們及家長們），第二個空格要選interrupts。

-- pedantic 學究式的、迂腐的 (a.)	-- endure 忍受 (v.)
-- discrete 不連續的、離散的 (a.)	-- equivalent 相等的 (a.)

283.It is so hard for this **pedantic** scholar to **endure** **discrete** opinions and thoughts raised by other researchers in that he does not think people are **equivalent**.	對於這賣弄學問、迂腐的學者來說，要忍受來自其他研究者的不同意見跟想法是非常困難的，因為他不認為人是相等的。

答案：L/N（形容詞/形容詞）

 解析 第一個空格要選pedantic（表示迂腐的學者），第二個空格要選 discrete。

-- indulge 沉溺 (v.)	-- virtual 虛擬的 (adj.)
-- temporarily 暫時地 (adv.)	-- deprive 剝奪、使喪失 (v.)

284.**Indulging** in a **virtual** world can **temporarily deprive** your contact from the real world unless you are willing to take a determined step.	沉溺在虛擬世界可能使你暫時剝奪你與現實世界的接觸，除非你願意採取堅決的措施。

答案：Q/B（形容詞/副詞）

 解析 第一個空格要選virtual，第二個空格要選temporarily（選項中還有其他副詞選項，但依句意可以知道是暫時剝奪）。

-- conform 符合、使一致 (v.)	-- cogent 世人信服的 (a.)
-- comprehensively 全面地 (adv.)	-- enhance 增高 (v.)

285.These changes, **conforming** to the requirements and the plan we set, were **cogent** and could **comprehensively enhance** our productivity at work.	這個有符合我們所設定的要求與計畫的改變，是可以使人信服且可以全面提升我們的工作生產力的。

答案：I/P（形容詞/副詞）

 解析 第一個空格要選cogent（空格中要填入形容詞當補語，表示改變是可使人信服的），第二個空格要選comprehensively。

-- contemporary 當代的 (a.)	-- conscious 有意識的、知覺的 (a.)
-- deliberately 刻意地 (adv.)	-- discrepancy 差異 (n.)

286. The **contemporary** world is a race-**conscious** society in which people, such as humanitarians and other types of volunteers are **deliberately** trained to understand the **discrepancies** between races and to make individuals accept the differences between themselves and others.	現在的世界是個有種族意識的社會，其中人們例如人道主義者及其他的自願者被刻意的訓練要去了解不同種族間的差異，並且要讓個人接受他們與其他人的不同處。

答案：J/X（副詞/名詞）

 第一個空格要選deliberately，第二個空格要選discrepancies。

-- pretentious 自命不凡的 (a.) -- significance 重要性 (n.)	-- precipitous 陡峭的、急躁的 (a.) -- debate 爭論、辯論 (n.)

287. Those **pretentious** governors soon regretted the **precipitous** reactions they have had at the earlier of **significance** international conference, and no one could possibly help them escape from the coming **debate**.	我們那些自命不凡的政府官員們馬上就後悔他們在早先重要的國際會議中所做的那些急躁的回應，並且沒有人可以幫助他們逃離即將到來的爭論。

答案：W/A（形容詞/形容詞）

 第一個空格要選pretentious，第二個空格要選precipitous（表示急躁的回應）。

-- commercial 商業化的 (a.) -- invigorate 賦予精神 (v.)	-- propaganda 宣傳活動 (n.) -- exponential 快速增長的 (a.)

288. The **commercial propaganda** eventually **invigorated** industrialized reforms, giving rise to **exponential** population growth.	這商業化的宣傳活動最後鼓舞了工業化的改革，並導致了如快速成長的人口。

答案：C/V（過去式動詞/形容詞）

 第一個空格要選invigorated（空格處要填入一個過去式動詞），第二個空格要選exponential。

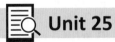

Even though we all know that Industrial Revolution has already caused appalling living conditions because of the **577.** _____ changes, it still contributes to an **578.** _____ of the population growth.

The **579.** _____ assumption to the population growth in human history is that the increasing raise of food supply led to the **580.** _____ population growth.

This system can **581.** _____ any micro differences, even colors of eyes, but somehow it may **582.** _____ children with certain optical diseases.

This **583.** _____ is an impetus that has movie makers come and share their creations and whomever the best director goes to, no one could **584.** _____ the decision and keep flourishing movie industry and their career.

Students now have a chance to **585.** _____ a cave painting depicting a formidable and **586.** _____ moment.

Obviously, those questions are quite confusing, and the given instructions **587.** _____ all the students even more, letting them hardly **588.** _____ the meanings.

Even though all required information has been thoroughly and accurately **589.** _____, we still cannot judge whether or not he was able to **590.** _____ most part of America back in 1800s.

Before making any decision, you definitely have to ensure what you intend to **591. _____** from this and, conversely, what you might **592. _____** from this.

Changes that **593. _____** contribute to may affect the way you deal with the **594. _____**.

The innovative medical therapy can be harnessed specifically for patients to **595. _____** adjust their breathing rates and further, **596. _____** the levels of carbon dioxide.

Two thousand years ago, as intruders moved in, our ancestors were forced to move their fields to the lower **597. _____** and then they; thus, formed the largest communal **598. _____** in this region.

Thousands of people dwelling in this town were traumatic and; thus, **599. _____** to interact with people coming from other towns who were extremely willing to assist them in restoring **600. _____** with the world.

A	witness	**B**	dilemma	**C**	perplex
D	dominate	**E**	subconsciously	**F**	rampant
G	escalating	**H**	elevations	**I**	discard
J	connections	**K**	disparage	**L**	debunk
M	infer	**N**	discriminate	**O**	gathered
P	historic	**Q**	reward	**R**	acceleration
S	uncertainties	**T**	fundamental	**U**	regulate
V	resisted	**W**	dwellings	**X**	gain

單字試題原文和中譯

-- revolution 革命 (n.) -- appalling 駭人可怕的 (a.)	-- acceleration 加速、促進 (n.) -- rampant 猛烈的、猖獗的 (a.)

289. Even though we all know that Industrial **Revolution** has already caused **appalling** living conditions because of the **rampant** changes, it still contributes to an **acceleration** of the population growth.	即使我們都知道工業革命是因為過於猛烈的改變導致可怕的生活環境，其依舊有助於促進人口快速成長。

答案： F/R（形容詞/名詞）

 解析 第一個空格要選rampant（表示猛烈的改變），第二個空格要選acceleration。

-- fundamental 基本的 (a.) -- supply 提供 (n.)	-- assumption 推測 (n.) -- escalating 逐步擴大 (a.)

290. The **fundamental assumption** to the population growth in human history is that the increasing raise of food **supply** led to the **escalating** population growth.	對於人類歷史上人口成長基本的推測是，因為食物供給的增加導致人口加速成長。

答案： T/G（形容詞/形容詞）

 解析 第一個空格要選fundamental，第二個空格要選escalating（雖然在定冠詞後，但要選擇形容詞來修飾population growth）。

-- discriminate 區別 (v.) -- disparage 貶低、毀謗 (v.)	-- difference 不同 (n.) -- optical 視覺的 (a.)

291. This system can **discriminate** any micro **differences**, even colors of eyes, but somehow it may **disparage** children with certain **optical** diseases.	這個系統可以區別任何些微的差異，甚至是眼睛的顏色，但是可能或多或少它會貶低患有視覺疾病的孩童們。

答案： N/K（原形動詞/原形動詞）

第一個空格要選discriminate，第二個空格要選disparage（空格前方為 may，其為助動詞後方要加上原形動詞，此處指的是貶低患有視覺疾病的孩童們）。	

-- impetus 推動力、衝力 (n.) -- debunk揭穿；暴露 (v.)	-- reward 獎賞、報酬 (n.) -- flourish 繁榮、興盛 (v.)

292. This **reward** is an **impetus** that has movie makers come and share their creations and whomever the best director goes to, no one could **debunk** the decision and keep **flourishing** movie industry and their career.	這獎賞是作為一個推動力去讓電影工作者分享他們的創意，不論最佳導演獎落誰家，沒有人會指出這個決定的不對，並且會繼續使電影產業以及他們的事業蓬勃發展。

答案：Q/L（名詞/原形動詞）

 第一個空格要選reward，第二個空格要選debunk（此處指的是揭露這項不對之處）。

-- witness 目擊到 (v.) -- formidable 強大的、艱難的 (a.)	-- depict 描繪 (v.) -- historic 有歷史性的 (a.)

293. Students now have a chance to **witness** a cave painting **depicting** a **formidable** and **historic** moment.	學生現在有機會目睹洞穴壁畫所描繪的艱難和歷史性時刻。

答案：A/P（原形動詞/形容詞）

 第一個空格要選witness（to後面要加上原形動詞witness，表示目睹），第二個空格要選historic。

-- obviously 明顯地 (adv.) -- perplex 使困惑 (v.)	-- confusing 令人困惑地 (a.) -- infer 推論 (v.)

294. **Obviously**, those questions are quite **confusing**, and the given instructions **perplex** all the students even more, letting them hardly **infer** the meanings.	很明顯地，這些問題令人感到困惑，加上所給的指示使所有的學生更加疑惑，讓大家都很難去推測意思。

答案：C/M（複數動詞/原形動詞）

解析 第一個空格要選perplex（句子中缺少主要動詞且必須要是複數動詞），第二個空格要選infer。

-- even though 縱使 (conj.) -- judge 評論 (v.)	-- gather 集合、聚集 (v.) -- dominate 支配、控制 (v.)
295. **Even though** all required information has been thoroughly and accurately **gathered**, we still cannot **judge** whether or not he was able to **dominate** most part of America back in 1800s.	即使所有必需的資訊都已經完全且準確地收集好了，我們還是無法評論他是否能在19世紀支配大部分的美洲。

答案：**O/D** （過去分詞/原形動詞）

 解析 第一個空格要選gathered，第二個空格要選dominate（to後面要加上原形動詞dominate，表示支配）。

-- ensure 確保 (v.) -- conversely 相反地 (adv.)	-- gain 取得 (v.) -- discard 拋棄 (v.)
296. Before making any decision, you definitely have to **ensure** what you intend to **gain** from this and, **conversely**, what you might **discard** from this.	在做任何決定之前，你一定要確定你想要從中取得的東西，並且相反的來說，你有可能會因此而拋棄的東西。

答案：**X/I** （原形動詞/原形動詞）

 解析 第一個空格要選gain，第二個空格要選discard（空格前方為might，其後方要加上原形動詞discard，此處指的是拋棄）。

-- affect 影響 (v.) -- dilemma 困境 (n.)	-- deal with 處理 (v.) -- uncertainty 不確定 (n.)
297. Changes that **uncertainties** contribute to may **affect** the way you **deal with** the **dilemma**.	在不確定下造成的改變可能會影響你處理困境的方式。

答案：**S/B** （名詞/名詞）

解析 第一個空格要選uncertainties，第二個空格要選dilemma（表達處理困境的意思）。

-- harness 使用 (v.) -- adjust 調整 (v.)	-- subconsciously 下意識地 (adv.) -- regulate 管理 (v.)

298. The innovative medical therapy can be **harnessed** specifically for patients to **subconsciously adjust** their breathing rates and further, **regulate** the levels of carbon dioxide.

這個創新的醫學治療法可特別使用於讓病人潛意識地自行調整他們的呼吸頻率，並且進一步的管理二氧化碳的程度。

答案： E/U（副詞/複數動詞）

 解析 第一個空格要選subconsciously，第二個空格要選regulate。

-- intruder 入侵者 (n.) -- elevation 海拔 (n.)	-- ancestor 祖先 (n.) -- dwellings 居住地 (n.)

299. Two thousand years ago, as **intruders** moved in, our **ancestors** were forced to move their fields to the lower **elevations** and then they; thus, formed the largest communal **dwellings** in this region.

兩千年前，當入侵者移來時，我們的祖先就被迫把他們的家園移到低海拔的區域並且建造了那個地區中最大的公有居住地。

答案： H/W（名詞/名詞）

 解析 第一個空格要選elevations（表示低海拔的區域），第二個空格要選 dwellings。

-- traumatic 創傷的 (a.) -- interact 相互作用 (v.)	-- resist 抵抗 (v.) -- connections 關聯 (n.)

300. Thousands of people dwelling in this town were **traumatic** and; thus, **resisted** to **interact** with people coming from other towns who were extremely willing to assist them in restoring **connections** with the world.

住在這個城鎮的數千民眾受到創傷，因此不願意與從其他城鎮來幫助他們恢復跟這個世界做連結的人交流。

答案： V/J（過去式動詞/名詞）

 解析 第一個空格要選resisted，第二個空格要選connections（表示恢復跟這個世界的連結）。

Mr. Chen, considered to be a tremendously **601.** _____ push to the financial and economic situations in China, has been attempting to the **602.** _____ of the current state to a new page in the following few years.

603. _____ among people has been a goal hard to achieve, but quite **604.** _____ for the upcoming challenge.

The information was incorrect, so the file needs to be **605.** _____ and then **606.** _____ again for a further review.

The teacher hands out a piece of **607.** _____ and then has students do the comprehension questions, to ensure students are all **608.** _____ with the geographical features of Southern Europe.

Audiences are now suspecting that information regarding the **609.** _____ of large mammals in North Africa might be **610.** _____.

The assistant professor is **611.** _____ how this hypothesis was formed and how arduous it was for scholars to accomplish it, but still, **612.** _____ controversy is there presenting the opposite thoughts.

No matter what each **613.** _____ says in this forum, there are always opponents **614.** _____ the options they present.

We need someone **615.** _____ to evidence that large mammals indeed had migrated from inner lands to coastal areas for the purpose of gaining water sources and that they had the ability to **616.** _____ in a variety of habitats.

However we **617.** _____ our environment, or saying, the Earth, will end up forcing us to accept the **618.** _____ temperatures and to endure the reducing variety of foods available.

The instruction is asking you to infer what the article actually means and then to **619.** _____ your viewpoints and perspectives **620.** _____ with climate change and global warming.

The reporter is asked to briefly summarize the solutions the president **621.** _____ to the nuclear **622.** _____.

This documentary film **623.** _____ how the extinction of dinosaurs happened and how this ancient city **624.** _____, offering opportunities for people to know more about the history of the Earth.

A interpreted	**B** diagram	**C** exposes
D submitted	**E** false	**F** pivotal
G considerable	**H** transition	**I** contradicting
J unstable	**K** qualified	**L** elaborate
M familiar	**N** survive	**O** extinction
P cooperation	**Q** modified	**R** treat
S disappeared	**T** candidate	**U** influential
V crisis	**W** demonstrating	**X** associated

單字試題原文和中譯

-- consider 考慮、認為 (v.) -- financial 財政 (a.)	-- influential 有影響力的 (a.) -- transition 過度、轉變 (n.)
301. Mr. Chen, **considered** to be a tremendously **influential** push to the **financial** and economic situations in China, has been attempting to the **transition** of the current state to a new page in the following few years.	陳先生被認為是對中國經濟財政有影響力的推手，他嘗試著要在接下來的幾年把現況轉變為新的一頁。

答案：U/H（形容詞/名詞）

 第一個空格要選influential，第二個空格要選transition（表示把現況轉變為新的一頁）。

-- cooperation 合作 (n.) -- pivotal 樞軸的、關鍵的 (a.)	-- achieve 達成 (v.) -- challenge 挑戰 (n.)
302. **Cooperation** among people has been a goal hard to **achieve**, but quite **pivotal** for the upcoming **challenge**.	因為人們已經達成對於食物與水供給的目標，人們與外在世界的合作將會是下個即將到來的挑戰，這個挑戰對於人類生存也至關重要。

答案：P/F（名詞/形容詞）

 第一個空格要選cooperation，第二個空格要選pivotal（表示至關重要的）。

-- incorrect 不正確的 (a.) -- submitted 提交 (v.)	-- modified 修正 (v.) -- review 考察、評論 (n.)
303. The information was **incorrect**, so the file needs to be **modified** and then **submitted** again for a further **review**.	因為資訊不正確，所以文件必須要修正，然後再次提交作進一步地評論。

答案：Q/D（過去分詞/過去式動詞）

 第一個空格要選modified，第二個空格要選submitted（這題要選過去式動詞）。

-- hand out 分發 (v.) -- ensure 確保 (v.)	-- diagram 圖表 (n.) -- familiar 熟悉的 (a.)

304. The teacher **hands out** a piece of <u>**diagram**</u> and then has students do the comprehension questions, to **ensure** students are all <u>**familiar**</u> with the geographical features of Southern Europe.	老師發下一張圖表並讓學生作答,來確保學生都熟悉南歐的地理特色。

答案: B/M(名詞/形容詞)

 第一個空格要選diagram(表示一張圖表),第二個空格要選familiar。

-- mammal 哺乳類動物 (n.) -- suspect 懷疑、猜想 (v.)	-- extinction 滅絕 (n.) -- false 錯誤的 (a.)

305. Audiences are now **suspecting** that information regarding the <u>**extinction**</u> of large mammals in North Africa might be <u>**false**</u>.	觀眾現在懷疑關於北非大型哺乳類動物絕跡的資訊可能是錯誤的。

答案: O/E(名詞/形容詞)

 第一個空格要選extinction,第二個空格要選false(表示可能是錯誤的)。

-- demonstrate 展示、論證 (v.) -- considerable 大量的、可觀的 (a.)	-- accomplish 完成 (v.) -- controversy 爭論(n.)

306. The assistant professor is <u>**demonstrating**</u> how this hypothesis was formed and how arduous it was for scholars to **accomplish** it, but still, <u>**considerable controversy**</u> is there presenting the opposite thoughts.	這位助理教授正在展示這個假說是如何建構的,以及對於學者來說有多難去完成這項工作。但是,不少持相反想法的爭論依舊存在。

答案: W/G(形容詞/形容詞)

 第一個空格要選demonstrating,第二個空格要選considerable(表示仍存有大量爭議)。

-- no matter 不論 (conj.) -- opponent 對手、反對者 (n.)	-- candidate 候選者 (n.) -- contradict 反駁、牴觸 (v.)

307. **No matter** what each **candidate** says in this forum, there are always **opponents** **contradicting** the options they present.	不論每一位候選人在這場論壇中説了什麼，總是會有反對者牴觸他們的言論。

答案：**T/I**（名詞/現在分詞）

 解析 第一個空格要選candidate，第二個空格要選contradicting（這題也是形容詞子句省略，要用Ving形式的表達）。

-- qualified 有資格的（a.） -- migrate 遷移（v.）	-- evidence 證明（v.） -- survive 存活（v.）

308. We need someone **qualified** to **evidence** that large mammals indeed had **migrated** from inner lands to coastal areas for the purpose of gaining water sources and that they had the ability to **survive** in a variety of habitats.	我們需要有資格的人士來證明大型的哺乳類動物的確曾經為了獲取水資源從內陸地區遷移至沿海地區，並且去證明牠們有能力可以存活在各類型的棲息地。

答案：**K/N**（過去分詞/原形動詞）

 解析 第一個空格要選qualified（這題為形容詞子句的省略，省略的who is，而根據語法要選qualified），第二個空格要選survive。

-- treat 對待（v.） -- unstable 不穩定的（a.）	-- force 強迫（v.） -- endure 忍受（v.）

309. However we **treat** our environment, or saying, the Earth, will end up **forcing** us to accept the **unstable** temperatures and to **endure** the reducing variety of foods available.	我們如何對待我們的地球，終究會使我們必須要被迫去接受這樣不穩定的氣溫，並且忍受種類越來越少的食物。

答案：**R/J**（複數動詞/形容詞）

 解析 第一個空格要選treat（表示對待），第二個空格要選unstable。

-- infer 作推論（v.） -- viewpoints 觀點（n.）	-- elaborate 闡述（v.） -- associated 使有關連（v.）

| 310. The instruction is asking you to **infer** what the article actually means and then to **elaborate** your **viewpoints** and perspectives **associated** with climate change and global warming. | 這個指示要求你對於這篇文章的內容作推論，並且闡述氣候變遷與全球暖化相關的觀點及看法。 |

答案： **L/X**（原形動詞/過去分詞）

 解析　第一個空格要選elaborate （to後面要加上原形動詞elaborate，表示闡述氣候變遷與全球暖化相關的觀點及看法），第二個空格要選associated。

| -- summarize 總結、摘要 (v.)
 -- solution 解決方法 (n.) | -- interpret 闡釋 (v.)
 -- crisis 危機 (n.) |

| 311. The reporter is asked to briefly **summarize** the **solutions** the president **interpreted** to the nuclear **crisis**. | 記者被要求簡短地摘要總統所闡述的有關核子危機的解決方法。 |

答案： **A/V**（過去分詞/名詞）

 解析　第一個空格要選interpreted （solutions後省略了that，子句中缺少一個主要動詞），第二個空格要選crisis。

| -- documentary 紀錄的 (a.)
 -- disappear 消失 (v.) | -- expose 揭露、曝光 (v.)
 -- opportunity 機會 (n.) |

| 312. This **documentary** film **exposes** how the extinction of dinosaurs happened and how this ancient city **disappeared**, offering **opportunities** for people to know more about the history of the Earth. | 這部紀錄片揭露出恐龍滅絕是如何發生的，還有古城市是如何消失的，並提供機會給民眾來更加地了解地球的歷史。 |

答案： **C/S**（第三人稱單數動詞/過去式動詞）

 解析　第一個空格要選exposes（空格中要填入單數動詞，這部紀錄片揭露出恐龍滅絕），第二個空格要選disappeared。

The examination set the purpose of knowing why some people would get the **625.** _____ diseases reveals that their blood **626.** _____ certain types of chemical materials that may lead to some disorders of the heart and blood vessels and further affect transport of oxygen in our blood.

The expert is **627.** _____ how extraordinary the theory is and how **628.** _____ energy sources may affect Earth's atmosphere.

She has been trying to **629.** _____ her sister in any aspects in that she has always been regarded as the **630.** _____ one, while her sister has always been the fantastic one.

He got a **631.** _____ which is having him analyze how long it would take for a rock to decompose and float into the ocean, by **632.** _____ this statistics application.

He presented a **633.** _____ indicating that if people are sedentary all the time, chronic diseases will come and dry skin will become **634.** _____ through changing of the seasons.

To increase your nutrient absorption, experts suggest **635.** _____ good eating habits and exploiting visual aids, such as changing plates into white or other light colors, are for nutrient **636.** _____ to occur.

He crouched down for the sake of **637.** _____ in details why plane **638.** _____ from an aviation accident had vanished in the defensive trench.

The chapter that you have to pay more attention to is chapter four, the procedures for a scientific project, steps of water cycle-the primary mechanism for transporting water from the air to the surface of the Earth- types of **639.** _____, and the geographical **640.** _____ of Southern Europe.

My professor is **641.** _____ on the progress of intelligence from childhood to maturity; on the other hand, that the professor is making a prediction to when food and fruits will be getting less due to soil **642.** _____.

Psychologists claim that there are ways **643.** _____ for you to develop patience, for instance the following two ways: mounting that takes patience and **644.** _____, and not responding to provocation.

This didactic song is set out to unveil the **645.** _____ memories the singer had in her childhood and to expose the misleading thoughts people might have pertaining to racial **646.** _____.

This organization is established for the purpose of **647.** _____ death penalty, whereas the rest of the people with divergent interpretations about it in this country stand on the side of using death penalty to **648.** _____ crime.

A schema	**B** problematic	**C** uptake
D alternative	**E** respiratory	**F** scrutinizing
G discordant	**H** manipulating	**I** expounding
J persistence	**K** deprecating	**L** precipitation
M depletion	**N** cultivating	**O** prescript
P discrimination	**Q** wrecks	**R** conveying
S instrumental	**T** surpass	**U** sensitive
V deter	**W** contains	**X** features

單字試題原文和中譯	
-- examination 檢查 (n.) -- reveal 透露 (v.)	-- respiratory 呼吸的 (a.) -- contain 包含 (v.)
313. The **examination** set the purpose of knowing why some people would get the **respiratory** diseases **reveals** that their blood **contains** certain types of chemical materials that may lead to some disorders of the heart and blood vessels and further affect transport of oxygen in our blood.	這個檢查主要是要了解為什麼有一些民眾會得到呼吸方面的疾病,其檢查發現他們的血液中還有一些特定會導致心臟功能運作失常,以及血液輸送氧氣不順的化學物質。

答案: **E/W**（形容詞/第三人稱單數動詞）

 解析 第一個空格要選respiratory（表示呼吸方面的疾病）,第二個空格要選 contains。

-- convey 傳遞 (v.) -- alternative 替代的 (a.)	-- extraordinary 非凡的 (a.) -- affect 影響 (v.)
314. The expert is **conveying** how **extraordinary** the theory is and how **alternative** energy sources may **affect** Earth's atmosphere.	這位專家正傳達這個理論有多特別,以及替代能源如何能影響地球大氣。

答案: **R/D**（現在分詞/形容詞）

 解析 第一個空格要選conveying,第二個空格要選alternative（表示替代能源）。

-- surpass 凌駕、超越 (v.) -- problematic 有問題的 (a.)	-- aspects 面向 (n.) -- fantastic 幻想的、奇妙的 (a.)
315. She has been trying to **surpass** her sister in any **aspects** in that she has always been regarded as the **problematic** one, while her sister has always been the **fantastic** one.	她已試圖要在各方面超越她姊姊,因為她總是被認為是有問題的那個,而她姊姊總是被認為是好的那個。

答案: **T/B**（原形動詞/形容詞）

解析 第一個空格要選surpass，第二個空格要選problematic（表示有問題的）。

-- prescript 命令、法規 (n.)	-- manipulate 操作 (v.)
-- decompose 分解 (v.)	-- float 漂浮 (v.)

316. He got a **prescript** which is having him analyze how long it would take for a rock to **decompose** and **float** into the ocean, by **manipulating** this statistics application.	他接獲一個命令要讓他使用統計軟體分析岩石要多久時間會分解並浮流到大海。

答案： O/H（名詞/Ving）

 解析 第一個空格要選prescript，第二個空格要選manipulating（介係詞後方要加上名詞或Ving形式的字）。

-- schema 輪廓、概要 (n.)	-- sedentary 久坐的 (a.)
-- chronic 慢性的 (a.)	-- sensitive 敏感的 (a.)

317. He presented a **schema** indicating that if people are **sedentary** all the time, **chronic** diseases will come and dry skin will become **sensitive** through changing of the seasons.	他提出一個概要，其中指出如果久坐的話慢性病會找上你，且乾性肌膚會因為季節變化而變得敏感。

答案： A/U（名詞/形容詞）

 解析 第一個空格要選schema（表示一個概要），第二個空格要選sensitive。

-- uptake 攝取 (n.)	-- cultivate 培養 (v.)
-- exploit 利用 (v.)	-- visual 視覺的 (a.)

318. To increase your nutrient absorption, experts suggest **cultivating** good eating habits and **exploiting visual** aids, such as changing plates into white or other light colors, are for nutrient **uptake** to occur.	為了能夠增加養分的攝取，專家建議要培養良好的飲食習慣，並且可利用視覺上的幫助，例如改變盤子的顏色為白色或是其他淡色系。

答案： N/C（動名詞/形容詞）

 解析 第一個空格要選cultivating，第二個空格要選uptake（表示養分的攝取）。

-- crouch 捲曲、蹲 (v.) -- wreck 殘骸 (n.)	-- scrutinize 詳細檢查 (v.) -- vanish 消失不見 (v.)
319. He **crouched** down for the sake of **scrutinizing** in details why plane **wrecks** from an aviation accident had **vanished** in the defensive trench.	他蹲下來為了能夠更仔細地檢查為什麼飛機失事的殘骸在防護溝渠中會不見。

答案： **F/Q**（Ving/名詞）

 第一個空格要選scrutinizing，介係詞後方要加上名詞或Ving形式的字（**of**後加上名詞當作受詞，包含動名詞），第二個空格要選wrecks。

-- procedure 過程 (n.) -- primary 主要的 (a.)	-- precipitation 降水 (n.) -- features 特色 (n.)
320. The chapter that you have to pay more attention to is chapter four, the **procedures** for a scientific project, steps of water cycle-the **primary** mechanism for transporting water from the air to the surface of the Earth- types of **precipitation**, and the geographical **features** of Southern Europe.	你需要花多一點心思在第四章，其有關科學專題的製作流程、水循環的過程（把水從空中運輸到地球表面的主要機制）、降水的種類以及南歐的地理特色。

答案： **L/X**（名詞/名詞）

 第一個空格要選precipitation（表示降水的種類），第二個空格要選features。

-- expound on 解釋、詳細述說 (v.) -- prediction 預測 (n.)	-- maturity 成熟 (n.) -- depletion 消耗、用盡 (n.)
321. My professor is **expounding on** the progress of intelligence from childhood to **maturity**; on the other hand, that the professor is making a **prediction** to when food and fruits will be getting less due to soil **depletion**.	我的教授正在詳述從小時候到成熟階段智力的發展狀況；另一方面來看，另一位教授正在預測食物與水果何時會因為土壤的耗盡而越來越少。

答案： **I/M**（現在分詞/名詞）

 第一個空格要選expounding （be expounding on為一個慣用搭配，表示正詳述某件事情），第二個空格要選depletion。

-- instrumental 可作為手段的、儀器的 (a.)　-- mount 上升 (v.)
-- persistence 堅持、持續 (n.)　　　　　-- provocation 激怒、挑撥 (n.)

322. Psychologists claim that there are ways **instrumental** for you to develop patience, for instance the following two ways: **mounting** that takes patience and **persistence**, and not responding to **provocation**.	心理學家指出現在有很多方法可以幫助你去培養你的耐心，例如以下兩種方法： 需要耐心與堅持的爬山，以及對於他人的挑釁不做出回應。

答案： **S/J** （形容詞/名詞）

 解析　第一個空格要選instrumental，第二個空格要選persistence（表示堅持）。

-- didactic 教誨的、說教的 (a.)　　-- discordant 不調和的 (a.)
-- misleading 誤導 (adj.)　　　　　-- discrimination 差別、歧視 (n.)

323. This **didactic** song is set out to unveil the **discordant** memories the singer had in her childhood and to expose the **misleading** thoughts people might have pertaining to racial **discrimination**.	這個富教育意義的歌曲是為了要揭開他在小時候有的一些不好的回憶，且暴露出人們可能會對種族歧視有些誤解。

答案： **G/P** （形容詞/名詞）

 解析　第一個空格要選discordant（表示一些不好的回憶），第二個空格要選discrimination。

-- establish 創建、制定 (v.)　　-- deprecate 反對、抨擊 (v.)
-- divergent 分歧的 (a.)　　　　-- deter 制止、使斷念 (v.)

324. This organization is **established** for the purpose of **deprecating** death penalty, whereas the rest of the people with **divergent** interpretations about it in this country stand on the side of using death penalty to **deter** crime.	這個團體創建的目的是要抨擊死刑，然而這個國家內持不同意見的其他人卻站在使用死刑來制止犯罪的立場。

答案： **K/V** （Ving/原形動詞）

 解析　第一個空格要選deprecating，介係詞後方要加上名詞或Ving形式的字（**of後加上名詞當作受詞，包含動名詞**），且符合句意，第二個空格要選deter。，故要選K。

The rumor that he attempts to **649.** _____ himself from the political party he belongs to has already been widely **650.** _____ throughout the nation.

The top property agent is introducing the **651.** _____ interior design painted with **652.** _____ care to her prospective client.

This optimistic business woman is trying very badly to **653.** _____ her business connection, just as how the railway system was reformed to **654.** _____ throughout the States.

To achieve the **655.** _____, having people of different racial and religious groups gather together, we have to **656.** _____ the bright side people already had instead of the dark side.

He **657.** _____ to figure out a solution using his **658.** _____ instead of invoking aids of people mastering in this field, indicating that he is a person not willing to collaborate and compromise.

Feeling **659.** _____ by their government, villagers living nearby the biggest volcano protest that they must receive a statement of **660.** _____ regarding when and to what extent the volcano will erupt.

Politicians are supposed to be sincere and execute plans with **661.** _____, or both the people and country will be pushed to a **662.** _____ situation.

Investigators are inquiring why the cabinet members were forced to **663.** _____ their positions because they thought probably someone had **664.** _____ them to perform this action.

Having a rhetorical speech is part of this traditional **665.** _____ and the access to the stage at which the captain is addressing his thanks to his people will be **666.** _____ then.

He undertakes the responsibility that is strengthening her **667.** _____ of reaching an **668.** _____ success she wants in her career.

Teachers have to **669.** _____ students the importance of keeping their behavior and judgment **670.** _____ as people would expect.

My mother can tell the subtle differences between these two tables, even the **671.** _____ scratch in that she attentively **672.** _____ every furniture, stairway, and appliance every day.

A	restricted	**B**	intuition	**C**	resolution
D	estimation	**E**	evoke	**F**	inform
G	ramify	**H**	integrity	**I**	magnificent
J	resign	**K**	propagated	**L**	superficial
M	ethical	**N**	isolated	**O**	instigated
P	expand	**Q**	integration	**R**	perilous
S	sweeps	**T**	detach	**U**	meticulous
V	ritual	**W**	tends	**X**	ultimate

單字試題原文和中譯

-- rumor 謠言 (n.) -- propagate 傳播 (v.)	-- detach 分離 (v.) -- throughout在所有各處 (adv.)

325. The **rumor** that he attempts to **detach** himself from the political party he belongs to has already been widely **propagated** **throughout** the nation.

有關於他嘗試要自己脫離整個黨派的這個謠言已經廣泛地傳播至整個國家了。

答案：**T/K**（原形動詞/過去分詞）

 解析 第一個空格要選detach，第二個空格要選propagated（表示傳播至…）。

-- property 財產、所有權 (n.) -- magnificent 華麗的、高尚的 (a.)	-- agent 仲介人 (n.) -- meticulous 一絲不苟的 (a.)

326. The top **property agent** is introducing the **magnificent** interior design painted with **meticulous** care to her prospective client.

這位頂尖的房屋仲介正在向她的預期客戶介紹這美輪美奐且作工精細的室內設計。

答案：**I/U**（形容詞/形容詞）

 解析 第一個空格要選magnificent（表示美輪美奐的），第二個空格要選meticulous。

-- optimistic 樂觀的 (a.) -- reform 改革、改良 (v.)	-- expand 擴大 (v.) -- ramify 分支、分派 (v.)

327. The **optimistic** business woman is trying very badly to **expand** her business connection, just as how the railway system was **reformed** to **ramify** throughout the States.

這位樂觀的女商人非常努力地嘗試要擴張她的商業交流，這就像是鐵路系統改良成能夠於全美縱橫交錯著。

答案：**P/G**（原形動詞/原形動詞）

 解析 第一個空格要選expand，第二個空格要選ramify（to後面要加上原形動詞ramify，表示鐵路分支）。

| -- integration 整合性 (n.) | -- racial 種族的 (a.) |
| -- religious 宗教性的 (a.) | -- evoke 喚起、引起 (v.) |

328. To achieve the **integration**, having people of different **racial** and **religious** groups gather together, we have to **evoke** the bright side people already had instead of the dark side.

為了達成整合，也就是説讓不同種族及宗教的人民能夠聚集在一起，我們必須要喚起人們已擁有的光明面而不是黑暗面。

答案：**Q/E** （名詞/原形動詞）

 解析 第一個空格要選integration，第二個空格要選evoke （to後面要加上原形動詞evoke，表示喚起人們已擁有的光明面）。

| -- intuition 直覺 (n.) | -- invoke 祈求、懇求 (v.) |
| -- tend 趨向 (v.) | -- compromise 妥協、折衷 (v.) |

329. He **tends** to figure out a solution using his **intuition** instead of **invoking** aids of people mastering in this field, indicating that he is a person not willing to collaborate and **compromise**.

他傾向靠他的直覺去解決問題，而不是向這行的專家尋求幫助，也就是説他不是個願意合作與妥協的人。

答案：**W/B** （第三人稱單數動詞/名詞）

 解析 第一個空格要選tends，第二個空格要選intuition（表示直覺）。

| -- isolated 孤立的 (a.) | -- protest 主張、抗議 (v.) |
| -- estimation 預計 (n.) | -- erupt 爆發 (v.) |

330. Feeling **isolated** by their government, villagers living nearby the biggest volcano **protest** that they must receive a statement of **estimation** regarding when and to what extent the volcano will **erupt**.

感覺到被政府隔離，居住在這最大的火山旁的村民們抗議説，他們必須要收到預測聲明，得知火山何時噴發，以及噴發會到什麼程度。

答案：**N/D** （形容詞/名詞）

 解析 第一個空格要選isolated，第二個空格要選estimation（空格中要填入名詞estimation，為of+N的架構，表示預測聲明）。

-- sincere 真誠的 (a.)	-- execute 執行 (v.)
-- integrity 正直 (n.)	-- perilous 危險的 (a.)

331. Politicians are supposed to be **sincere** and **execute** plans with **integrity**, or both the people and country will be pushed to a **perilous** situation.	政治家必須要真誠且正直的去執行計畫，否則人民以及國家將會被推向一個危險的局面。

答案：H/R（名詞/形容詞）

 解析 第一個空格要選integrity（表示正直），第二個空格要選perilous。

-- investigator 調查者 (n.)	-- inquire 詢問 (v.)
-- resign 辭職 (v.)	-- instigate 唆使、煽動 (v.)

332. **Investigators** are **inquiring** why the cabinet members were forced to **resign** their positions because they thought probably someone had **instigated** them to perform this action.	調查者正在查詢為什麼內閣成員會被強迫辭掉他們的職位，因為他們覺得之前可能有人唆使他們這麼做。

答案：J/O（原形動詞/過去分詞）

 解析 第一個空格要選resign（ to後面要加上原形動詞resign，表示辭掉他們的職位），第二個空格要選instigated。

-- rhetorical 符合修辭學的 (a.)	-- ritual 儀式 (n.)
-- address 致詞、演說 (v.)	-- restrict 限制 (v.)

333. Having a **rhetorical** speech is part of this traditional **ritual** and the access to the stage at which the captain is **addressing** his thanks to his people will be **restricted** then.	有個符合修辭學的演講是傳統儀式的一部分，而那個有個將軍正在致詞感謝他的人民的舞台是被限制通行的。

答案：V/A（形容詞/過去分詞）

 解析 第一個空格要選ritual，第二個空格要選restricted（此題為被動語態的考點，要填入過去分詞）。

-- undertake 承擔、接受 (v.)	-- strengthen 加強、變堅固 (v.)
-- resolution 決心 (n.)	-- ultimate 終極的 (a.)

334. He **undertakes** the responsibility that is **strengthening** her **resolution** of reaching an **ultimate** success she wants in her career.	他接受了加強這位小姐想要達到她事業最終成功的決心這樣的責任。

答案：C/X（名詞/形容詞）

 解析 第一個空格要選resolution（表示決心），第二個空格要選ultimate。

-- inform 告知（v.） -- ethical 倫理的（a.）	-- judgment 審判、判決（n.） -- expect 期待（v.）

335. Teachers have to **inform** students the importance of keeping their behavior and **judgment** **ethical** as people would **expect**.	老師必須要告知學生們做出合乎道德的行為與批判的重要性，就像社會上人們所期待的一樣。

答案：F/M（原形動詞/形容詞）

 解析 第一個空格要選inform（to後面要加上原形動詞inform，表示告知學生們），第二個空格要選ethical。

-- subtle 微妙的、敏感精細的（a.） -- scratch 抓、刮痕（n.）	-- superficial 表面的（a.） -- sweep 掃除、肅清（v.）

336. My mother can tell the **subtle** differences between these two tables, even the **superficial** **scratch** in that she attentively **sweeps** every furniture, stairway, and appliance every day.	我媽媽可以察覺出這兩張桌子間些微差異，即使是很表面的刮痕，因為她每天都仔細的擦拭家裡每一件家具、階梯以及家電用品。

答案：L/S（形容詞/第三人稱單數動詞）

 解析 第一個空格要選superficial（空格中要填入形容詞來修飾scratch表示表面的刮痕），第二個空格要選sweeps。

This genius **673.** _____ a thematic tactic to his boss for successfully **674.** _____ a particular goal that he set a few years ago.

675. _____ design was not dominant during the period of the Renaissance due to the fact that people thought of it as being **676.** _____ and dull.

Even though some witnesses **677.** _____ that they had seen a man with a knife wandering around the array of scooters, the suspect still insisted that he was in a store **678.** _____ from the spot.

Her body starts having an **679.** _____ response due to transplant rejection, meaning the transplanted tissue is **680.** _____ by the recipient's immune system.

This product would immediately make this company dominant in the computer **681.** _____ of the year, but it is still a **682.** _____.

Scholars acknowledge that there were **683.** _____ cultural activities taking place during the Middle Ages that basically concentrated on classical **684.** _____.

People would place their signatures in a rather not **685.** _____ spot, making it imperceptible so that they can avoid certain responsibility; nonetheless, the Senate might not **686.** _____ the treaty.

His greatest concern is the fact that chemical wastes would be detrimental to our environment, and some **687.** _____ plants and animal matters might also be **688.** _____ harmful to our land.

The invading army, instigated by other gangs to **689.** _____ this village, has **690.** _____ each family member's dream and right to live in the world.

Scientists can hardly find the **691.** _____ of life in deserts where living conditions are hostile and **692.** _____ for most forms of creatures.

This national park has relatively **693.** _____ portion of forests, indicating that it cannot completely block the ultraviolet **694.** _____ the Sun emits.

It is an **695.** _____ argument that the child who has suffered through iniquitous bully that may be **696.** _____ to one's cognitive development can become a psychologically mature grown-up.

A	obviously	**B**	considerable	**C**	testified
D	radiation	**E**	hypothesis	**F**	redundant
G	renders	**H**	presence	**I**	inflammatory
J	plunder	**K**	discernible	**L**	untenable
M	rejected	**N**	symmetrical	**O**	remote
P	injurious	**Q**	ratify	**R**	exhibition
S	literature	**T**	achieving	**U**	decayed
V	scant	**W**	disrupted	**X**	inhospitable

單字試題原文和中譯

-- render 給予、歸還 (v.) -- tactic 戰術、戰略 (n.)	-- thematic 主題的 (a.) -- achieve 達成 (v.)

337. This genius **renders** a **thematic tactic** to his boss for successfully **achieving** a particular goal that he set a few years ago.	這個天才給予他的老闆一個富有主題性的戰略，為了能成功地達成他幾年前所設立的目標。

答案：G/T（第三人稱單數動詞/Ving）

 解析 第一個空格要選renders（句子中要填入現在式單數動詞），第二個空格要選achieving。

-- symmetrical 對稱的 (a.) -- renaissance 文藝復興 (n.)	-- dominant 主要支配的 (a.) -- redundant 多餘的、過多的 (a.)

338. **Symmetrical** design was not **dominant** during the period of the **Renaissance** due to the fact that people thought of it as being **redundant** and dull.	對稱的設計並沒有稱霸文藝復興時期是因為當時人們認為對稱不必要而且很無聊。

答案：N/F（形容詞/形容詞）

 解析 第一個空格要選symmetrical，第二個空格要選redundant（表示多餘的）。

-- witness 證人、目擊者 (n.) -- insist 堅持 (v.)	-- testify 證明、作證 (v.) -- remote 遙遠的 (a.)

339. Even though some **witnesses testified** that they had seen a man with a knife wandering around the array of scooters, the suspect still **insisted** that he was in a store **remote** from the spot.	一些目擊者作證說他們有看到一名持刀的男人在一排機車附近晃蕩，但這名嫌疑犯堅稱說他當時在離案發現場很遠的一間商店裡。

答案：C/O（過去式動詞/形容詞）

 解析 第一個空格要選testified（副詞子句中要填入過去式動詞），第二個空格要選remote。

-- inflammatory 煽動性的、發炎的 (a.)	-- response 回應 (n.)
-- rejection 拒絕 (n.)	-- immune免疫的、不受影響的 (a.)

340. Her body starts having an **inflammatory response** due to transplant **rejection**, meaning the transplanted tissue is **rejected** by the recipient's immune system.	這個女孩的身體因為移植排斥開始有發炎反應，移植排斥也就是指移植過來的組織被接受移植者自身的免疫系統所拒絕。

答案：I/M（形容詞/過去分詞）

 解析 第一個空格要選inflammatory（表示發炎反應），第二個空格要選rejected。

-- immediately 立即地 (adv.)	-- dominant 佔優勢的 (a.)
-- exhibition 展覽 (n.)	-- hypothesis 假說 (n.)

341. This product would **immediately** make this company **dominant** in the computer **exhibition** of the year, but it is still a **hypothesis**.	這個產品會使這家公司成為今年電腦展上的主角，但這還只是假設而已。

答案：R/E（名詞/名詞）

 解析 第一個空格要選exhibition，第二個空格要選hypothesis（表示還只是假設）。

-- acknowledge 承認 (v.)	-- considerable 相當的、可觀的 (a.)
-- concentrations 濃縮、集中 (v.)	-- literature 文學 (n.)

342. Scholars **acknowledge** that there were **considerable** cultural activities taking place during the Middle Ages that basically **concentrated** on classical **literature**.	學者承認在中世紀時曾經有大量的文化活動發生且大量集中於古典文學。

答案：B/S（形容詞/名詞）

 解析 第一個空格要選considerable（表示有大量的文化活動），第二個空格要選literature。

-- signatures 簽名 (n.)	-- discernible 可識別的 (a.)
-- nonetheless 然而 (adv.)	-- ratify 批准、認可 (v.)

343. People would place their **signatures** in a rather not **discernible** spot, making it imperceptible so that they can avoid certain responsibility; **nonetheless**, the Senate might not **ratify** the treaty.	人們會將名字簽在較不容易識別的區域，讓它變得不易辨識，他們就能避開特定責任，然而，議院可能不會批准這個條約。

答案：K/Q（形容詞/原形動詞）

 解析　第一個空格要選discernible（表示不易辨識），第二個空格要選ratify。

-- waste 浪費（n.） -- decayed 腐朽（v.）	-- detrimental 有害的（a.） -- obviously 明顯地（adv.）

344. His greatest concern is the fact that chemical **wastes** would be **detrimental** to our environment, and some **decayed** plants and animal matters might also be **obviously** harmful to our land.	他對於化學廢棄物有可能會對環境造成危害，以及一些腐朽的植物與動物也明顯對我們的土地有害存有很大的顧慮。

答案：U/A（形容詞/副詞）

 解析　第一個空格要選decayed，第二個空格要選obviously（且obviously修飾harmful）。

-- invade 闖入（v.） -- instigate 教唆（v.）	-- plunder 搶奪、掠奪（v.） -- disrupt 破壞（v.）

345. The **invading** army, **instigated** by other gangs to **plunder** this village, has **disrupted** each family member's dream and right to live in the world.	被其他幫派教唆闖入並掠奪這個村莊的闖入者，已經破壞了住在這個村莊的每一個家庭的夢，跟生存在這個世界上的權力。

答案：J/W（原形動詞/過去分詞）

 解析　第一個空格要選plunder（to後面要加上原形動詞plunder，表示掠奪這個村莊），第二個空格要選disrupted。

-- presence 存在、現存（n.） -- inhospitable 不適合居住的（a.）	-- hostile 敵對的（a.） -- creatures 生物（n.）

346. Scientists can hardly find the **<u>presence</u>** of life in deserts where living conditions are **hostile** and **<u>inhospitable</u>** for most forms of **creatures**.	學者指出對於最近發現的，因為其嚴酷且不適合任何生物居住的生存條件，位於非洲最大沙漠中的盆地是否有生命的存在依舊缺乏令人信服的相關證據。

答案： H/X（名詞/形容詞）

 第一個空格要選presence（表示生命的存在），第二個空格要選inhospitable。

-- relatively 相對地 (adv.) -- ultraviolet 紫外線 (n.)	-- scant 少的 (a.) -- radiation 輻射 (n.)

347. This national park has **relatively scant** portion of forests, indicating that it cannot completely block the **ultraviolet radiation** the Sun emits.	這個國家公園擁有相對少量的森林，也就是説它無法完全阻擋來自太陽光照射的紫外線輻射。

答案： V/D（形容詞/名詞）

 第一個空格要選scant，第二個空格要選radiation（表示來自太陽光照射的紫外線輻射）。

-- injurious 有害的 (a.) -- iniquitous 不正的、不法的 (a.)	-- suffer 受痛苦 (v.) -- untenable 不能維持的 (a.)

348. It is an **<u>untenable</u>** argument that the child who has **suffered** through **iniquitous** bully that may be **<u>injurious</u>** to one's cognitive development can become a psychologically mature grown-up.	關於遭受過不法且認知發展霸凌的孩子，其心靈會變成熟的論調是站不住腳的。

答案： L/P（形容詞/形容詞）

 第一個空格要選untenable（表示論調是站不住腳的），第二個空格要選iniquitous。

At the incipient stage of the final election, speeches **697.** _____ from elected mayors can prevent you from being too **698.** _____ and reassuring.

It's still a controversial issue regarding the biological **699.** _____ of the carbon element found in this meteorite and whether the element has been **700.** _____ by Earth.

The collection of Egyptian antiquities **701.** _____ according to their geographical origins was placed in a very **702.** _____ spot in this museum, attempting to drive more attention to it.

The newly-found planet is believed to be **703.** _____ smaller than Earth and consists of the spinning, **704.** _____ cloud of gas the Sun is composed of as well.

This secrete creature is known for its capability to **705.** _____ color itself, called camouflage, meaning it is able to **706.** _____ the surrounding environment.

There are other **707.** _____ actions, such as singing, dancing, other special gestures, or wearing ritual costumes that can be relied on to **708.** _____ the prayer's human identity.

His bad eating habit **709.** _____ his headache and stomach problems; hence, living a routine lifestyle and having **710.** _____ sleeping are quite necessary.

The effect of Humanism assists people to break free from the mental **711.** _____ imposed by certain religions, **712.** _____ free inquiry, and further motivates people to have their thoughts and creations.

Attacks, such as small-scale robberies or highly organized hijacking are deemed as major threats to our society so that there are **713.** _____ proposed to restrain these **714.** _____ crimes.

Accordingly, the government announces that military service could be **715.** _____ if you have foreign passports or any **716.** _____ disease.

The biggest desert in the world used to be a desolated **717.** _____ of land situated in the inner Asia continent, is now **718.** _____ under the reign of emperor.

The effect of Urban Heat Island normally and **719.** _____ occurs in tandem with **720.** _____ development and rapidly develops in densely populated centers.

A	primarily	B	strategies	C	origin
D	slightly	E	cryptically	F	conceal
G	conspicuous	H	chunk	I	exempted
J	pompous	K	sufficient	L	inspires
M	metropolitan	N	triggers	O	blend into
P	thriving	Q	resembling	R	assorted
S	chronic	T	condensing	U	contaminated
V	feasible	W	strictures	X	illegal

單字試題原文和中譯	

-- incipient 初期的 (a.) -- resemble 相似 (v.)	-- election 選舉的 (n.) -- pompous 傲慢的、自大的 (a.)
349. At the **incipient** stage of the final **election**, speeches **resembling** from elected mayors can prevent you from being too **pompous** and reassuring.	在最終選舉的初期階段，與獲選的市長相仿的演講能使你免於自大且讓人放心。

答案：**Q/J**（現在分詞/形容詞）

 解析 第一個空格要選resembling，第二個空格要選pompous，表示自大的（too...後面加上形容詞表示太過於...）。

-- meteorite 隕石 (n.) -- origin 來源 (n.)	-- controversial 有爭議的 (a.) -- contaminate 汙染 (v.)
350. It's still a **controversial** issue regarding the biological **origin** of the carbon element found in this **meteorite** and whether the element has been **contaminated** by Earth.	關於在這個隕石中所發現的碳元素來源，以及是否這元素有被地球所污染依舊是個富爭議的議題。

答案：**C/U**（名詞/過去分詞）

 解析 第一個空格要選origin（表示碳元素來源），第二個空格要選contaminated。

-- assort 分類、配合 (v.) -- attempt 嘗試 (v.)	-- conspicuous 顯著的 (a.) -- attention 注意力 (n.)
351. The collection of Egyptian antiquities **assorted** according to their geographical origins was placed in a very **conspicuous** spot in this museum, **attempting** to drive more **attention** to it.	依照地理來源所分類的古埃及系列被放置在很明顯的區域，以嘗試取得更多的注意力。

答案：**R/G**（過去分詞/形容詞）

解析 第一個空格要選assorted，第二個空格要選conspicuous，空格中要填入形容詞來修飾spot，表示明顯的區域（very修飾該形容詞）。

-- planet 星球 (n.) -- spin 旋轉 (v.)	-- slightly 一點點地 (adv.) -- condense 使濃縮、縮短 (v.)

352. The newly-found **planet** is believed to be **slightly** smaller than Earth and consists of the **spinning**, **condensing** cloud of gas the Sun is composed of as well.	這個新發現的星球被認為體積稍小於地球，而且是由跟組成太陽一樣的旋轉與壓縮的氣體與塵埃所組成的。

答案：D/T（副詞/形容詞）

 解析 第一個空格要選slightly（slightly修飾smaller），第二個空格要選condensing。

-- cryptically 神秘地 (adv.) -- surrounding 周圍的 (a.)	-- blend into 調和、滲入 (v.) -- camouflage 偽裝 (n.)

353. This secrete creature is known for its capability to **cryptically** color itself, called **camouflage**, meaning it is able to **blend into** the **surrounding** environment.	這個神祕的生物是因為牠可以神秘地以顏色來偽裝牠自己而有名，也就是說牠可以把牠自己與周遭的環境融合在一起。

答案：E/O（副詞/片語）

 解析 第一個空格要選cryptically（句子已經非常完整有主要主詞和動詞等訊息時，空格處僅可能是副詞的選項），第二個空格要選blend into。

-- feasible 可行的 (a.) -- ritual 因儀式而行的 (a.)	-- gestures 姿態、手勢 (n.) -- conceal 隱藏 (v.)

354. There are other **feasible** actions, such as singing, dancing, other special **gestures**, or wearing **ritual** costumes that can be relied on to **conceal** the prayer's human identity.	其他可行的動作像是唱歌、跳舞以及其他的手勢，或是穿著儀式的服飾可被用來隱藏祈禱者的人類身分。

答案：V/F （形容詞/原形動詞）

 解析 第一個空格要選feasible，第二個空格要選conceal （to後面要加上原形動詞conceal，表示隱藏祈禱者的人類身分）。

-- trigger 觸發、引起 (v.) -- routine 例行的 (a.)	-- headache 頭痛 (n.) -- sufficient 足夠的 (a.)

355. His bad eating habit **triggers** his **headache** and stomach problems; hence, living a **routine** lifestyle and having **sufficient** sleeping are quite necessary. | 他不好的飲食習慣觸發了他的頭痛及一些腸胃問題，因此規律的生活型態跟充足的睡眠是非常必要的。

答案： **N/K**（第三人稱單數動詞/形容詞）

 解析 第一個空格要選triggers，第二個空格要選sufficient（表示充足的睡眠）。

-- strictures 狹窄 (n.) -- inspire 鼓舞、使啟發 (v.)	-- impose 強加 (v.) -- inquiry 查詢、調查 (n.)

356. The effect of Humanism assists people to break free from the mental **strictures imposed** by certain religions, **inspires** free **inquiry**, and further motivates people to have their thoughts and creations. | 人道主義幫助人民從特定宗教造成的心理限制走出來，鼓舞自由的詢問且激勵人們有他們自己的想法與創意。

答案： **W/L**（名詞/第三人稱單數動詞）

 解析 句子中的主詞為effect，要迅速分辨出句子中的三個動詞V1, V2, V3，挖空的地方要填入單數動詞，第一個空格要選strictures，第二個空格要選inspires。

-- deem 認為 (v.) -- restrain 限制 (v.)	-- strategies 策略 (n.) -- illegal 非法的 (a.)

357. Attacks, such as small-scale robberies or highly organized hijacking are **deemed** as major threats to our society so that there are **strategies** proposed to **restrain** these **illegal** crimes. | 小型的攻擊像是搶奪或高組織性的劫機都被認為對我們社會有很大的威脅，所以有策略被提出來抑制非法的犯罪。

答案： **B/X**（名詞/形容詞）

第一個空格要選strategies（表示策略被提出），第二個空格要選illegal。

-- accordingly 因此 (adv.) -- exempt 免除 (v.)	-- military 軍隊的 (a.) -- chronic 慢性的 (a.)

358. Accordingly, the government announces that **military** service could be **exempted** if you have foreign passports or any **chronic** disease.	因此，政府發聲明說如果你持有外國護照或是有慢性疾病的話，兵制是可以被免除的。

答案：I/S（過去分詞/形容詞）

 第一個空格要選exempted（空格處要填入p.p，依句意要選免除的），第二個空格要選chronic。

-- desolated 荒蕪的 (a.) -- continent 大陸 (n.)	-- chunk 塊 (n.) -- thrive 使欣欣向榮 (v.)

359. The biggest desert in the world used to be a **desolated chunk** of land situated in the inner Asia **continent**, is now **thriving** under the reign of emperor.	在亞洲大陸內陸這個世界最大的沙漠，之前是個荒蕪的大陸，現在因為皇帝的統治，已經變得欣欣向榮。

答案：H/P（名詞/現在分詞）

 第一個空格要選chunk，空格中要填入名詞，（為冠詞+形容詞+名詞的架構），第二個空格要選thriving。

-- primary 主要的 (a.) -- metropolitan 大都市的 (a.)	-- in tandem with 同…合作 (adv.) -- rapidly 快速地 (adv.)

360. The effect of Urban Heat Island normally and **primarily** occurs **in tandem with metropolitan** development and **rapidly** develops in densely populated centers.	熱島效應主要與都市發展相呼應，且快速發展於主要都市及人多的中心。

答案：A/M（副詞/形容詞）

 第一個空格要選primarily，第二個空格要選metropolitan。。

The organ, tongue is capable of doing various **721.** _____ movements, for instance that in some animals, such as frogs, it can be **722.** _____ and can be adapted to capturing insect prey.

Through the examination of a fossil of a **723.** _____ plant, scientists have gotten some interesting findings even though the soft parts of it were slightly **724.** _____.

725. _____ energy can mostly be perceived in areas where tectonic plates **726.** _____, and where the earth crust is thinner than it is in other regions.

Algae are ubiquitous throughout the world, being the most common in **727.** _____ habitats, and are categorized based on the diversified light wavelengths the seawater **728.** _____.

People living in this ancient village have developed an **729.** _____ and exceptional tradition of sculpture and **730.** _____ carving.

This vase, known as a **731.** _____ and religious symbol, shows the **732.** _____ sense of design and the power of the king.

This creative **733.** _____ that could be conducive to transport both in water and on land is widely known for its **734.** _____ structures and being light-weight.

This program **735.** _____ the process of editing text and images and **736.** _____ boosts up your working efficiency and accuracy.

The most distinctive aspect of the earth is the **737.** _____ between its polar zones and the **738.** _____ deserts.

Most second language learners speak **739.** _____ English with a heavy accent, so people can barely understand them; however, they will be ended up figuring out a way to perfectly pronounce words and **740.** _____ it.

Try to **741.** _____ the way people use their languages and there are abundant learning materials online that can be **742.** _____ helpful for you to master the new language.

The music critic **743.** _____ this album as the worst album of the year with hindering the singer's plan of **744.** _____ her new songs.

A contrast	**B** relief	**C** conjoin
D conquering	**E** elongated	**F** thickened
G mimic	**H** carnivorous	**I** absorbs
J exquisite	**K** deprecates	**L** incrementally
M halting	**N** aquatic	**O** fragile
P tremendously	**Q** invention	**R** accelerates
S releasing	**T** political	**U** elaborate
V dry	**W** muscular	**X** geothermal

單字試題原文和中譯

-- muscular 肌肉強壯的、有利的 (a.) -- adapted to 適應於 (v.)	-- elongate 使延長 (v.) -- prey 被捕食者 (n.)
361. The organ, tongue is capable of doing various **muscular** movements, for instance that in some animals, such as frogs, it can be **elongated** and can be **adapted to** capturing insect **prey**.	舌頭這個器官可以做很多項的肌肉運動，例如有些動物的舌頭像是青蛙，是可以被延長且適於捕食昆蟲。

答案：W/E（形容詞/過去分詞）

 第一個空格要選muscular，第二個空格要選elongated（空格處要填入p.p，依句意要選可以被延長）。

-- fossils 化石 (n.) -- fragile 脆弱的 (a.)	-- carnivores 食肉類的 (a.) -- slightly 輕微、一點點 (adv.)
362. Through the examination of a **fossil** of a **carnivorous** plant, scientists have gotten some interesting findings even though the soft parts of it were **slightly fragile**.	經過檢查食肉類植物化石後，雖然這些化石比較軟的部分有一點點脆弱，科學家還是有得到一些有趣的發現。

答案：H/O（形容詞/形容詞）

 第一個空格要選carnivores（表示食肉類植物化石），第二個空格要選fragile。

-- geothermal 地熱的 (adj.) -- conjoin 使結合、使連接 (v.)	-- tectonic plates 板塊 (n.) -- crust 殼 (n.)
363. Geothermal energy can mostly be perceived in areas where **tectonic plates conjoin**, and where the earth **crust** is thinner than it is in other regions.	地熱的能量通常可以在板塊相接的地方，以及地球板塊相較於其他地方較薄的部分被發現。

答案：X/C（形容詞/複數動詞）

第一個空格要選geothermal，第二個空格要選conjoin（tectonic plates 後方要加上複數動詞，符合地科主題的只有conjoin）。	
-- ubiquitous 普及的、到處存在的 (a.) -- habitats 棲息地、居住地 (n.)	-- aquatic 水生的 (a.) -- absorb 吸收 (v.)
364. Algae are **ubiquitous** throughout the world, being the most common in **aquatic habitats**, and are categorized based on the diversified light wavelengths the seawater **absorbs**.	藻類普及於全世界且最常見於水生棲息地，並且以受水體吸收的多樣光波長來做分類的基礎。

答案：N/I（形容詞/第三人稱單數動詞）

第一個空格要選aquatic，第二個空格要選absorbs（空格處要填入單數動詞，且表吸收的字）。	
-- elaborate 精緻的 (a.) -- sculpture 雕塑 (n.)	-- exceptional 非凡的 (a.) -- relief 浮雕 (n.)
365. People living in this ancient village have developed an **elaborate** and **exceptional** tradition of **sculpture** and **relief** carving.	住在這古老村莊的人民發展出雕塑與浮雕這樣精緻又非凡的傳統。

答案：U/B（形容詞/名詞）

第一個空格要選elaborate，第二個空格要選relief（表示浮雕）。空格中要填入名詞relief，，故要選B。	
-- exquisite 精緻的、細膩的 (a.) -- religious 宗教的 (a.)	-- political 政治的 (a.) -- symbol 象徵 (n.)
366. This vase, known as a **political** and **religious symbol**, shows the **exquisite** sense of design and the power of the king.	這個花瓶被認為是政治與宗教的象徵，展現了細膩的設計與這個國王的權力。

答案：T/J（形容詞/形容詞）

第一個空格要選political，第二個空格要選exquisite（表示細膩的設計）。	

-- invention 創作 (n.) -- conducive to 有益於、有助於 (a.)	-- thicken 加厚 (v.) -- transport 運輸 (n.)

367. This creative **invention** that could be **conducive to transport** both in water and on land is widely known for its **thickened** structures and being light-weight.	這個充滿創作感的發明因為他厚實的結構，且極度輕盈，並有助於陸上與水上的運輸，而廣為人知。

答案： Q/F（名詞/形容詞）

 解析 第一個空格要選invention，第二個空格要選thickened（表示厚實的結構）。

-- accelerate 加速、加快 (v.) -- boost up 增強 (v.)	-- incrementally 增量地 (adv.) -- efficiency 效率 (n.)

368. This program **accelerates** the process of editing text and images and **incrementally boosts up** your working **efficiency** and accuracy.	這個程式加快了文字與圖片的修正，且增量地升高你的工作效率與準確性。

答案： R/L（第三人稱單數動詞/副詞）

 解析 第一個空格要選accelerates，第二個空格要選incrementally。

-- distinctive 有區別性的 (a.) -- polar 極的 (a.)	-- contrast 對比 (n.) -- dry 乾的 (a.)

369. The most **distinctive** aspect of the earth is the **contrast** between its **polar** zones and the **dry** deserts.	地球極區與乾燥沙漠區的對比是地球與眾不同的一面。

答案： A/V（名詞/形容詞）

 解析 第一個空格要選contrast（表示對比），第二個空格要選dry。

-- halting 使停止 (v.) -- figure out 想出 (v.)	-- barely 幾乎不 (adv.) -- conquer 征服 (v.)

370. Most second language learners speak **halting** English with a heavy accent, so people can **barely** understand them; however, they will be ended up **figuring out** a way to perfectly pronounce words and **conquering** it.	大部分的第二語言學習者說英文時會停頓，並伴隨著很重的口音，導致聽的人幾乎無法理解他們，但是這些學習者最後還是會悟出可以完美發音的方法並征服它。

答案： M/D（形容詞/Ving）

 解析　第一個空格要選halting，第二個空格要選conquering（從ended up後可以看到，以and連接兩個ving形式的字，第一個為figuring另一個為挖空的部分，故要選ving形式的答案）。

-- mimic 模仿（v.） -- tremendously 異常的、巨大的（adv.）	-- abundant 豐富的（a.） -- master 駕馭（v.）

371. Try to **mimic** the way people use their languages and there are **abundant** learning materials online that can be **tremendously** helpful for you to **master** the new language.	試著去模仿人們使用這個語言的方式，而且網路上有很多豐富的資源可以用來幫你去駕馭這個語言。

答案： G/P（原形動詞/副詞）

 解析　第一個空格要選mimic （to後面要加上原形動詞mimic，表示模仿人們），第二個空格要選tremendously。

-- critics 評論家（n.） -- hinder 阻止（v.）	-- deprecate 抨擊、反對（v.） -- release 釋放（v.）

372. The music **critic deprecates** this album as the worst album of the year with **hindering** the singer's plan of **releasing** her new songs.	這位音樂評論家砲轟這個專輯是今年最爛的專輯，並阻撓這位歌手要出新歌的計畫。

答案： K/S（第三人稱單數動詞/ Ving）

 解析　第一個空格要選deprecates（主要子句缺少一單數動詞），第二個空格要選releasing。

He made efforts to **745.** _____ his friends not to spend too much time on playing games but that was futile and completely **746.** ____ __.

As time went by, the government inevitably had to **747.** _____ with those people who thought they had the right to talk to the president, giving rise to the **748.** _____ of such peace in the country.

Eventually, those people were strongly **749.** _____ by the power of government and **750.** _____ yielded their powers to it.

Apparently, this apartment contains a **751.** _____ storage space that makes it an **752.** _____ choice for families with children.

People living here are hostile to technological innovations that may threaten their traditions and are **753.** _____ to communicate with outsiders for the sake of **754.** _____ the safety system.

Due to the **755.** _____ process of obtaining the membership, candidates were particularly confined to stay in **756.** _____ rooms and then take ludicrous tests.

The young man said he was attacked and **757.** _____ by an unknown intruder and was **758.** _____ how the intruder looked like with a portrait.

People were facing **759.** _____ death after the earthquake even though emergency funds were being provided to **760.** _____ the effect of the disaster.

It is such an **761.** _____ fact that human civilization has emerged into the light of history **762.** _____ three thousand years ago.

The **763.** _____ of this civilization remains **764.** _____ because the languages they use are not quite related to any other known tongues in the world.

For about twenty years, although the two **765.** _____ centers in the Middle East region had contacted with each other from their earliest beginning, they still retained their **766.** _____ characters.

About five thousand years ago, plow that oxen can pull was **767.** _____ by Egyptian and Mesopotamian farmers, **768.** _____ more and more people to give up farming and then move to cities.

A	mitigate	**B**	obscure	**C**	ineffective
D	elimination	**E**	distinct	**F**	capacious
G	frequently	**H**	consolidating	**I**	designated
J	astonishing	**K**	delineating	**L**	invented
M	rival	**N**	arrested	**O**	contend
P	origin	**Q**	intricate	**R**	extraordinary
S	entrenched	**T**	convince	**U**	approximately
V	enabling	**W**	imminent	**X**	restricted

單字試題原文和中譯	
-- efforts 努力 (n.) -- futile 細瑣的、無用的 (a.)	-- convince 使信服 (v.) -- ineffective 無效的 (a.)
373. He made **efforts** to **convince** his friends not to spend too much time on playing games but that was **futile** and completely **ineffective**.	他努力地說服他朋友別花太多時間在玩遊戲上面，但卻徒勞無功。

答案：T/C（原形動詞/形容詞）

 第一個空格要選convince，第二個空格要選ineffective，（adv+adj結構），表示結果完全無效。

-- inevitably 不可避免的 (adv.) -- giving rise to 引起、導致 (v.)	-- contend 鬥爭、競爭 (v.) -- elimination 消除 (n.)
374. As time went by, the government **inevitably** had to **contend** with those people who thought they had the right to talk to the president, **giving rise to** the **elimination** of such peace in the country.	隨著時間的流逝，政府無可避免地必須要和這些認為有權利跟總統講話的人民鬥爭，這導致了這個國家消失的和平被抹滅掉。

答案：O/D（原形動詞/名詞）

 第一個空格要選contend，第二個空格要選elimination（表示這個國家的和平被抹滅掉）。

-- eventually 最終地 (adv.) -- frequently 頻繁地 (adv.)	-- entrench 防護、保護 (v.) -- yield 被迫放棄 (v.)
375. **Eventually**, those people were strongly **entrenched** by the power of government and **frequently** yielded their powers to it.	最終這些人受到政府強力地保護，並且屢次地放棄並將權力轉交給政府。

答案：S/G（過去分詞/副詞）

解析 第一個空格要選entrenched，第二個空格要選frequently（句子已經非常完整有主要主詞和動詞等訊息時，空格處僅可能是副詞的選項）。

-- apparently 明顯地（adv.） -- capacious 寬廣的（a.）	-- contain 含有（v.） -- extraordinary 非凡的（a.）
376. **Apparently**, this apartment **contains** a **capacious** storage space that makes it an **extraordinary** choice for families with children.	很明顯地因為這個公寓包含一個很大的儲藏空間，所以對有小孩的家庭來說是個不錯的選擇。

答案：F/R（形容詞/形容詞）

 解析 第一個空格要選capacious（表示很大的儲藏空間），第二個空格要選extraordinary。

-- hostile 有敵意的（a.） -- restricted 限制（v.）	-- innovations 創新（n.） -- consolidate 鞏固、使聯合（v.）
377. People living here are **hostile** to technological **innovations** that may threaten their traditions and are **restricted** to communicate with outsiders for the sake of **consolidating** the safety system.	為了鞏固他們的安全系統，居住在這裡的人們對於會危及他們傳統的科技創新帶有敵意，而且被限制不能與外來者交流。

答案：X/H（過去分詞/ Ving）

 解析 第一個空格要選restricted，第二個空格要選consolidating（介係詞後方要加上名詞或Ving形式的字）。

-- intricate 錯綜複雜的（a.） -- designate 指派（v.）	-- confine to 限制於（v.） -- ludicrous 可笑的、荒唐的（a.）
378. Due to the **intricate** process of obtaining the membership, candidates were particularly **confined** to stay in **designated** rooms and then take **ludicrous** tests.	因為取得會員的這個步驟很複雜，所以候選人必須要待在一個指定的房間，然後進行很荒唐的測試。

答案：Q/I（形容詞/形容詞）

 解析 第一個空格要選intricate，第二個空格要選designated（表示指定的房間）。

-- attack 攻擊（v.） -- intruder 入侵者（n.）	-- arrest 逮捕（v.） -- delineate 描繪（v.）
379. The young man said he was **attacked** and **arrested** by an unknown **intruder** and was **delineating** how the intruder looked like with a portrait.	這個年輕人說他被一位不知名的入侵者攻擊並逮捕，他正描繪這個入侵者的長相。

答案：N/K（過去分詞/ Ving）

 解析 第一個空格要選arrested，第二個空格要選delineating（這題要選過去進行式且句意符合的選項）。

-- imminent 逼近的、即將到來的（a.） -- mitigate 減輕（v.）	-- emergency 緊急事件（n.） -- disaster 災害（n.）
380. People were facing **imminent** death after the earthquake even though **emergency** funds were being provided to **mitigate** the effect of the **disaster**.	在地震過後，人們面臨了立即的死亡，即使已提供緊急的資金協助來減輕災害的傷亡。

答案：W/A（形容詞/原形動詞）

 解析 第一個空格要選imminent，第二個空格要選mitigate（ to後面要加上原形動詞mitigate，表示減輕災害的傷亡）。

-- astonishing 令人驚喜的（a.） -- emerge 出現（v.）	-- civilization 文明（n.） -- approximately 大約（adv.）
381. It is such an **astonishing** fact that human **civilization** has **emerged** into the light of history **approximately** three thousand years ago.	人類文明始於約三千年前的歷史中，是個令人驚喜的事實。

答案：J/U（形容詞/副詞）

 解析 第一個空格要選astonishing（表示令人驚喜的事實），第二個空格要選approximately。

-- origin 起源（n.） -- obscure 難解的、含糊的（a.）	-- remain 保留（v.） -- related 相關的（a.）

382. The **origin** of this civilization **remains obscure** because the languages they use are not quite **related** to any other known tongues in the world.	這個文明的起源依舊很模糊，因為他們所使用的語言跟其他世界上所知的語言並沒有關聯。

答案： P/B（名詞/形容詞）

 解析 第一個空格要選origin，第二個空格要選obscure（remain後要加形容詞當補語，表示依舊很模糊）。

-- rival 對手（n.）	-- contact 接觸（v.）
-- retain 保留（v.）	-- distinct 清楚的、不同的（a.）

383. For about twenty years, although the two **rival** centers in the Middle East region had **contacted** with each other from their earliest beginning, they still **retained** their **distinct** characters.	雖然這競爭的兩方於大約二十年前在中東地區就開始相互接觸，他們還是保有他們清楚且明顯不同的特性。

答案： M/E（形容詞/形容詞）

 解析 第一個空格要選rival，第二個空格要選distinct（表示明顯不同的特性）。

-- plow 犁（n.）	-- oxen 公牛（n.）
-- invent 發明（v.）	-- enable 使…成為可能（v.）

384. About five thousand years ago, **plow** that **oxen** can pull was **invented** by Egyptian and Mesopotamian farmers, **enabling** more and more people to give up farming and then move to cities.	大約五千年前，牛所拉的犁田工具是被美索布達米雅以及埃及農夫所發明的，使得更多的人放棄農耕朝大都市發展。

答案： L/V（過去分詞/ Ving）

 解析 第一個空格要選invented（這題是被動語態的考點，且be動詞後加上過去分詞），第二個空格要選enabling。

Darwin assumed that it would not have been possible to **769.** _____ natural selection due to the fact that it was too slow and **770.** _____ in general.

This study claims that this pervasive painting is widely **771.** _____ in European countries, **772.** _____ the drawing skill of human beings may share the same root.

773. _____ may evolve into a new language if they are **774.** _____ in a particular area for a long time, especially isolated districts or islands.

The **775.** _____ of the nutrients may not be formed because of the **776.** _____ mixing of the shallow sea.

Due to the natural protection from certain types of **777.** _____ living in co-existence, some reefs remain healthy under damage and appear to be more resilient to coral **778.** _____ than others.

There are **779.** _____ styles of clothing in China related to the Asian history with their texture and accessories having **780.** _____ meanings.

Some buildings and **781.** _____ made of marble and granite are more likely to be damaged by **782.** _____ rain than those made by others.

Chemical weathering may be more likely to take place and be more effective in **783.** _____ tropical climate, while **784.** _____ weathering may occur in sub-Arctic climates.

Scientists have announced that the surface of the planet Mars manifests **785.** _____ of having ancient water and volcanoes, and it has an **786.** _____ with seasons and weather changing.

We are still not sure whether life could start in such a harsh environment as on Mars even though **787.** _____ Martian microorganisms could have **788.** _____ to the environment with high acidity and saltiness.

The **789.** _____ has been a national-scale irrigation project carrying water from the wet **790.** _____ areas to the dry central deserts.

One of the reasons why it might be quite difficult for huge sized animals to live is that they need to **791.** _____ a great amount of food to **792.** _____ the sizable figure.

A atmosphere	**B** preexisting	**C** connoting
D humid	**E** bleaching	**F** coastal
G numerous	**H** dialects	**I** perceive
J consume	**K** sculptures	**L** stratification
M maintain	**N** mechanical	**O** adapted
P restrained	**Q** unique	**R** acid
S canal	**T** gradual	**U** recognized
V fungi	**W** evidence	**X** constant

單字試題原文和中譯

| -- assume 推測 (v.) | -- perceive 察覺 (v.) |
| -- natural selection 自然選擇 (n.) | -- gradual 逐漸的 (a.) |

385. Darwin **assumed** that it would not have been possible to **perceive** **natural selection** due to the fact that it was too slow and **gradual** in general.	達爾文推測説自然選擇是不容易被察覺的，因為一般來説它太慢而且是逐漸變化的。

答案： **I/T**（原形動詞/形容詞）

 解析 第一個空格要選perceive （to後面要加上原形動詞perceive，表示察覺），第二個空格要選gradual。

| -- pervasive 廣泛的，普遍的 (a.) | -- recognize 認識 (v.) |
| -- connote 暗示、表示 (v.) | -- Root 根 (n.) |

386. This study claims that this **pervasive** painting is widely **recognized** in European countries, **connoting** the drawing skill of human beings may share the same **root**.	此項研究指出這普遍流傳的畫作在歐洲國家廣為人知，表示説人類的繪畫技巧是有相同來源的。

答案： **U/C**（過去分詞/ Ving）

 解析 第一個空格要選recognized，第二個空格要選connoting（其為省略and connots變化而來的）。

| -- dialect 方言 (n.) | -- evolve 演化 (v.) |
| -- restrain 限制 (v.) | -- isolate 隔離 (v.) |

387. **Dialects** may **evolve** into a new language if they are **restrained** in a particular area for a long time, especially **isolated** districts or islands.	如果方言長期被限制於特定的區域，特別指被隔離的區域或是島嶼，它們可以演化成新的語言。

答案： **H/P**（名詞/過去分詞）

 解析 第一個空格要選dialects，填入名詞dialects（名詞當主詞），表示方言，第二個空格要選restrained。

-- stratification 階層化 (n.) -- constant 不斷的 (a.)	-- nutrients 養分 (n.) -- shallow 淺的 (a.)
388. The **stratification** of the **nutrients** may not be formed because of the **constant** mixing of the **shallow** sea.	因為淺海水體不斷的混合，養分的階層化可能不容易形成。

答案：L/X（名詞/名詞）

 解析 第一個空格要選stratification（表示階層化），第二個空格要選constant。

-- fungi 真菌類 (n.) -- resilient 有回復力的 (a.)	-- reef 礁 (n.) -- bleach 漂白 (v.)
389. Due to the natural protection from certain types of **fungi** living in co-existence, some **reefs** remain healthy under damage and appear to be more **resilient** to coral **bleaching** than others.	因為受到特定共存的菌類的天然的保護，一些礁可以在損害下維持健康，而且可以在珊瑚白化中，相較於其他未受到菌類保護的，更有復原力。

答案：V/E（名詞/動名詞）

 解析 第一個空格要選fungi，第二個空格要選bleaching（這題要選動名詞或名詞且要符合珊瑚白化這個句意）。

-- numerous 廣大的 (a.) -- accessories 飾品 (n.)	-- texture 質地 (n.) -- unique 獨有的 (a.)
390. There are **numerous** styles of clothing in China related to the Asian history with their **texture** and **accessories** having **unique** meanings.	中國存有大量不同形式且關於亞洲歷史的服飾，其中他們的質地與飾品都有的獨特的意義。

答案：G/Q（形容詞/形容詞）

 解析 第一個空格要選numerous（表示大量不同形式），第二個空格要選unique。

-- sculptures 雕刻 (n.) -- granite 花崗岩 (n.)	-- marble 大理石 (n.) -- acid 酸 (a.)

391. Some buildings and **sculptures** made of **marble** and **granite** are more likely to be damaged by **acid** rain than those made by others.	使用花崗岩與大理石所製成的建築物與雕刻，相較於用其他材料製造的，比較容易被酸雨所毀壞。

答案：**K/R**（名詞/形容詞）

 解析 第一個空格要選sculptures（表示建築物），第二個空格要選acid。

-- weathering 風化 (n.) -- tropical 熱帶的 (a.)	-- humid 潮濕的 (a.) -- mechanical 機械的 (a.)

392. Chemical **weathering** may be more likely to take place and be more effective in **humid tropical** climate, while **mechanical** weathering may occur in sub-Arctic climates.	化學風化可能更易發生於潮濕的熱帶氣候，而機械性風化比較容易發生在亞北極區。

答案：**D/N**（形容詞/形容詞）

解析 第一個空格要選humid（表示潮濕的熱帶氣候），第二個空格要選mechanical。

-- planet 星球 (n.) -- evidence 證據 (n.)	-- manifest 顯現 (v.) -- atmosphere 大氣 (n.)

393. Scientists have announced that the surface of the **planet** Mars **manifests** **evidence** of having ancient water and volcanoes, and it has an **atmosphere** with seasons and weather changing.	科學家指出火星的表面顯現了曾有水與火山存在的證據，火星的大氣有季節與氣候的變換。

答案：**W/A**（名詞/名詞）

 解析 第一個空格要選evidence，第二個空格要選atmosphere（表示火星的大氣有季節與氣候的變換）。

-- harsh 嚴苛的 (a.) -- microorganisms 微生物 (n.)	-- preexisting 先前存在的 (a.) -- adapted to 適應於 (v.)

394. We are still not sure whether life could start in such a **harsh** environment as on Mars even though <u>preexisting</u> Martian **microorganisms** could have <u>adapted</u> to the environment with high acidity and saltiness.	雖然先前就存在過火星微生物可以適應的高酸性、高鹽分的惡劣環境，我們現在始終不太確定到底火星上嚴酷的環境能否有生命的存在。

答案：B/O（現在分詞/過去分詞）

 第一個空格要選preexisting（空格中要填入形容詞來修飾microorganisms，表示先前存在的），第二個空格要選adapted。

-- canal 運河、渠道（n.） -- coastal 海岸的（a.）	-- irrigation 灌溉（n.） -- deserts 沙漠（n.）

395. The <u>canal</u> has been a national-scale **irrigation** project carrying water from the wet <u>coastal</u> areas to the dry central **deserts**.	這個貫通國家的灌溉渠道把水從潮濕的沿海區域帶進乾燥的中部沙漠。

答案：S/F（名詞/形容詞）

 第一個空格要選canal，第二個空格要選coastal（空格中要填入形容詞來修飾areas，表示潮濕的沿海區域）。

-- consume 消耗（v.） -- maintain 維持（v.）	-- a great amount 大量 -- figure 體型（n.）

396. One of the reasons why it might be quite difficult for huge sized animals to live is that they need to <u>consume</u> **a great amount** of food to <u>maintain</u> the sizable **figure**.	大型動物比較不容易生存的其中一個原因是他們需要消耗大量的食物去維持牠們相對大的體型。

答案：J/M（原形動詞/原形動詞）

 第一個空格要選consume （to後面要加上原形動詞consume，表示消耗大量的食物），第二個空格要選maintain。

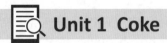

Unit 1 Coke

Even though the formula and the marketing strategy remain **1.** ____ _____, Coke for years is the number 1 sold **2.** _____ drink in the world. It is being sold in over 200 countries and consumed in over 1.7 billion **3.** _____ per day. Coke is a registered **4.** _____ of Coca-Cola company of Atlanta, Georgia. The name refers to the two main **5.** _____, kola nuts and coca leaves. These are the only 2 main ingredients that are published. The actual formula of Coke remains to be a family **6.** ____ _____. Although some companies, such as Pepsi tried to **7.** ____ _____ the drink, still no one can overcome the success of Coke.

John Pemberton, a **8.** _____, invented Coke in 1886. His goal was to invent something that would bring him to **9.** _____ success. Pemberton created the syrup and combine with carbonated water which was believed that it is good for **10.** _____ back in the 19th century. He then claimed that Coke cured many **11.** _____ _____, including morphine addiction, neurasthenia and headache. Later on, Frank Robinson registered the formula with the patent office. He even **12.** _____ the Coca-Cola logo and wrote the first slogan, "The Pause That Refreshes".

The actual success of Coke came in 1891 after Asa Griggs Candler bought the business. Candler decided to offer free drinks to people in order to raise the **13.** _____. He also put the Coca-Cola logo on goods, such as posters and calendars to increase the **14.** ____ _____. Because of his innovative marketing techniques, Coke became a national brand and became a multi billion-dollar business. It is very hard to imagine that it was once sold for only 5 cents a glass.

A	pharmacist	**B**	designed
C	ingredients	**D**	visibility
E	diseases	**F**	carbonated
G	controversial	**H**	popularity
I	commercial	**J**	recreate
K	servings	**L**	health
M	secret	**N**	trademark

▶▶ 可口可樂

　　雖然配方和營銷策略仍然存在爭議，可口可樂多年來一直是世界銷售第一的碳酸飲料。它被銷往 200 多個國家，每天的總銷售量超過 170 億份。可樂是在喬治亞州亞特蘭大市的可口可樂公司所擁有的一個註冊商標。這個名字來自兩個主要成分，可樂果和古柯葉。這兩個主成分是唯一被公布的。可樂實際的組成內容仍然是一個家族秘密。雖然有些公司如百事可樂試圖拷貝這個飲料，仍然沒有人能比可樂來得成功。

　　藥劑師約翰·彭伯頓在 1886 年發明了可口可樂。他的目標是創造一個能帶來商業上成功的一項產品。彭伯頓創造了藥水並結合在 19 世紀被認為是可以帶來健康的碳酸水。然後，他聲稱可樂能治好許多疾病，包括嗎啡癮、神經衰弱和頭痛。後來，弗蘭克·羅賓遜在專利局為可樂成分註冊專利。他甚至還設計了可口可樂的標誌和寫了第一的口號，「The Pause The Refreshes」。

　　可樂的實際成功是在 1891 年阿薩·格里格斯·坎德勒收購業務之後。坎德勒決定提供免費飲料以提高能見度。他還把可口可樂標誌的放上不同商品，如海報、月曆等，以增加能見度。因為他的創新營銷技巧，可口可樂成為了國家品牌，成為一個數十億美元的生意。很難想像它曾經一杯只賣 5 美分。

▶▶ 參考答案

1.	G	2.	F
3.	K	4.	N
5.	C	6.	M
7.	J	8.	A
9.	I	10.	L
11.	E	12.	B
13.	H	14.	D

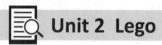 Unit 2 Lego

Ole Kirk Christiansen, a **1.** _____ from Denmark formed the toy company Lego in 1932. Lego originally was **2.** _____ in wooden toys only, but **3.** _____ to produce plastic toys in 1947. It was 1949 when Lego produced the first version of the interlocking brinks called "Automatic Binding Bricks." Two years later, plastic toys **4.** _____ for half of the Lego Company's output. In 1954, Christiansen's son, Godtfred, became the junior **5.** _____ director of Lego. He was the person who came up with the **6.** _____ play idea.

The Lego group then started their research and development of the brick design which is versatile and has **7.** _____locking ability. Also, they spent years finding the right **8.** _____ for it. Finally, on January 28th, 1958, the modern Lego brick made with ABS was **9.** _____.

Lego bricks have been popular since. Even astronauts build models with Lego bricks to see how they would react in **10.** _____. In 2013, the largest model was made and **11.** _____ in New York. It was a 1:1 scale model of an X-wing fighter which used over 5 million pieces of Lego bricks.

Lego might have created a lot of amazing facts, but the most incredible fact should be the universal system. Regardless of the **12.** _____ in the design and the purpose of individual pieces over the years, each piece remains **13.** _____ with any existing pieces, even the one that was made in 1958.

The founder of Lego, Ole Kirk Christiansen was born in a family of 12 in Jutland Denmark on April 7th, 1891. He was trained to be a carpenter, and he founded his own shop which sells daily use wooden tools such as ladders and ironing boards. However, due to the global financial crisis, the demand had fallen sharply. In order to keep the cash flow, Christiansen needed to find a new **14.** _____ ____. He unexpectedly had an idea, and a little incident prompted him to put duck toys into production.

A managing	**B** compatible
C creative	**D** microgravity
E carpenter	**F** expanded
G specialized	**H** displayed
I patented	**J** variation
K accounted	**L** niche
M universal	**N** material

▶▶ 樂高

奧萊・柯克・克里斯琴森，一位來自丹麥的木匠，在 1932 年組成了樂高玩具公司。樂高原本是一家專門從事木製玩具的公司，在 1947 年開始涉獵塑膠玩具。並在 1949 年創造出第一版的連扣磚，當時取名為「自動綁定磚塊」。在兩年後，塑料玩具的產量佔了樂高公司產量的一半。1954 年，克里斯琴森的兒子，古德佛德，成為樂高的管理部初階經理。他就是想出了「創意性玩法」的人。

樂高集團於是乎開始了積木的研究和開發，使得積木可具多功能性和鎖定能力。此外，他們花費了數年的時間來找到合適的材料。最後，在 1958 年 1 月 28 日，由 ABS 材質所製造的現代樂高積木取得了專利。

樂高積木從此流行。即使太空員都用樂高積木建立模型來測試他們在微重力時的反應。在 2013 年，最大的樂高模型被製作出來，並在紐約展示。這是一個 1:1 比例模型的 X 翼戰機，它使用了 500 多萬個樂高積木。

樂高可能已經創造了很多驚人的事實，但最令人難以置信的事實應該是它的通用系統。無論多年來在設計的變化或各個單片的目的，每一塊仍然與任何現有積木相容，甚至與 1958 年製造的積木也同樣相容。

樂高的創始人，奧萊・柯克・克里斯琴森在 1891 年 4 月 7 日出生於丹麥德蘭半島的一個 12 人家庭。他被培養為一位木匠，並創辦了自己的店，在店裡販售日常使用的木製工具，如梯子、燙衣板等。

然而，由於全球金融危機的影響，需求大幅下滑。為了保持資金的流動，克里斯琴森需要找到一個新的利基。他意外間有了想法，而一個小事件促使他將鴨子玩具投入生產。

▶▶ 參考答案

1.	E	2.	G
3.	F	4.	K
5.	A	6.	C
7.	M	8.	N
9.	I	10.	D
11.	H	12.	J
13.	B	14.	L

Unit 3 Jeans

From homeless men to **1.** _____, no one can ever say that they have never owned a pair of blue jeans in their lives. Even Apple founder Steve Jobs wore them with a black turtleneck shirt daily as his **2.** _____ look. Jeans, originally called **3.** _____ was first designed as a practical **4.** _____ to protect labors from injuries.

It was during the Gold Rush-era when jeans were **5.** _____. Levi Strauss founded Levi Strauss & Co. in 1853. In 1871, his **6.** _____ Jacob Davis invented jeans, and in 1873, the two of them patented and **7.** _____ the first pants which is the famous Levis 501. It was patented under No. 139,121 for revert-reinforced pants under the heading, Improvement in Fastening Pocket-Openings. **8.** _____ designed for cowboys and miners, jeans became popular among young people in the 50s. It is no longer for protection but for **9.** _____ statements.

Especially musicians from punk rock, heavy metal to hip hop, all wear jeans as one of their fashion items. In the 2010s, jeans remained a popular **10.** _____, and they came in different fits, including slim, cigarette bottom, boot cut, straight, etc. You name it, and they have it. The **11.** _____ for jeans is amazingly big. Statistic reviews showed that in 2005, US **12.** _____ spent over 15 billion US dollars on jeans and the number keeps going up. North America accounts for 39% of **13.** _____ for jeans, followed by Western Europe at 20%, Japan and Korea at 10% and the rest of the world at 31%.

Levi Strauss, born in Buttenheim, Germany on February 26, 1829 moved to the United States with his mother and two sisters when he was 18. Joining his brothers Jonas and Louis who had already begun a wholesale dry goods business in New York City, Levi decided to open his dry goods wholesale business as Levi Strauss & Co. and **14.** _____fine dry goods such as clothing, bedding, combs from his brothers in New York.

A	manufactured	**B**	solution
C	market	**D**	invented
E	originally	**F**	tailor
G	purchases	**H**	fashion
I	citizens	**J**	imported
K	multi-billionaires	**L**	overalls
M	signature	**N**	item

▶▶ 牛仔褲

　　從流浪漢到億萬富翁，沒有人能夠說自己從未在自己的生活裡擁有過藍色牛仔褲。即使是蘋果公司創始人史蒂夫・賈伯斯日常都以穿著牛仔褲與黑色高領衫作為自己的註冊商標。牛仔褲，原名工作服原先是被設計當成一個實用的解決方案，以保護勞動者不受傷。

　　牛仔褲是在淘金時代期間被發明。利維・斯特勞斯在 1853 年成立了 Levi Strauss & Co. 公司。1871 年，他的裁縫師雅各・戴維斯發明了牛仔褲。在 1873 年，他們兩個申請了第一件牛仔褲的專利，這也就是著名的李維斯 501。這樣產品的專利編號為 139121，內容是在「改善緊固口袋開口。」最初牛仔褲是設計給牛仔和礦工，但在 50 年代深受年輕人的喜愛。它不再只是保護，而是時尚的指標。

　　特別是從龐克搖滾、重金屬，到嘻哈的音樂人都穿牛仔褲作為他們的時尚項目之一。在 2010 年代，牛仔褲仍然是一個受歡迎的單品，他們有不同的款式，包括超窄管、香煙腿型、喇叭褲，只要你說的出來，他們就一定有。牛仔褲的市場是驚人的大。統計評價顯示，2005 年，美國公民花費超過一千五百億美元在牛仔褲上，且其需求數量依然不斷上升。北美佔全球牛仔褲購買率的 39%，其次是西歐為 20%，日本和韓國為 10%，其他國家總和為 31%。

　　利維・斯特勞斯，於 1829 年 2 月 26 日出生於德國布滕漢姆。他與他的母親，及兩個姊姊在他 18 歲時移居到美國。後來他決定加入兩個哥哥喬納斯及路易斯的乾貨批發業務，於是在舊金山開啟了利維・勞特勞斯公司，並從他紐約的哥哥那進口乾貨精品如衣服、床單、梳子等。

▶▶ 參考答案

1. K	2. M
3. L	4. B
5. D	6. F
7. A	8. E
9. H	10. N
11. C	12. I
13. G	14. J

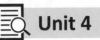 **Unit 4 Peanut Butter**

Patented by Marcellus Gilmore Edson in 1884, peanut butter has been one of the most popular foods in the United States for over hundreds of years. Each American eats three **1.** _____of peanut butter every year which in total is enough to **2.** _____ __ the floor of the Great Canyon!

As popular as it is, people not only use peanut butter as bread **3.** ____ _____, but also use it in different kinds of dishes. American children love peanut butter so much that parents even spread it on **4.** _____such as celery or carrots to attract their kids to consume their daily vegetables. After **5.** _____, peanut butter manufacturers roast the peanuts in **6.** _____ ovens. The third step is blanching, which removes the **7.** _____ skin of the peanuts. Finally, the peanuts will be ground to the desired **8.** _____, and add flavors such as salt by need. Because the step of process is relatively simple, the product today is **9.** _____ ____ similar to that produced a century ago.

Peanut butter is not only tasty, but also great for your health. It contains multiple types of vitamins, such as vitamin E and vitamin B6, which research shows can **10.** _____ the risk of heart disease, diabetes, and other **11.** _____ health conditions. Moreover, with 180 − 210 calories per serving, peanut butter also helps you lose weight.

It is because it has the **12.** _____ combination of fiber and protein that fills you up and keeps you from feeling hungry for longer.

Not only tasty but also healthy, no wonder peanut butter remains one of the most popular food and keeps **13.** _____ more fans over the years. An American inventor, George Washington Carver, born in Missouri in 1860 was known for his research in crops such as peanuts, soybeans and sweet potatoes. He invented over 100 recipes from peanuts and also developed useful products including paints, gasoline and even plastic. Because of his **14.** _____ inventions with peanuts, he was often mistaken as the inventor of peanut butter. He might have used peanut butter in many of his recipes, but the first person to patent peanut butter in 1884 was Marcellus Gilmore Edson.

A	enviable	B	chronic
C	coat	D	decrease
E	outer	F	remarkably
G	pounds	H	generating
I	inspection	J	vegetables
K	spread	L	smoothness
M	special	N	marvelous

▶▶ 花生醬

由馬塞勒斯‧吉爾摩‧艾德森在 1884 年獲得專利後的幾百年來，花生醬一直是美國最流行的一種食品。每個美國人一年要購買 3 磅的花生醬，總數來説，足以覆蓋整個大峽谷的表面！

花生醬是如此的受歡迎，以至於人們不僅用它來當麵包塗料，也將它利用在不同的菜餚。美國兒童非常喜歡花生醬，所以家長甚至把它塗在如芹菜或胡蘿蔔的蔬菜上，以吸引他們的孩子食用他們的日常蔬菜。外觀檢查結束後，花生醬廠家會用特殊烤爐烘烤花生。第三個步驟是預煮，這個步驟會除去花生的外皮。最後，花生將被研磨到期望的平滑度，並添加需要的香料，如鹽巴。由於製作過程相對簡單，今天的產品與一個世紀前的產品是非常類似的。

花生醬不僅味道好，也有益健康。它含有多種類型的維生素如維生素 E 和維生素 B6。研究表示可以減少心臟疾病、糖尿病，和其他慢性健康狀況的風險。此外，每份 180 到 210 卡路里的熱量，花生醬還可以幫助你減肥。

這是因為它有令人羨慕的纖維和蛋白質的組合，不但填飽你，也延長你不感到飢餓的時間。不僅味道好，而且健康，難怪花生醬仍然是最受歡迎的食品之一，愛好者年年增加。一位在 1860 年左右出生於密蘇里州的美國發明家喬治‧華盛頓‧卡爾弗因他在如花生、黃豆、番薯等作物的研究而著名。他發明了超過 100 個花生的食譜，並利用花生開發出實用的產品，包括油漆、汽油，甚至塑膠。因為他利用花生所創造的巧妙發明，他經常被誤認為是花生醬的發明者。他也許在他的多項食譜內利用了花生醬，但第一個在 1884 年申請花生醬專利的是馬塞勒斯‧吉爾摩‧艾德森。

▶▶ 參考答案

1. G	2. C
3. K	4. J
5. I	6. M
7. E	8. L
9. F	10. D
11. B	12. A
13. H	14. N

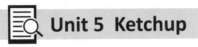

Unit 5 Ketchup

Over 97% of **1.** _____ have a bottle of ketchup on their dinning tables in the U.S. As much as ketchup is being loved by Americans, the **2.** _____ of ketchup were surprisingly not America. The name "ketchup" comes from a Chinese word which means fish sauce.

In the late 17th and early 18th centuries, the British **3.** _____ ketchup, but it turned out to be a **4.** _____ dark sauce which often added to soups, sauces and meats that was nothing like the ketchup today. It didn't even have the most important ingredient "tomato" in it. The first tomato ketchup **5.** _____ was found in 1812 written by a scientist James Mease. The invention of ketchup was a huge success because the tomato growing season was short and **6.** _____ of tomato ketchups was challenging.

Some producers handled or stored the product poorly that ended up with **7.** _____ sauce. To avoid problems like this and keep the beautiful red color, some **8.** _____ levels of preservations such as sodium benzoate were added to the commercial ketchup, which later on were proven to be **9.** _____ to health. In 1876, Henry J. Heinz started to produce ketchup without **10.** _____. He developed a recipe that used ripe, red tomatoes which have more of the **11.** _____ preservative. He also increased the amount of vinegar to reduce the risk of **12.** _____. By producing the chemical free ketchup, Heinz had sold 5 million bottles of ketchup in 1905 which **13.** _____ the market.

When Heinz was a child, he already found his way to sell vegetables and bottled horseradish at his family's garden. Even though he was young, he already knew the key to a successful business is to create differences to produce the high quality products. Therefore, while he was selling prepared horseradish at his teenage years, in order to increase sales, he stood out by using clear glass **14.** _____ and allowed the customers to see the quality of his products.

A	spoilage	**B**	encountered
C	households	**D**	watery
E	dominated	**F**	natural
G	origins	**H**	contaminated
I	harmful	**J**	recipe
K	preservation	**L**	unsafe
M	chemicals	**N**	containers

▶▶ 蕃茄醬

在美國，超過 97％的家庭會在餐桌上擺上一瓶蕃茄醬。蕃茄醬被美國人所熱愛，但令人驚訝的是蕃茄醬的起源並不是美國。「Ketch-up」這個名字的由來是源自於一中國字，意指魚露。

在 17 世紀末和 18 世紀初，在英國發現了蕃茄醬，但它竟然是水狀的黑色醬汁，往往加入湯或醬汁或肉裡。和今天的蕃茄醬不同。它甚至沒有最重要的元素「蕃茄」在裡面。第一個蕃茄醬的配方是在 1812 年由科學家詹姆斯・米斯所寫的。蕃茄醬的發明是個偉大的成功，因為蕃茄生長期很短，維持蕃茄醬的新鮮是具有挑戰性的。

一些生產商將產品的處理或貯存不當，造成了醬汁被污染的結果。為了避免這樣的問題並保持美麗的紅色，一些商業用的蕃茄醬在裡面加入了一些過量的防腐劑，如苯甲酸鈉，這後來被證明是有害健康的。1876 年，亨利・亨氏開始生產無化學物質的蕃茄醬。他開發了一個食譜，利用成熟並更具有自然防腐效果的紅蕃茄。他也增加醋的用量，減少腐敗變質的風險。通過生產無化學製品的蕃茄醬，亨氏曾在 1905 年主導市場並銷售了 500 萬瓶蕃茄醬。

當亨氏還是個孩子時，他已經找到了自己的方式，在他家的花園裡銷售蔬菜及瓶裝辣根。儘管他很年輕，他已經知道成功的關鍵。一個成功的企業是在於創造出差異性及生產高品質的產品。因此，在他銷售辣根的少年歲月時，為了增加銷量，他利用透明的玻璃容器讓客戶看到自己產品的品質。

▶▶ 參考答案

1. C	2. G
3. B	4. D
5. J	6. K
7. H	8. L
9. I	10. M
11. F	12. A
13. E	14. N

Unit 6 Disposable diapers

The diaper, one of the very first items that **1.** _____ human from animals, was found being used from the Egyptians to the Romans. Though back then, people were using animal skins, leaf wraps, and other natural resources instead of the **2.** _____ diapers as we know today. The cotton "diaper like" progenitor was worn by the European and the American **3.** _____ by the late 1800's. The shape of the progenitor was similar to the modern diaper but was held in place with **4.** _____ pins. Back then, people were not aware of bacteria and viruses. Therefore, diapers were **5.** _____ after drying in the sun. It was not until the beginning of the 20th century that people started to use **6.** _____ water in order to reduce **7.** _____ rash problems.

However, due to World War II, cotton became a **8.** _____ material, so the disposable absorbent pad used as a diaper was created in Sweden in 1942. In 1946, Marion Donovan, a **9.** _____ housewife from the United States invented a **10.** _____ covering for diapers, called the Boater. The model of the disposable diaper was made from a shower **11.** _____.

Back then, disposable diapers were only used for special occasions, such as vacations because it was considered a **12.** _____ item. Though, the quality of the disposable diaper was not that good. The total capacity of these diapers was **13.** _____ to be around 100ml, which means it was only for one-time use.

During World War II, as a housewife and a mother of two, Donovan used her creative mind on many things to help herself with her busy life. In order to ease her job from **14.** _____ changing her children's cloth diapers, bed sheets and clothing, she came up with the idea of the diaper cover. She used the shower curtain and successfully created a waterproof diaper cover. She also added the snap fasteners to replace the safety pins to reduce the possibility of careless injuries.

A	typical	**B**	curtain
C	repetitively	**D**	waterproof
E	estimated	**F**	reused
G	common	**H**	strategic
I	disposable	**J**	safety
K	luxury	**L**	infants
M	distinguished	**N**	boiled

▶▶▶ 紙尿布

尿布，是最早區分人類與動物的項目之一。從埃及人到羅馬人都有被發現使用尿布。雖然當時人們用獸皮、樹葉和其他自然資源包裹，與我們現今所知的紙尿布有所不同。尿布的前身在 1800 年底被歐洲及美國的嬰兒所穿著。尿布前身的形狀設計非常類似現今的尿布，但卻是使用安全別針。那時，人們還沒有細菌和病毒的意識。因此，尿布曬乾後便再被重複使用。直到 20 世紀初，人們開始使用開水（燙尿布），這才減少了常見的皮疹問題。

但由於第二次世界大戰，棉花成為了戰略物資，因此，拋棄式的尿布墊於 1942 年在瑞典被製作出來。1946 年，瑪麗安·唐納文，一位來自美國的典型家庭主婦發明了一種防水的尿布，她稱之為「船工」。她利用浴簾製作了紙尿布的模型。

當時，紙尿布由於是被認為是奢侈品，因此只有特殊場合，如休假，可以使用它。但是當時紙尿布的品質並不好。這些尿布的總容量估計約為 100ml 以下，這意味著它只能使用一輪。

在第二次世界大戰期間，作為一個家庭主婦和兩個孩子的母親，唐納文在很多事情上利用她的創意思維，以幫助自己忙碌的生活。為了緩解重複更換孩子們的布尿布、床單和衣服的工作，她有了尿布罩的想法。她利用浴簾，成功打造了防水尿布罩。她還添加了按扣來取代安全別針，以減少許多不小心受傷的可能性。

▶▶ 參考答案

1.	M	2.	I
3.	L	4.	J
5.	F	6.	N
7.	G	8.	H
9.	A	10.	D
11.	B	12.	K
13.	E	14.	C

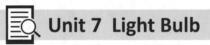 **Unit 7 Light Bulb**

If you think that Thomas Edison invented the first light bulb, you are **1.** _____ wrong. There were several people who invented the light bulb, but Thomas Edison mostly got credited for it because he was the person who created the first practical light bulb that is **2.** _____ for the general public. 76 years before Thomas Edison filed the pattern **3.** _____ for "Improvement in Electric Lights", Humphrey Davy invented an **4.** _____ battery. When he connected wires to the battery and a piece of carbon, the carbon **5.** _____. That was the first electric light ever invented.

Though it was not ready for the general use because the light didn't last long enough, and it was too bright for **6.** _____ use. Years after, several other inventors tried to create light bulbs but no practical products were created. It was even made with platinum which the cost of platinum made it **7.** _____ for commercial use.

During the next 50 years, many inventors did different **8.** _____ of light bulbs but could not produce enough lifetime to be considered an **9.** _____ product. Until 1874, Canadian inventors Henry Woodward and Mathew Evans built different sizes and shapes of carbon rods held between electrodes in glass cylinders filled with **10.** _____. It was the basic design of a light bulb. Interestingly, Thomas Edison started his research into developing a practical **11.** _____ lamp at the same period of time. In 1879, he bought the pattern from Woodward and Evans and continued to improve upon his original design.

Edison and his team discovered that a carbonized bamboo **12.** _____ _____ would last over 1200 hours. In 1880, Edison's company Edison Electric Light Company manufactured light bulbs **13.** _____ _____. The man that **14.** _____ a record number of 1,093 patents, Thomas Edison is mostly known for the invention of the light blub.

A	incandescent	B	commercially
C	acquired	D	practical
E	effective	F	filament
G	application	H	glowed
I	electric	J	nitrogen
K	impractical	L	available
M	technically	N	prototype

▶▶ 燈泡

　　如果你認為愛迪生發明第一個燈泡，嚴格上來説你是錯誤的。世上有幾個人發明了電燈泡，但湯瑪斯・愛迪生得到大部分的榮耀，因為他創造了第一個可用於一般大眾的實用電燈泡。早在湯瑪斯・愛迪生提出「電燈的改善」專利的 76 年之前，漢弗萊・戴維發明了電池。當他連接了導線、電池與一塊碳，碳發光了。這是首個電燈的發明。

　　不過，由於無法長時間維持光亮，且光線太亮，所以這個發明還沒準備好被實際應用。幾年後，其他幾個發明家也試圖創造燈泡，但沒有實用的產品被創作出來。有人甚至提出用鉑作為材料，但鉑金的成本無法作為商業用途。

　　在接下來的 50 年中，許多發明人進行了不同原型的燈泡，但還是無法創造出足夠壽命的有效產品。直到 1874 年，加拿大發明家亨利・伍德沃德和馬修・埃文斯以不同尺寸及形狀的電極放在碳棒之間並放入充入氮氣的玻璃瓶中。這完成了一個燈泡的基本設計。有趣的是，湯瑪斯・愛迪生也在相同的時間開始自己研發實用的白熾燈。愛迪生在 1878 年申請了第一個專利申請「電燈的改善」。在 1879 年，他買了伍德沃德和埃文斯的專利，並不斷改善他的原始設計。

　　愛迪生和他的研究小組發現，碳化竹絲可以持續壽命超過 1200 小時。 1880 年，愛迪生的公司：愛迪生電燈公司開始生產商用燈泡。擁有 1093 項專利的人，湯馬斯・愛迪生大多是因燈泡的發明而聞名。

▶▶ 參考答案

1.	M	2.	L
3.	G	4.	I
5.	H	6.	D
7.	K	8.	N
9.	E	10.	J
11.	A	12.	F
13.	B	14.	C

🔍 Unit 8 Steam Engine

It was not until 1712, when Thomas Newcomen invented the first commercial steam engine using a **1.** _____ for pumping in a mine that steam engine started to be widely used in various **2.** _____ _____. James Watt patented a steam engine that produced **3.** ____ _____ rotary motion in 1781. Another 100 years later by 1883, steam engines were already able to be applied to **4.** _____ and trains. Steam engines was one of the moving **5.** _____ behind the Industrial Revolution. Thomas Newcomen was born in Dartmouth, Devon, England on February 24th 1664. He became an **6.** _____ and a Baptist lay preacher by calling.

His ironmonger's business was greatly engaged with a mining business since it designed and offered tools to it. Since flooding in **7.** _____ and tin mines was a major and frequent problem, Newcomen decided to create a machine that could help solve the problem. He created the first **8.** _____ steam engine for water pumping which he got famous for.

The steam engine he created was developed in 1712. He got the idea from Thomas Savery and Denis Papin who also created a steam engine called "a fire engine". It is a kind of thermic syphon in which steam was **9.** _____ to an empty container and then condensed.

The **10.** _____ then sucked water from the bottom of the mine. However, this creation was not very effective and couldn't work beyond a limited **11.** _____ of around thirty feet.

Newcomen inverted Savery's design and used a **12.** _____ containing a piston based on Papin's design. It drew down the piston instead of vacuum drawing in **13.** _____. The first successful engine was then created by Newcomen and his partner John Calley. Newcomen passed away in 1729 at the age of 65 in London. Even so, the engine he created held its place without material change for about 75 years. It also spread **14.** _____ to more areas in the UK and Europe.

A vacuum	**B** cylinder
C water	**D** gradually
E products	**F** practical
G forces	**H** depth
I coal	**J** ironmonger
K vehicles	**L** continuous
M piston	**N** admitted

▶▶ 蒸汽引擎

　　直到 1712 年，湯馬仕・紐科利用活塞的方式發明了第一個用在礦井的商業蒸汽機。 蒸汽機開始被廣泛用於各種不同的產品。詹姆斯・瓦特，在 1781 年申請了連續旋轉運動的蒸汽機專利。再過 100 年後的 1883 年，蒸汽機已經能夠應用於汽車和火車。蒸汽機是工業革命背後的動力之一。湯馬仕・紐科於 1664 年 2 月 24 日出生在英格蘭的德文郡，達特茅斯。他成為了一個鐵匠和浸禮會通過的佈道者。

　　他的鐵匠業務與開礦業節節相關，因為他幫助設計和提供工具。由於洪水對於煤炭和錫礦業造成一個重要和常見的問題，紐科決定製作一個機器來幫助解決問題。他創造了第一個實用的蒸汽機來抽水，他也因此而成名。

　　他的蒸汽機是在 1712 年被開發出來。他是從由湯瑪士・薩弗里和丹尼斯・帕潘所創造，命名為「The Fire Engine」的蒸汽機所得到的想法。它是一種熱虹吸管，蒸氣在真空管中冷卻製造出空間。

　　真空的吸管便可由礦底吸水。然而，這種創作不是很有效，無法在超出約三萬英尺的深度工作。紐科倒置薩弗里的設計並使用含有帕潘設計的活塞氣缸。它在水中利用活塞來代替真空吸引。紐科和他的合夥人約翰・可雷因此創造了第一個成功的引擎。紐科去世於 1729 年倫敦，享年 65 歲。即便如此，他所創造的引擎在 75 年間都沒有重大的變化。它也逐漸蔓延到英國和歐洲的地區。

▶▶ 參考答案

1. M		2. E	
3. L		4. K	
5. G		6. J	
7. I		8. F	
9. N		10. A	
11. H		12. B	
13. C		14. D	

Unit 9 Photographic Film

Before **1.** _____ photography became popular in the 21st century, photographic film was the **2.** _____ form of photography for hundreds of years. Without the **3.** _____ of photographic film, movies would not be invented and many **4.** _____ _____ records would be much less realistic. The first **5.** _____ ____ photographic roll of film was sold by George Eastman in 1885. It was a paper-based film. In 1889, the first **6.** _____ plastic roll film was invented. It was made of cellulose nitrate which is **7.** _____ _____ similar to guncotton. It was quite dangerous because it was **8.** _____ flammable.

Therefore, special **9.** _____ was required. The first flexible movie films were measured 35-mm wide and came in long rolls on a spool. Similar roll film for the camera was also invented in the mid 1920s. By the late 1920s, **10.** _____ format roll film was created and had a paper backing which made it easy to handle in daylight.

Triacetate film came later and was more stable, flexible, and fireproof. This technology was widely used in the 1970s. Today, technology has produced film with T-grain emulsions. These films use **11.** _____ silver halides (grains) that are T-shaped, thus rendering a much finer grain pattern. Films like this offer greater detail and higher **12.** _____, meaning sharper images.

George Eastman was born on July 12, 1854, in Waterville, New York. As the son of the family, Eastman dropped out of school at the age of

14 to help with the family **13.**_____. At the age of 24, Eastman started his research on how to make photography less cumbersome and easy for people to enjoy. After a couple of years of research, Eastman launched his **14.**_____ photography company in 1880. 5 years later, he patented a roll-holder device which allowed cameras to be smaller and cheaper.

A digital	**B** storage
C income	**D** light-sensitive
E dominant	**F** resolution
G fledgling	**H** flexible
I invention	**J** chemically
K medium	**L** transparent
M historical	**N** highly

▶▶ 底片

在 21 世紀數位攝影開始流行前，底片是攝影數百年來的主要形式。如果沒有底片的發明，電影將不會被發明，眾多的歷史記錄也會較不真實。第一個柔性膠卷是由喬治‧伊士曼於 1885 年售出。它是一種紙基膜。在 1889 年，第一個透明的塑料筒膜被發明出來。它是利用硝酸纖維素所製造，化學性質是類似於硝化纖維素。這其實是相當危險的，因為它是高度易燃的。

因此，特殊的儲存方式是必要的。第一個柔性電影底片是 35 毫米寬，排列在長卷的捲筒上。相機類似的膠卷也在 1920 年代中期被發明出來。到了 1920 年代末期，中寬幅的底片被發明出來，它也有紙襯，使得它容易攜帶於日光下。

三醋酸纖維薄膜的膠卷後來被發明出來，它較為穩定、靈活和防火。這項技術於 1970 年代廣泛採用。今天，製造技術已經發展到 T 型顆粒乳劑。這些膜使用 T 型的光敏鹵化銀粒，使得圖像更為細緻。像這樣的底片提供了更多的細節和更高的解析度，這意味著更清晰的圖像。

喬治‧伊士曼於 1854 年 7 月 12 日出生於紐約，沃特維爾。作為家中的兒子，伊士曼在 14 歲時便輟學，以幫助家庭收入。在 24 歲的時候，伊士曼開始了他對如何使攝影不太笨重，亦供人欣賞的研究。經過幾年的研究，伊士曼在 1880 年推出了他無經驗的攝影公司，並在 5 年以後，他獲得滾架裝置的專利，使相機更小、更便宜。

▶▶ 參考答案

1. A	2. E
3. I	4. M
5. H	6. L
7. J	8. N
9. B	10. K
11. D	12. F
13. C	14. G

 **Unit 10 Paper**

Before paper was invented, several materials, such as papyrus, parchment, palm leaves and vellum were being used as **1.**_____ materials, but they were all expensive and limited. Paper was invented by Cai Lun, an **2.**_____ of the Imperial Court, in 105 A.D. in China during the Han Dynasty. He broke the **3.**_____ of a mulberry tree into fibers and added in rags hemp and old **4.**_____ nets which created the first piece of paper. He reported to the **5.**_____ and received great honor for his ability. Because of this invention, paper can be produced with trees at a vey low cost, which **6.**_____ the use of paper. In a few years, paper was widely used in China.

Even though the Chinese invented paper in 105 A.D., invented printing **7.**_____ at around 600 A.D., and printed the first newspaper by 740 A.D., this amazing technology was only spread to the **8.**_____ countries including Korea and Japan at as early as the 6th century. The paper making technique was brought to the western countries along the Silk Road. The technique was found at Tibet at around 650 A.D.

China used to be a **9.**_____ country. For a long time, the Chinese kept the paper manufacture as a secret to ensure a **10.**_____. However, losing in a **11.**_____ at the Talas River, the Chinese **12.**_____ revealed the paper making technique to the Arabs which helped them built the first paper industry in Baghdad in 793 A.D.

Interestingly, the Arabs also kept the first technique as a secret from the European. As a result, the paper making technique did not reach Europe until hundreds of years later. **13.**_____ built the first European factory in 1150 A.D. Finally, after another 500 years, the first paper industry was built in Philadelphia in the USA. That is 1500 years after the first piece of paper was made! Around 2000 years ago, Cai Lun was born in Guiyang during the Han Dynasty. Because of his father's accusation, Cai was brought to the palace and got **14.**____ _____ at the age of 12. Even so, Cai loved to study and was designated to study along with the Emperor's son.

A	prisoners	**B**	closed
C	technology	**D**	eastern
E	written	**F**	emperor
G	Spain	**H**	monopoly
I	official	**J**	fish
K	bark	**L**	battle
M	popularized	**N**	castrated

▶▶ 紙

在造紙術發明前，紙莎草、羊皮紙、棕櫚葉和上等紙都被用作書面材料，但他們都價格昂貴而且供給有限。紙是在公元 105 年，在中國漢朝由一位朝廷的官員蔡倫所發明的。他打碎了桑樹的樹皮做為纖維，在裡面加入了碎布麻與舊漁網，製造了第一張紙。他向皇帝報告，並因此受到了極大的榮譽。因為這個發明，紙就可以利用樹生產低成本的紙，使紙被廣為利用 。在短短幾年內，紙被廣泛應用於中國。

儘管中國人在公元 105 年發明了紙，在公元 600 年發明了印刷技術，並在公元 740 年打印了首次的報紙，這個驚人的技術卻到第六世紀時傳播到東方國家，包括韓國和日本。造紙技術因為絲綢之路被帶到了西方國家。該技術約在公元 650 年左右在西藏被發現。

中國曾經是一個封閉的國家。長期以來，中國一直將造紙技術保密，以確保壟斷。然而公元 793 年，由於在失去塔拉斯河的戰役，中國戰俘透露製作技術並幫助阿拉伯人在巴格達建立了第一個造紙行業。

有意思的是，阿拉伯人也將此技術保密。因此，造紙技術在幾百年後才傳到歐洲。西班牙在公元 1150 年時建立了第一個歐洲的造紙廠，再過 500 年後美國的費城才建立了美國的第一個造紙廠。這是從第一張紙被發明算起的 1500 年後！大約 2000 多年前，蔡倫出生於漢朝的貴陽。由於他的父親犯罪，因此蔡被帶到了皇宮，在 12 歲時便被閹割。即便如此，蔡倫喜愛學習，所以被指定當作皇帝兒子的陪讀。

▶▶ 參考答案

1. E	2. I
3. K	4. J
5. F	6. M
7. C	8. D
9. B	10. H
11. L	12. A
13. G	14. N

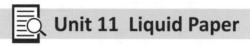 **Unit 11 Liquid Paper**

The sales of liquid paper dropped **1.**_____ in recent decade. However, back in the late 90's while computers were not as **2.**_____ _____, liquid paper could be found in every pen case and on every desk. Where did the name liquid paper come from? It is actually a brand name of the Newell Rubbermaid company that sells correction products.

It is not a surprise that liquid paper was invented by a **3.**_____. Bette Graham who used to make many **4.**_____ while working as a typist, invented the first correction **5.**_____ in her kitchen back in 1951. Using only paints and kitchen ware, Graham made her first generation correction fluid called Mistake Out and started to sell it to her **6.**_____.

Graham for sure saw the business **7.**_____ with her invention and founded the Mistake Out Company back in 1956 while she was still working as a typist. However, she was later on **8.**_____ _____ from her job because of some silly mistakes. Just like that, she worked from her kitchen alone for 17 years. At 1961, the company name was **9.**_____ to Liquid Paper and it was sold to the Gillette Corporation for $47.5 million in 1979. Who would have thought!

Even though liquid paper was so convenient and popular, everyone who used liquid paper before knows that it has a **10.**_____ smell. It is because it contains titanium dioxide, solvent naphtha, mineral spirits and also trichloroethane which later on was found to be **11.**_____. Since it **12.**_____ the human body, fewer and fewer people use liquid paper. Instead of fluid, a later invention by the same company, correction tape, is getting more popular these days. A half a million-dollar business **13.**_____ __, an artist, an inventor, and a single mother, Bette Graham was an **14.**_____ woman with multiple successful roles in her life.

A	fired	**B**	typist
C	funky	**D**	fluid
E	co-workers	**F**	opportunity
G	owner	**H**	changed
I	affects	**J**	independent
K	dramatically	**L**	common
M	toxic	**N**	mistakes

⏵⏵ 立可白

　　立可白在近幾十年的銷售急劇下降。然而在九零年代，當電腦還不普及時，你幾乎可以在每一個鉛筆盒，每一張桌子上看到立可白。立可白這個名字究竟是從何而來？ 它實際上是 Newell Rubbermaid 公司所銷售之修正產品的品牌名稱。

　　立可白是由一位打字員所發明的，這並不意外。貝蒂‧格雷厄姆在當打字員時經常發生錯誤。因此，在 1951 年時格雷厄姆在她的廚房裡，只利用了油漆及廚具，發明了她的第一代修正液，並且將它賣給自己的同事。

　　格雷厄姆肯定看到了這個發明的商機，在 1956 年她還在擔任打字員時便創辦了 Mistake Out 公司。爾後，她因為一些愚蠢的原因被公司解雇。就這樣，她在廚房裡獨自工作了 17 年。在 1961 年，該公司的名稱改為立可白，並在 1979 年以 $47.5 百萬美元出售給吉列特公司。誰料想的到！

　　儘管立可白是如此的方便和流行，每個使用過立可白的人都知道它有一個特殊的氣味。這是因為它包含二氧化鈦、溶劑石腦油、礦油精和之後被發現是有毒的三氯乙烷。由於它影響人類的身體，因此越來越少的人使用立可白。取代液態式的修正液，由同一家公司所發明的修正帶越來越趨於流行。擁有價值 50 萬美元的企業家、藝術家、發明家和一個單身母親，貝蒂‧格雷厄姆是一個在生活中擁有多個成功角色的獨立女人。

▶▶ 參考答案

1. K	2. L
3. B	4. N
5. D	6. E
7. F	8. A
9. H	10. C
11. M	12. I
13. G	14. J

Unit 12 Ballpoint Pen

A seemingly simple **1.**_____ and an easy invention, ballpoint pens were developed in the late 19th century. The first patent for a ballpoint pen was **2.**_____ to John J. Load in October 1888. The idea was to design a writing **3.**_____ that would be able to write on **4.**_____ surfaces such as wood which fountain pens could not. Unfortunately, the potential was not seen and the ink technology was not **5.**_____ enough to make the ballpoint pen commercially **6.**_____. The ink was either too thick or too thin which caused overflowing or **7.**_____ problems. Until 1931, a Hungarian newspaper editor Laszlo Biro was smart enough to use newspaper ink for pen since newspaper ink dried quickly and was **8.**_____ free. However, news paper ink dried too fast to be held in the reservoir.

Luckily, his brother Gyorgy, a chemist, developed **9.**_____ ink formulas for the ball point pens which **10.**_____ prevent ink from drying inside the reservoir while allowing **11.**_____ flow. The Biro brothers later on filed a new patent in 1943 with their friend Juan Jorge Meyne and started to manufacture the Birome Pens in Argentina. The Birome was brought to the United States in 1945 by a mechanical pencil maker, Eversharp Co. Eversharp Co. and Eberhard Faner Co. teamed up and **12.**_____ the rights to sell the Birome ballpoint pen in the US.

At the same time, an American entrepreneur Milton Reynolds saw the potential of the ballpoint pen, and therefore founded the Reynolds International Pen Company. Both companies were doing great and ballpoint pen sales went rocket high in 1946, though people were still not 100% satisfied. Another famous ballpoint pen maker would be Marcel Bich. Bich was the founder of the famous pen company Bic we all **13.**＿＿＿＿＿＿ today. The Bic ballpoint pen has the history since 1953. Unlike most inventors, whose inventions were **14.**＿＿＿＿＿＿ by the society when they were alive, John Jacob Loud did not.

A	appreciated	**B**	recognize
C	reliable	**D**	instrument
E	clogging	**F**	licensed
G	issued	**H**	smudge
I	compatibly	**J**	rough
K	concept	**L**	available
M	viscous	**N**	controlled

▶▶ 原子筆

　　原子筆，看似一個簡單的概念和發明，是在 19 世紀後期被開發出來的。但其實它並不如你認為的如此容易。原子筆的第一個專利是在 1888 年 10 月由約翰·勞德所取得。他一開始的想法是設計一個能在粗糙表面，如木頭，上書寫的工具。這是鋼筆做不到的。不幸的是，由於時機未到且油墨的技術還不夠可靠到能將原子筆市售。當時的油墨不是太濃稠就是太稀，因而造成油墨溢出或阻塞的問題。直到 1931年，匈牙利報紙拉斯洛·比羅很聰明的想到利用報紙油墨作為筆的墨水，因為報紙的印刷油墨快乾，且沒有暈染的問題。但他面臨了另一個問題。報紙的油墨乾燥過快，無法存放在筆芯中。

　　幸運的是，他的弟弟捷爾吉是位化學家，他發明初粘性不同的油墨配方，可放於原子筆的筆芯中，在防止乾涸的同時有能控制流量。比羅兄弟後來與他們的朋友胡安·豪爾赫·美恩在 1943 年時提出新的專利，並開始在阿根廷製造 Birome 原子筆。Birome 原子筆在 1945 年由自動鉛筆公司 Eversharp 公司聯合 Eberhard Faner 公司拿下特許權，並在美國販售 Birome 原子筆。

　　在同時，美國企業家米爾頓·雷諾茲看到原子筆的潛力，並因此成立了雷諾國際製筆公司。兩家公司都在做得非常好。原子筆銷量在 1946 年到達高峰，雖然人們仍然不是 100％滿意。另一個著名的圓珠筆製造商是馬塞爾·畢克。畢克是著名的筆公司 Bic 的創辦人。Bic 原子筆擁有自 1953 年以來的歷史。與大多數發明家不同的是，約翰勞德於生前的發明並未受到社會重視。

▶▶ 參考答案

1.	K	2.	G
3.	D	4.	J
5.	C	6.	L
7.	E	8.	H
9.	M	10.	I
11.	N	12.	F
13.	B	14.	A

Unit 13 Pencil

Back in ancient Rome, scribes used a thin metal rod called a stylus to leave a **1.**_____ mark on papyrus. Styluses were made of lead which we call pencil core now. Although, pencil cores now are no longer made with lead but non-toxic **2.**_____. In 1564, a large graphite deposit in Borrowdale, England. The graphite could leave much darker mark than lead which is more **3.**_____ to be used as stylus, but the material was much softer and was hard to hold. Nicolas-Jacques Conte, a French painter, invented the modern pencil lead at the request of Lazare Nicolas Marguerite Carnot.

Conte mixed powdered graphite with **4.**_____ and pressed the material between two half-cylinders of **5.**_____. Thus was formed the modern pencil. Conte received a patent for the invention in 1795.During the 19th century industrial revolution, started by Faber-Castell, Lyra and other companies, pencil industry was very **6.**_____. United States used to **7.**_____ pencils from Europe until the war with England which cut off imports.

In 1812, a Massachusetts cabinet maker, William Monroe, made the first **8.**_____ pencil. The American pencil industry also took off during the 19th century. Starting with the Joseph Dixon Crucible Company, many pencil **9.**_____ are based on the East Coast , such as New York or New Jersey. At first, pencils were all natural, **10.**_____ and without printing company's names. Not until 1890s, many pencil companies started to paint pencils in **11.**_____ _____ and put their **12.**_____ name on it. It was actually a special way to tell the **13.**_____ that the graphite came from China.

It is because back in the 1800s, the best graphite in the world came from China. And the color yellow in China means royalty and respect. Only the imperial family was allowed to use the color yellow. Therefore, the American pencil companies began to paint their pencils bright yellow to show the **14.**_____ feeling.

A	import	**B**	wooden
C	wood	**D**	unpainted
E	yellow	**F**	factories
G	readable	**H**	active
I	regal	**J**	brand
K	graphite	**L**	suitable
M	clay	**N**	consumer

▶▶ 鉛筆

　　早在古羅馬，文士用細金屬絲作成「手寫筆」在莎草紙上留下可讀的標誌。手寫筆是由鉛所製造，我們現在也稱之為鉛筆芯。雖然，鉛筆芯已經不再是由鉛製成而是由無毒的石墨製成。1564 年在英格蘭博羅發現了大型的石墨礦床。石墨可以留下比鉛更深的標記，但該物質更柔軟並且難用手握。尼古拉斯·雅克·康特，一個法國畫家，依照拉扎爾尼古拉斯·瑪格麗特卡諾的要求，發明了鉛筆。

　　康特混合粉狀石墨和粘土，並在兩個半圓柱木材的材料上施壓。由此形成了現代鉛筆。孔特在 1795 年獲得了專利。在 19 世紀的工業革命，輝柏嘉、天琴座等公司為開端，鉛筆行業非常活躍。美國使用從歐洲進口的鉛筆，直到與英國的戰爭，切斷了進口。

　　1812 年，麻省的一個櫥櫃製造商，威廉·莫瑞，製作了第一個木製鉛筆。美國製筆業也是在 19 世紀起飛。由約瑟夫·狄克遜公司開始，很多鉛筆工廠都開在東岸，如紐約或新澤西州。起初，鉛筆都是天然的，沒有油漆，沒有印刷公司的名稱。直到 1890 年代，許多鉛筆公司開始把鉛筆漆成黃色，並把自己的品牌名稱印上。你可能會認為「為什麼是黃色？紅色或藍色的也很好看。」。它實際上是用一種特殊的方式在告訴大家，石墨是來自中國。

　　這是因為早在 1800 年時，世界上最好的石墨來自中國。而在中國，黃色意味著皇室和尊重。只有皇室允許使用的黃色。因此，美國的鉛筆公司開始將自己的鉛筆漆成明亮的黃色，以顯示帝王的感覺。

▶▶ 參考答案

1. G	2. K
3. L	4. M
5. C	6. H
7. A	8. B
9. F	10. D
11. E	12. J
13. N	14. I

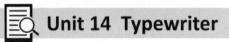 **Unit 14 Typewriter**

It might be hard for some people to imagine that a typewriter was once the greatest invention of the century and was widely used by **1.**_____ writers, in offices, and for business **2.**_____. A typewriter is a writing machine that has one character on each key press. The machine prints characters by making ink impressions on a **3.**_____ type letterpress printing. Typewriters, like other **4.**_____ products such as automobiles, telephones, and refrigerators, the invention was developed by **5.**_____ inventors. The very first record of the typewriter invention was back in 1575. In 1575, an Italian printmaker, Francesco Rampazzetto, invented the "scrittura tattile" which is a machine to **6.**_____ letters on papers. Hundreds of years passed by and many different types of typewriters were being **7.**_____. However, no commercially practical machine was created. It wasn't until 1829 that an American inventor William Austin Burt patented a machine called the "Typographer" which is listed as the "first typewriter".

However, the design was still not practical enough for the market since it was **8.**_____ than handwriting. In 1865, Rasmus Malling-Hansen from Denmark invented the first commercially sold typewriter, called the Hansen Writing Ball. It was **9.**_____ sold in Europe. In the US, the first commercially successful typewriter was invented by Christopher Latham Sholes in 1868.

Another 50 years later, the typewriter designs had reached a **10.**_____. Most typewriters followed the concept that each key was **11.**_____ to a type bar with a corresponding letter molded.

The platen was **12.**_____ on a carriage which moved left or right, automatically advancing the typing position horizontally after each character was typed. The paper rolled around the typewriter¡¦s platen.

For decades, the typewriter was the major tool for work. It wasn't until the early 1980s that typewriters started to be replaced by word **13.**_____ and eventually personal computers. The typewriter now is considered an **14.**_____. Many companies stopped manufacturing it anymore. Therefore, if you still have one in your home, take good care of it because it might be worth a fortune in the future.

A	antique	**B**	impress
C	professional	**D**	attached
E	moveable	**F**	standard
G	correspondence	**H**	numerous
I	mounted	**J**	developed
K	practical	**L**	slower
M	processors	**N**	successfully

▶▶ 打字機

　　有些人可能很難想像，打字機曾經是本世紀最偉大的發明，廣泛使用於專業作家，在辦公室裡以及利用於商業信函。打字機是一個寫作的機器，一個按鍵一個字母。機器利用活字凸版印刷通過墨水打印字符。打字機，如同其他實用的產品，如汽車、電話和冰箱，是由眾多的發明人所開發出來的。打字機發明的第一個記錄最早在 1575 年。1575 年，意大利的版畫家，弗朗西斯，發明了「scrittura tattile」，這是一台用來打字的機器。幾百年過去了，很多不同類型的打字機被開發出來。然而，沒有商業實用機的創建。直到 1829 年，美國發明家威廉·奧斯汀伯特申請了一台機器的專利稱為「字體設計」，它被列為「第一台打字機」。

　　雖然，設計仍然不夠實用，因為它比寫字要緩慢。 1865 年，來自丹麥的拉斯穆斯莫林·漢森發明了第一台在市場上銷售的打字機，叫做漢森寫作球。它成功地在歐洲銷售。在美國，第一個商業成功的打字機是在 1868 年由克里斯托弗·萊瑟姆·肖爾斯所發明的。

　　50 年後，打字機的設計已經達到了標準。大多數打字機都是以每個鍵被附加到與相應的字母模型的概念。壓板被安裝在一個左右滑動的滑架，自動推進每個字母，再輸入水平的打字位置。紙張是圍繞在打字機的滾筒上。

　　幾十年來，打字機是工作的主要工具。直到 1980 年代初期，打字機開始由文字處理器和個人電腦取代。打字機，現在被認為是一個古董。很多公司停止製造它了。因此，如果你仍然有一台在你家，請照顧好它，因為它可能未來會非常值錢。

▶▶ 參考答案

1. C	2. G
3. E	4. K
5. H	6. B
7. J	8. L
9. N	10. F
11. D	12. I
13. M	14. A

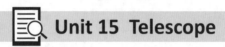 **Unit 15 Telescope**

The invention of telescope has led us to the moon, the sun, the milky way, and even the **1.**_____. The earliest working telescope was made by Hans Lippershey from the Netherlands in 1608. The early telescope consisted of a **2.**_____ objective lens and a concave **3.**_____. It had only 3x **4.**_____. The design was rather simple. In the following year, Galileo Galilei solved the problem of the construction of a telescope by fitting a convex lens in one **5.**_____ of a leaded tube and a concave lens in another one.

Galileo then improved the telescope and greatly increased the **6.**_____ _____ of the telescope. His first design magnified three **7.**_____ _____. The second design magnified to eight diameters and then even thirty-three diameters. Because of this design, the **8.**_____ ____ of Jupiter were discovered in 1610. Later on, the spots of sun, the phases of Venus were all found. Because of his telescope, Galileo was able to demonstrate the revolution of the satellites of Jupiter around the planet and gave predictions of the **9.**_____.

He was also able to prove the **10.**_____ of the Sun on its axis. In 1655, Christian Huygens created the first powerful telescope of Keplerian construction. Huygens discovered the brightest of Saturn's satellites-Titan- in 1655.

Four years later, he published the "Systema Saturnium", which was the first time a given true **11.**_____ of Saturn's ring founded on observations made with the same **12.**_____. Hans

Lippershey, a master lens **13.**_____ and spectacle maker was born in Wesel Germany in 1570. He then got married and settled in Middelburg in the Netherlands in 1594. Eight years later, he immigrated in the Netherlands. Lippershey filed a patent for telescope in 1607 and this was known as the earliest written record of a **14.**_____ telescope.

A	rotation	**B**	configuration
C	galaxy	**D**	diameters
E	power	**F**	satellites
G	instrument	**H**	eyepiece
I	convex	**J**	explanation
K	extremity	**L**	magnification
M	grinder	**N**	refracting

▶▶ 望遠鏡

　　望遠鏡的發明帶領我們到月亮、太陽、銀河系、甚至星系。最早的望遠鏡是由來自荷蘭的漢斯・利普斯在 1608 年所發明。早期的望遠鏡包括一個凸物鏡和一個凹透鏡。它只有 3 倍的放大倍率。設計相當簡單。在第二年，伽利略在含鉛管的一個末端配裝一個凹透鏡，並在另一端裝配凸透鏡，解決了望遠鏡的結構問題。

　　伽利略之後提升了望遠鏡的結構並大大提高望遠鏡的功率。他的第一個設計放大了三個直徑。第二個設計放大了八直徑，然後是三十三直徑。由於這種設計，木星衛星於 1610 年被發現，後來，太陽的斑點及金星的軌跡皆被發現。由於他的望遠鏡，伽利略能夠示範操作木星的行星環繞軌跡，並預測衛星的結構。

　　他還能夠證明太陽的旋轉在它的軸上。1655 年，克里斯蒂安・惠更斯創造了開普勒建設的第一個強大的望遠鏡。惠更斯並發現了最明亮的土星衛星-Titan。

　　4 年後，他出版了「Systema Saturnium」，這是第一次給土星環的一個真正解釋。這也是用同一台儀器觀測到的。身為一位鏡片研磨師和眼鏡製造商的漢斯・利普斯在 1570 年誕生於德國韋塞爾。爾後，在 1594 年定居於荷蘭米德爾堡，並在同一年結婚。8 年後移民荷蘭。利普斯在 1607 年申請了望遠鏡的專利，這被稱為是折射望遠鏡最早的文字記錄。

▶▶ 參考答案

1.	C	2.	I
3.	H	4.	L
5.	K	6.	E
7.	D	8.	F
9.	B	10.	A
11.	J	12.	G
13.	M	14.	N

 Unit 16 Airplane

The first aircraft soared to an **1.**_____ of 10 feet, traveled 120 feet, and landed 12 seconds after takeoff. The **2.**_____ 12 seconds led to the invention of jets which are now being used for military and **3.**_____ airlines, even space flights. The jet engine was developed by Frank Whittle of the United Kingdom and Hans von Ohain of Germany in late 1930s. Because jet engine can fly much faster and at higher altitudes, it made all the **4.**_____ flights possible these days.

The Wright brothers, Orville (August 19, 1871-January 30, 1948) and Wilbur (April 16, 1867-May 30, 1912), were two American brothers, born and raised with 6 brothers and sisters in a small town in Ohio. Even though Orville and Wilbur were 4 years apart, they shared same interests and had very similar life experiences.

Both brothers **5.**_____ high school but neither of them got a **6.**_____. Orville started a printing **7.**_____ in 1889 which Wilbur later on joined. Three years later, the brothers opened a bicycle repair and sales shop, and in 1896 they started to **8.**_____ their own brand. Even though they were running the bicycle business, they still held their interests in flying. Therefore, when they found out **9.**_____ about the dramatic glides by Otto Lilienthal in Germany, they decided to use the **10.**_____ to fund their interest in flight.

In **11.**_____ their airplane, the Wrights drew upon a number of bicycle concepts, such as the importance of balance and control, the strong but **12.**_____ structures, the concerns about wind **13.**_____ and aerodynamic shape of the **14.**_____. To them, flying is just like riding a bicycle. Together, the Wright brothers developed the first successful airplane in Kitty Hawk, North Carolina in 1903. They became national heroes. Named as the fathers of modern aviation, they developed innovative technology and inspired imaginations around the world.

A	commercial	**B**	information
C	endeavor	**D**	diploma
E	altitude	**F**	international
G	operator	**H**	miracle
I	designing	**J**	business
K	manufacture	**L**	attended
M	lightweight	**N**	resistance

▶▶ 飛機

第一架飛機飆升至 10 英尺的高空,前進 120 英尺,並在起飛後 12 秒降落。這奇蹟的 12 秒引導了噴射機的發明,目前已被用於軍事和商業航空公司,甚至太空飛行。噴射機是由英國的法蘭克‧惠特爾和德國的漢斯‧馮歐韓在 1930 年代後期所開發。由於噴射機能飛得更快,更高,這讓所有的國際航班成為可能。

萊特兄弟,奧維爾(1871 年 8 月 19 日－1948 年 1 月 30 日)和威爾伯(1867 年 4 月 16 日－5 月 30 日,1912 年),是兩個美國兄弟,在俄亥俄州的一個小鎮出生。與 6 個兄弟姐妹一起長大,即使奧維爾和威爾伯相差 4 歲,他們分享相同的興趣並有著非常相似的人生經歷。

兩兄弟都唸了高中,但都沒有拿到文憑。奧維爾在 1889 年開始了印刷業務,威爾伯則後來加入。 3 年後,兄弟倆開了一家自行車修理和銷售的店。在 1896 年,他們開始生產自己的品牌。即使他們正在運行自行車業務,他們仍然堅持自己對飛行的興趣。因此,當他們發現了德國奧托‧里鄰塔爾戲劇性的滑軌信息,他們決定用他們的努力來資助他們對飛行的興趣。

在設計飛機時,萊特兄弟利用了許多自行車概念,如平衡和控制,堅固但重量輕的結構,風的阻力和操作氣動時外形的重要性等。對他們來說,飛行就像騎自行車。兄弟倆一起在 1903 年北卡羅來納州研製了第一架飛機。他們成為了國家英雄。並被命名為現代航空之父。他們研發出創新的技術並激發了世界各地的想像力。

▶▶ 參考答案

1.	E	2.	H
3.	A	4.	F
5.	L	6.	D
7.	J	8.	K
9.	B	10.	C
11.	I	12.	M
13.	N	14.	G

Unit 17 Automobile

There were many people who made a great **1.**_____ to the invention of different types of automobiles, but it wasn't until Karl Benz built the first **2.**_____ automobile that vehicles became practical and went into **3.**_____ production.The first gasoline-powered automobile built by Karl Benz **4.**_____ an internal combustion engine. He built it in 1885 in Mannheim and was granted a patent for his automobile in 1886. Two years later, he began the first production of automobiles. In 1889, Gottlied Daimler and Wilhelm Maybach also **5.**_____ a vehicle from scratch in Stuttgart. In 1895, a British engineer, Frederick William Lanchester built the first four-wheeled petrol driven automobile and also patented the disc brake.

By the 1930s, most of the mechanical technology used in today's automobiles had been invented. But due to the Great Depression, the number of auto manufacturers **6.**_____ sharply. Many companies consolidated and matured. After that, the automobile market was booming for decades until the 1970s. The 1970s were turbulent years for automakers. Starting from the 1973 oil crisis, stricter automobile emissions control and safety requirements, the market was no longer dominated by the US makers. Japan became the world's leader of car production for a while.

Until 2009, China took over the leading **7.**_____ and became the world's leading car **8.**_____ with production greater than all other countries. Most of the time, when people hear the name Karl Benz, they **9.**_____ associate the term with the

10._____ car brand. But not everyone knows that the world's first practical gasoline powered vehicle was actually invented by him.

Karl Friedrich Benz was born in Muhlburg, Germany on November 25th, 1844. Because of his mother's **11.**_____, Benz attended the local Grammar School in Harlsruhe and was a **12.**_____ student. Benz was very smart. At the age of 15, he already followed his father's steps toward locomotive engineering, and passed the **13.**_____ exam for mechanical engineering at the University of Karlsruhe. After graduation, Benz did some **14.**_____ training in several different companies, but he didn't feel like he fit in any of them.

A	professional	**B**	designed
C	persistence	**D**	actual
E	entrance	**F**	position
G	contribution	**H**	petrol
I	prodigious	**J**	automatically
K	manufacturer	**L**	contained
M	luxury	**N**	declined

▶▶ 汽車

許多人都曾對發明不同類型的汽車有偉大的貢獻，但直到卡爾‧賓士製造了第一台汽油汽車，汽車才真正能被有效利用走進實際生產。卡爾‧賓士製作了第一個汽油動力汽車內所用的內燃機。他於 1885 年製作，並在 1886 年於曼海姆取得第一台汽車的專利。2 年後他開始了第一輛汽車的生產。1889 年，古特蘭‧戴姆勒和威廉‧邁巴赫也在斯圖加特開始了汽車的設計。1895 年，一名英國工程師，腓特烈‧威廉在曼徹斯特製造了第一台四輪驅動的汽油汽車，並申請了盤式制動器的專利。

到了 1930 年代，今天汽車內使用的大部分機械技術已被發明出來。但由於經濟大蕭條，汽車製造業的數量急劇下降。許多公司合併且趨於成熟。在此之後，汽車市場蓬勃發展了幾十年直到 70 年代。70 年代是汽車製造商的動盪年代。從 1973 年的石油危機到更嚴格的汽車排放控制和安全的要求，市場不再由美國製造商主導地位。有段時間日本成為世界汽車生產的龍頭。

直到 2009 年，中國接手領先地位，並成為全球領先的汽車製造商，生產量超過所有其他國家。大多數時候，當人們聽到賓士這個名字，他們通常會自動與豪華汽車品牌連接。但並不是每個人都知道，世界上第一台實用的汽油動力車實際上就是由他發明的。

卡爾‧弗里德里希‧賓士於 1844 年 11 月 25 日誕生於德國的穆伯格。由於他母親的堅持，賓士參加了邢蘇赫當地的文法學校，且是一個驚人的學生。賓士非常的聰明。在 15 歲的時候，他已經跟隨父親的腳步走向汽車工程，並通過卡爾斯魯厄大學機械工程的入學考試。他畢業於 1864 年。在 19 歲畢業後，賓士在幾個不同的公司做了一些專業的訓練，但他並不覺得自己適合任何一份工作。

▶▶ 參考答案

1. G	2. H
3. D	4. L
5. B	6. N
7. F	8. K
9. J	10. M
11. C	12. I
13. E	14. A

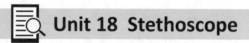 **Unit 18 Stethoscope**

What if doctors still check Patients' heart sounds by putting their **1.**__
_____ on patients' chests? I bet it wouldn't be comfortable for
either doctors or patients. The stethoscope was invented by a **2.**____
_____ doctor, Rene Laennec in 1816 for exactly that reason.
Laennec came up with the **3.**_____ of the stethoscope
because he was uncomfortable placing his ear on women's chests to
hear heart sounds. The device he created was similar to the common
ear **4.**_____. It was made of a wooden tube and was
monaural.

It was not until 1840 that the stethoscope with a **5.**_____
tube was invented. Back then, the stethoscope still had only one
single **6.**_____. In 1851, Arthur Leared, a **7.**_____
from Ireland first came up with a binaural stethoscope. A year later,
George Camman improved the design of the instrument and it has
become the **8.**_____ ever since.

In the early 1960s, a Harvard Medical School professor, David
Littmann, created a new lighter and improved acoustic. And almost
40 years later, the first **9.**_____ noise reducing stethoscope
was patented by Richard Deslauriers.

The **10.**_____ technology keeps improving. And it was just
recently an open-source 3D-printed stethoscope which was based
on the Littmann Cardiology 3 stethoscope was invented by Dr. Tarek
Loubani.Rene Laennec was born on February 17th, 1781 at Quimper,
France. He grew up living with his uncle Guillaime Laennec who

worked as a **11.**_____ of medicine at the University of Nantes. **12.**_____ by his uncle, that's when Rene first started his study in medicine. In 1799, he happened to have the **13.**_____ _____ of studying under some of the most famous surgeon and expert in **14.**_____.

A privilege	**B** earpiece
C external	**D** thought
E physician	**F** standard
G ears	**H** French
I medical	**J** Influenced
K faculty	**L** flexible
M trumpet	**N** cardiology

▶▶ 聽診器

　　如果醫生需要將自己的耳朵放在患者的胸前才能檢查患者心臟的聲音會怎麼樣？我敢打賭，無論是醫生還是患者都會感到不舒服。聽診器是在 1816 年由一個法國醫生蕊內・拉埃內克所發明，而發明的原因正是如此。拉埃內克有了聽診器的想法，正是因為要他把他的耳朵放在婦女的胸部以聽到心臟聲音是非常痛苦的。他所創造的設備是類似於常見的助聽器。設計是利用一個木管的單聲道。

　　直到 1840 年才有軟管的單聽筒聽診器。在 1851 年，來自愛爾蘭的醫生，阿瑟・李納德第一次設計了一個雙耳聽診器。一年後，喬治・卡門進化了儀器的設計，使它成為聽診器的標準。

　　在 1960 年初期，哈佛大學醫學院教授，大衛・利特曼，創造了一個新的、更輕的聽筒，並改進了聲學。而近爾後 40 年，第一個外部噪聲降低聽診器的專利申由理查・達斯蘿莉所申請。

　　由於醫療技術不斷提高。就在最近，利用立得慢心臟 3 聽診器的基礎而發明的 3D 列印聽診器也由塔里克魯邦尼博士所發明。蕊內・拉埃內克生於 1781 年 2 月 17 日的法國，坎佩爾。他與他在南特大學擔任教師的伯父古拉梅拉埃內克一起生活。由於他伯父的影響，拉埃內克開始了他在醫學的研究。 1799 年，他在偶然的機會下與某些最有名的外科醫生和專家學習心臟病學研究。

▶▶ 參考答案

1.	G	2.	H
3.	D	4.	M
5.	L	6.	B
7.	E	8.	F
9.	C	10.	I
11.	K	12.	J
13.	A	14.	N

Unit 19 Helicopter

Different from an airplane, a helicopter relies on **1.**_____ to take off and land vertically, to hover, and to fly forward backward and laterally. Because of its **2.**_____, it allows taking off and landing at limited areas. Therefore, helicopters are often used for rescues or ironically wars. The earliest reference of vertical flight **3.**_____ from a bamboo copter developed in 400 B.C. The **4.**_____ of the bamboo copter is to spin the stick attached to a rotor. The **5.**_____ creates lift, and the toy flies when released. This is the origin of the helicopter development which scientists all over the world spent hundreds of years developing so that we can have the helicopter today. About a thousand years later, Leonardo da Vinci created a **6.**_____ that was made towards vertical flight called "aerial screw". Another 300 years later, Russian scientist Mikhail Lomonosov developed a small coaxial modeled and demonstrated it to the Russian Academy.

It was another 100 years later, in 1861, the word "helicopter" was named by a French inventor, Gustave de Ponton d'Amecourt, who made a small, steam powered helicopter made with **7.**_____. Although, this model never lifted off the ground.

Since then, the helicopter development was going on all over the world, from the United States, to England, France, Denmark and even Russia. But it was not until 1942 that a helicopter designed by Igor Sikorsky reached a full-scale **8.**_____. The most common helicopter **9.**_____ had a single main rotor with anti-torque tail rotor, unlike the earlier designs that had **10.**_____ rotors.

Centuries of development later, the invention of helicopter improves the transportation of people and **11.**_____, uses for military, construction, firefighting, research, rescue, medical transport, and many others. The contributions of the helicopter are **12.**_____. Some people might **13.**_____ the name of Igor Ivanovich Sikorsky from the public airport in Fairfield County, Connecticut. No doubt that due to the great contributions from Sikorsky to the aviation industry, the airport of his **14.**_____ decided to be named after him.

A	production	**B**	aluminum
C	multiple	**D**	configuration
E	recognize	**F**	theory
G	cargo	**H**	design
I	spinning	**J**	flexibility
K	rotors	**L**	hometown
M	uncountable	**N**	originated

▶▶ 直升機

　　與飛機不同，直升機依靠螺旋槳起飛，垂直降落、懸停、前進後退和橫向飛行。由於它的靈活性，它允許在有限的區域內起飛和降落。因此，直升機常常被用於救援或很諷刺的被用在戰爭裡。這是在公元 400 年前就開發出來，我們都玩過的玩具。竹蜻蜓的理論是旋轉黏在螺旋槳上的竹籤。因為旋轉造成懸浮力，因此玩具在被釋放時會飛起。這是直升機開發的起源，科學家在世界各地花了幾百年開發，以至於我們能擁有今天的直升機。大約一千年以後，達芬奇創造了一個垂直飛行的設計，稱為空中螺絲。300 年後，俄羅斯科學家米哈伊爾・羅蒙諾索夫開發了一個小型的同軸建模並在俄羅斯科學院展示。

　　再 100 年後，於 1861 年，法國發明家，古斯塔夫・德龐頓做了一個小型蒸汽動力的鋁製直升機，他也是第一個命名「直升機」的人。雖然如此，這個模型卻永遠無法離開地面。

　　此後，直升機在世界各地不停的發展，有來自美國、英國、法國、丹麥，甚至俄羅斯。直到 1942 年由伊戈爾・西科斯基設計的直升機才達到全面性的生產。最常見的直升機配置有具有抗扭矩尾槳和單一主螺旋槳。不同於早期的設計，有多個螺旋槳。

　　幾個世紀的發展之後，直升機的發明提高了人員和貨物的運輸，使用於軍事、建築、消防、科研、救護，醫療轉運，和許多其他地方。直升機的貢獻是不可數計的。有些人可能會從康乃狄克州費爾菲爾德縣的大眾機場那裡認出「伊戈爾・伊万諾維奇・西科斯基」這個名字。毫無疑問的，由於西科斯基對航空業的巨大貢獻，家鄉的機場決定以他的名字來命名。

▶▶ 參考答案

1.　K	2.　J
3.　N	4.　F
5.　I	6.　H
7.　B	8.　A
9.　D	10.　C
11.　G	12.　M
13.　E	14.　L

 **Unit 20 Dynamite**

Dynamite came from the **1.**_____ word "Dynamis" which means "Power". The 18th and the 19th centuries were known as the boom-years of the industrial revolution for the western side of the world. The **2.**_____ railroad across the USA, the gold-rushes in California and Australia, the "Undergroundrailroad" system in London, all of these works required **3.**_____. However, there were only two main explosives in the mid 19th century which were **4.**_____ and hard to control. The black powder and Nitroglycerine. In 1860, the Swedish industrialist, engineer, and inventor, Alfred Nobel started his invention of dynamite.

Nobel understood that Nitroglycerin is powerful but in its natural **5.**__ _____ state, it is very volatile. Nobel started his research on Nitroglycerin and discovered that by **6.**_____ nitroglycerine and silica, it turns into a malleable paste which he called it "dynamite" later on. In 1866, he invented the dynamite successfully. Dynamite became very popular because **7.**_____ workers and engineers then had a powerful and safe explosive. Without the dynamite, the industrial revolution might still be successful but would for sure have more **8.**_____ and probably take a longer time.

As we all know, dynamite was not always confined to **9.**_____ __ purposes only. It was also used for murder and **10.**_____ plots. What a shame when you have the right product on the wrong person's hand. Because of **11.**_____ like that, Nobel decided to create the famous Nobel prizes that now **12.**_____ his name.

Alfred Nobel was the fourth son of Immanuel Nobel and Carolina Andriette Nobel. His father, Immanuel Nobel was an **13.**_____ __ as well; therefore, while growing up, Alfred Nobel was given a lot of freedom to do **14.**_____ and eventually became an inventor himself.

A	bear	**B**	publicity
C	explosives	**D**	inventor
E	mixing	**F**	experiments
G	Greek	**H**	transcontinental
I	industrial	**J**	injuries
K	unstable	**L**	liquid
M	construction	**N**	assassination

▶▶ 火藥

　　炸藥來自希臘字「DYNAMIS」，意思是「力量」。第 18 和 19 世紀被稱為西方社會工業革命的景氣年。橫跨美國橫貫大陸的鐵路正在修建，在澳洲及加州的淘金熱，及在倫敦的「Underground」鐵路系統，正在興建。所有這些工程都需要爆炸物。然而在 19 世紀中期只有兩種不穩定且難以控制的主要爆炸物：黑火藥和硝化甘油。1860 年，瑞典實業家、工程師和發明家，諾貝爾開始了他的炸藥發明。

　　諾貝爾了解，硝酸甘油是強大的，但在它的自然液體狀態是非常不穩定的。諾貝爾開始了他對硝酸甘油的研究。他發現通過混合硝酸甘油和二氧化矽，會變化為一個黏土的狀態，他將之命名為「炸藥」。1866 年他成功地發明了炸藥。炸藥變得非常流行。因為建築工人和工程師可以有一個強大且安全的爆發物。沒有炸藥，工業革命依然可能成功，但將肯定有更多的傷患，也可能需要較長的時間。

　　大家都知道，炸藥並不只用於工業用途。它也被用於謀殺和暗殺。當正確的東西落在錯誤的人手裡，這是令人惋惜的。由於這樣的負面宣傳，諾貝爾決定創建著名的諾貝爾獎，並以他為名。阿爾弗雷德・諾貝爾是伊曼紐爾・諾貝爾和卡羅來納・安德烈特・諾貝爾的第四個兒子。他的父親，伊曼紐爾・諾貝爾是一位發明家；因此，在成長過程中，諾貝爾被賦予了很多自由做實驗，並最終成為一個發明家。

▶▶ 參考答案

1. G	2. H
3. C	4. K
5. L	6. E
7. M	8. J
9. I	10. N
11. B	12. A
13. D	14. F

Unit 21 Plastics

Although different types of pollutions caused by plastic have been public **1.**_____ for years, it seems hard to get rid of plastic for its relatively low **2.**_____ cost, versatility and **3.**_____ to water. From grocery bags to toys to even clothes, plastics are used in an enormous and expanding range of products. It is also being widely used in the **4.**_____ field and construction field. The very first plastic material was discovered by Charles Goodyear's during the discovery of vulcanization to thermoset materials derived from natural **5.**_____ in the 1800s. After that, many scientists contributed to the **6.**_____ of different types of plastics. It was not until 1907, a scientist Leo Baekeland invented "Bakelite" which was the first fully **7.**_____ plastic. He was also the person who **8.**_____ the term "Plastics".

The rapid growth in **9.**_____ technology led to the invention of many new forms of plastics, such as Polystyrene, Polyvinyl chloride, and polyethylene. Many traditional materials, such as wood, stone, leather, ceramic that we normally used in the past were replaced by plastics. The majority of the **10.**_____ are based on chains of carbon **11.**_____ alone with oxygen, sulfur, or nitrogen. Most plastics contain other organic or inorganic **12.**_____ blended in.

The amount of additives ranges from zero percentage to more than 50% for certain **13.**_____ applications. The invention of plastic was not only a great success, but also brought us a serious environmental concern regarding its slow **14.**_____ rate after being discarded. One way to help with the environment is to practice recycling or use other environmental friendly materials instead. Another approach is to speed up the development of biodegradable plastic. The father of the Plastics Industry, Leo Baekeland, was born in Belgium on November 14th, 1863. He was best known for his invention of Bakelite which is an inexpensive, nonflammable and versatile plastic.

A	atoms	**B**	polymers
C	issues	**D**	discovery
E	rubber	**F**	compounds
G	medical	**H**	imperviousness
I	production	**J**	synthetic
K	decomposition	**L**	chemical
M	electronic	**N**	coined

▶▶ 塑膠

　　雖然因為塑膠所造成的各種污染已是多年來的公共問題，但由於生產成本相對低廉，具通用性及抗滲水性，因此我們似乎無法擺脫這種材料。從食品塑膠袋到玩具，甚至服裝，塑膠產品的範圍不斷擴大。它也被廣泛應用於醫療領域和建築領域。史上第一個塑膠材料是在 1800 年代由查爾斯·固特異在天然橡膠的熱固性材料中發現的硫化物。在此之後，許多科學家促成了不同類型塑膠的發現。直到 1907 年，科學家利奧·貝克蘭發明了酚醛塑料，這是第一個完全合成的塑膠。他也是命名「塑膠」的人。

　　化學技術的極速成長導致許多形式的塑膠發明，例如聚苯乙烯、聚氯乙烯和聚乙烯。許多傳統材料，例如我們過去常使用的木頭、石頭、皮革和陶瓷都被塑膠取代了。大多數聚合物都基於碳原子和氧、硫、或氮的鏈。大多數塑膠混有其他有機或無機化合物。

　　在一些電子應用上，添加劑的量從零至 50％以上。塑膠的發明獲得了巨大的成功，但也給我們帶來了關於其被丟棄後緩慢分解所造成嚴重的環境問題。練習回收或改用其他對環境友好的材料是幫助環境的一種方法。另一種方法是，加快生物分解性塑料的開發。塑膠工業之父，利奧·貝克蘭，於 1863 年 11 月 14 日出生於比利時。他最為人知的是酚醛塑的發明，這是一種廉價，不可燃和通用的塑膠。

▶▶ 參考答案

1. C		2. I	
3. H		4. G	
5. E		6. D	
7. J		8. N	
9. L		10. B	
11. A		12. F	
13. M		14. K	

🔍 Unit 22 Barcode

Infinity amount of information is being **1.**_____ by these lines or dots. They limited human **2.**_____ and sped the transit of information. But when we are doing the easy scanning, have we even considered this-What exactly is a barcode? How does it work?

A barcode is an **3.**_____ machine-readable representation of data relating to the object to which it is attached. We see it on almost all products. Originally, barcodes **4.**_____ represented data by varying the widths and spacing of **5.**_____ lines. Now we even have the two dimensional barcodes that **6.**_____ into rectangles, dots, hexagons and other patterns. Also nowadays, we no longer require **7.**_____ optical scanners to read the barcodes. They can be read by **8.**_____ as well.

The idea of the creation came from a **9.**_____ student named Bernard Silver at Drexel Institute of Technology in Philadelphia, Pennsylvania in 1948. He overheard the request from the **10.**_____ of the local food chain. He immediately saw the demand for the system and then started the **11.**_____ with his friend Norman Joseph Woodland who also went to Drexel. Woodland later on left Drexel and kept his research in Florida.

He got the **12.**_____ from Morse code first and then he adapted technology from optical **13.**_____ in movies in order to read them. The patent for the Barcode was filed as

"Classifying Apparatus and Method" on October 20th, 1949 by the both of them. Later on, IBM offered to buy the patent but the offer was too low. Philco later on **14.**_____ the patent in 1962 for 15,000 dollars and then sold it to RCA sometime later.

A	smartphones	**B**	parallel
C	optical	**D**	evolved
E	president	**F**	special
G	development	**H**	systematically
I	stored	**J**	errors
K	purchased	**L**	graduate
M	inspiration	**N**	soundtracks

▶▶ 條碼

　　無限量的信息被存儲在這些線或點裡。他們將人為錯誤減到最低並加快了訊息的傳訊。但是，當我們在做這簡單的掃描時，我們是否有想過 - 到底什麼是條碼？它是如何作業的？

　　條碼是一個光學儀器可讀取有關連結對象的數據。我們幾乎可以在所有產品上看到它。最初是通過改變寬度和平行線間距的條碼系統來表示數據。現在，我們甚至有利用矩形、點、六邊形等所演變出的二維條碼。而且現在，我們不再需要特殊的光學掃描儀讀取條碼。它們可以通過智能電話被讀取。

　　這個創作的想法來自一個在賓州費城的 Drexel 技術學院就讀的研究生 - 伯納德·史維。他當時無意間聽到當地的連鎖食品店老闆的要求。他立即看到了這個系統的需求，於是他找了也在 Drexel 就讀的朋友 - 諾曼·伍德蘭一起開發這個系統。後來伍德蘭離開了 Drexel，到了佛羅里達繼續他的開發。

　　他從摩斯密碼得到靈感，爾後再改編電影配樂的技術以便讀取它們。條碼的專利在 1949 年 10 月 20 日被以「分級裝置和方法」的方式由兩位共同提出。後來 IBM 提出購買該專利的要求，但報價太低。Philco 在 1962 年以 15,000 美元買下專利，並爾後將其賣給了 RCA。

▶▶ 參考答案

1. I	2. J
3. C	4. H
5. B	6. D
7. F	8. A
9. L	10. E
11. G	12. M
13. N	14. K

Unit 23 Barcode

Google Inc. is an American **1.**_____ technology company. Google is not so much a company that invented one product as a company that invents anything relating to the Internet. Starting from Google's core search **2.**_____, it also offers email service- Gmail, a cloud **3.**_____ service- Google drive, Web browser- Google Chrome, to an even innovative **4.**_____ like Google glasses. The Google self-driving car is also being invented for years, and they plan to **5.**_____ it to the market in the year 2020. Google was founded as a private company in 1998 by Larry Page and Sergey Brin while they were Ph.D. students at Stanford University. An initial public **6.**_____ followed on August 19, 2004.

The company's mission was to **7.**_____ the world's information and made it universally **8.**_____ and useful. No doubt, they accomplished their mission and went much further. From the data in 2009, it **9.**_____ over one billion search requests and about 24 petabytes of user-generated data each day as of 2009. Google.com should have been the most visited **10.**_____ in the world for years. The headquarters of Google is located in Mountain View, California. They named it Googleplex. They moved into the **11.**_____ the same year when the company went IPO in 2004. The company offered 19,605,052 shares at a price of $85 per share. By January 2014, its market **12.**_____ had grown to $397 billion.

Larry Page: Being a child of two computer experts, Larry Page was born in an environment that led him to who he is today. Born in

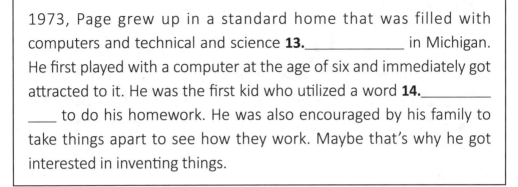

1973, Page grew up in a standard home that was filled with computers and technical and science **13.**_____ in Michigan. He first played with a computer at the age of six and immediately got attracted to it. He was the first kid who utilized a word **14.**_____ ____ to do his homework. He was also encouraged by his family to take things apart to see how they work. Maybe that's why he got interested in inventing things.

A facility	**B** processor
C multinational	**D** offering
E magazines	**F** processes
G capitalization	**H** website
I engine	**J** storage
K release	**L** organize
M accessible	**N** hardware

▶▶ 谷歌

谷歌是美國的跨國科技公司。與其說谷歌發明了一種產品，還不如說是谷歌發明所有涉及到互聯網的產品。從谷歌的核心搜索引擎開始，它也提供電子郵件服務 – Gmail、雲存儲服務 – Google Drive、網絡瀏覽器- Google Chrome，甚至創新的硬件，如谷歌眼鏡。谷歌自動駕駛汽車也被開發多年，他們計劃在 2020 年發布到市場。谷歌是於 1998 年由拉里・佩奇和謝爾蓋・布林在史丹佛大學攻讀他們博士學位時所創立的私人公司。隨後於 2004 年 8 月 19 日首次上市。

該公司的使命是整合全球信息，使人人皆可使用並從中受益。毫無疑問，他們完成了他們的使命，且更進一步。根據 2009 年的數據，它的搜索器處理超過十億個搜索請求，用戶每天約 24 PB 的量。Google.com 多年來應該都是世界上訪問量最大的網站。谷歌的總部設在加州山景城。他們把它命名為 Googleplex。他們在 2004 年搬進了這棟建築，同時並首次公開發行。該公司以 85 美元美股的金額提供了 19605052 股。到 2014 年 1 月，其市值已增長到 3970 億美元。

拉里・佩奇：父母皆為電腦專家，拉里・佩奇出生的環境造就了他。出生於 1973 年，佩琪在密西根一個充滿電腦和技術及科學雜誌的標準家庭中長大。在他六歲的時候，他開始玩他的第一台電腦，並立即被吸引。他是在他上的小學裡第一個利用文字處理器做功課的小孩。他的家人也鼓勵他拆解東西來看看是如何運作的。也許這就是為什麼他對發明創造有興趣。

▶▶ 參考答案

1. C	2. I
3. J	4. N
5. K	6. D
7. L	8. M
9. F	10. H
11. A	12. G
13. E	14. B

Unit 24 Facebook

Facebook was founded by Mark Zuckerberg and his roommates and friends at Harvard University in 2004. This social networking **1.**_____ _____ was originally limited to Harvard students, and later on **2.**__ _____ to other colleges in the Boston area, the Ivy Leagues, and gradually most universities in Canada and the US. At that time, high school networks required an **3.**_____ to join. Facebook later expanded membership **4.**_____ to employees of several companies, including Apple Inc. and Microsoft. It was not available to the public until September 26, 2006.

The popularity of Facebook started to **5.**_____ in 2007. Most of the youngsters back then **6.**_____ Facebook in 2007. Late in 2007, Facebook had 100,000 business pages which allowed companies to attract **7.**_____ customers and introduce themselves.

The business potential for this social network just kept **8.**_____ ____, and on October 2008, Facebook set up its international **9.**____ _____ in Dublin, Ireland. **10.**_____ from October 2011 showed that over 100 billion photos are shared on Facebook, and over 350 million users **11.**_____ Facebook through their mobile phones which is only about 33% of all Facebook **12.**_____ _____.

Born in 1984, Mark Zuckerberg was born in White Plains, New York. Zuckerberg began using computers and writing software in middle school. His father taught him Atari BASIC Programming in the 1990s, and later hired software developer David Newman to tutor him **13.__ _____**. Zuckerberg took a graduate course in the subject at Mercy College near his home while still in high school. He **14._____ _____** developing computer programs, especially communication tools and games.

A Statistics	**B** blooming
C potential	**D** headquarters
E traffic	**F** accessed
G privately	**H** enjoyed
I invitation	**J** expanded
K generate	**L** eligibility
M service	**N** joined

▶▶ 臉書

　　臉書這個社交網路服務由馬克·札克伯格和他的室友以及在哈佛大學的朋友在 2004 年時成立臉書這個社交網絡服務。最初僅限於哈佛學生使用，爾後擴大到波士頓地區的其他學校及常春藤聯盟。逐步的加入了大部分加拿大和美國的大學。當時，高中生是需要被邀請才能加入。臉書後來擴大會員資格給幾家大公司，包括蘋果公司和微軟公司的僱員。直到 2006 年 9 月 26 日才開放給社會大眾。

　　臉書於 2007 年開始普及。當時大部分的年輕人都是在 2007 年加入臉書。2007 年的下半年，臉書開始有企業專頁，使得企業可以介紹自己的企業並吸引潛在客戶。

　　社會網絡的商業潛力不停地綻放。2008 年 10 月，臉書在愛爾蘭的都柏林設立了國際總部。從 2011 年 10 月的統計顯示，超過一兆的照片在臉書上共享，而超過 350 萬的用戶利用手機查閱臉書，這大概只是 33%的臉書的總流量。

　　1984 年，馬克·札克伯格出生於紐約的懷特普萊恩斯。札克伯格在中學時期就開始使用電腦和編寫的軟體。他的父親教他寫 90 年代的 Atari BASIC 編程，後來又聘請了軟體開發者大衛·紐曼私下指導他。札克伯格在高中時便在他家附近的慈悲學院選修研究生的課程。他喜歡開發電腦軟體，特別是通訊工具和遊戲。

▶▶ 參考答案

1.	M	2.	J
3.	I	4.	L
5.	K	6.	N
7.	C	8.	B
9.	D	10.	A
11.	F	12.	E
13.	G	14.	H

Unit 25 Telephone

In 1973, Motorola manager Martin Cooper placed the very first cellular phone call and began the era of the **1.**_____ phone. In 2008, over 290 million cell phones were sold worldwide. And after the first **2.**_____ of smartphone, the boom just never seems to drop. Son of a **3.**_____, Alexander Graham Bell was born on March 3rd, 1847 in Edinburgh, Scotland. As many other inventors, Bell was a creative brilliant child who had shown **4.**_____ about his world. His first invention was a dehusking machine which **5.**_____ dehusked wheat.

He was only 12 at that time. At the same year, the hearing loss of Bell's mother led to his study in **6.**_____. Bell moved to Canada in 1870 with his family. Three years later, Bell became a professor at Boston University **7.**_____ in voice physiology. Bell also taught deaf people how to speak, and because of that, he married Mabel Hubbard who was born deaf.

Mabel Hubbard's father Gardiner Greene Hubbard was very wealthy. This gave Bell great help in his invention. In 1874, with his father-in-law and Thomas Sanders' **8.**_____ support, Bell hired Thomas Watson as his assistant and started his research on the Telephone.

In 1876, Bell filed the **9.**_____ for the telephone. A year later, Bell, Hubbard, Sanders and Watson formed the Bell Telephone Company. Back then, people still couldn't see the **10.**_____ and outlook for telephone. Therefore, only hundreds of telephones were sold in the following years. Bell was not **11.**_____ in doing business, so he left the Bell Telephone company in 1879. Bell passed away in 1922 at the age of 75. At that time, over 14 million telephones were **12.**_____ in the United States. **13.**_____ telephone and wireless telephones were also **14.**_____. The Bell Telephone company became AT&T which is still the No.1 telephone company in the United States.

A	patent	**B**	financial
C	interested	**D**	automatically
E	Undersea	**F**	practicality
G	phonetician	**H**	debut
I	mobile	**J**	installed
K	curiosity	**L**	acoustics
M	specialized	**N**	invented

▶▶▶ 電話

1973 年，摩托羅拉的經理馬丁・庫帕撥出第一通移動電話，開始了手機的時代。在 2008 年，全球的手機銷量超過 2.9 億。而智慧型手機第一次亮相後，手機的需求似乎永遠不會下降。一個聲音學家的兒子，亞歷山大・格雷厄姆・貝爾於 1847 年 3 月 3 日出生於蘇格蘭的愛丁堡。正如許多其他的發明家，貝爾是一個聰明且具創意的孩子，並對他的世界表現出好奇。他的第一個發明是去麥殼機，可自動脫去小麥的殼。

當時他只有 12 歲。同年，他的母親的聽覺喪失促使他研究聲音學。貝爾在 1870 年時與他的家人一起移居加拿大。3 年後，貝爾成為了波士頓大學的教授專門從事語音生理學。貝爾還教聾人怎麼說話，正因為如此，他娶了天生就聽不到的梅布爾・哈伯德。

梅布爾・哈伯德的父親加德納・格林・哈伯德是非常富裕的。這給了貝爾的發明很大的幫助。1874 年，由於他的岳父和托馬斯・桑德斯的資金支持，貝爾僱用了托馬斯・沃森作為他的助手，開始了他對電話的研究。

1876 年，貝爾提出電話的專利。一年後，貝爾，哈伯德・桑德斯和沃森組成了貝爾電話公司。那時，人們還無法看到電話的實用性和前景。因此，只有幾百隻電話於次年銷售出去。貝爾對做生意沒有興趣，於是他於 1879 年離開了貝爾電話公司。貝爾於 1992 年去世，享年 75 歲。當時已有 1400 多萬隻電話被安裝在美國。海底電話和無線電話也已發明了。貝爾電話公司後來成為 AT&T 公司，AT&T 仍然是美國的第一大電話公司。

▶▶ 參考答案

1.	I	2.	H
3.	G	4.	K
5.	D	6.	L
7.	M	8.	B
9.	A	10.	F
11.	C	12.	J
13.	E	14.	N

Unit 26 Online Banking

In today's highly technical world, banks are no longer a brick-and-mortar financial **1.**_____. From **2.**_____ to investment, people nowadays only need to go thru online banking to finish all these works. The concept of online banking has been **3.**_____ evolving with the development of the World Wide Web, and has actually been **4.**_____ around since the early 1980s.

In 1981, four biggest banks in New York City Citibank, Chase Manhattan, Chemical and Manufacturers Hanover, made the home banking access available to their customers. However, customers didn't really take to the initiative. The innovative way of doing business was too advanced and failed to gain **5.**_____ until the mid 1990s. In October, 1994, Stanford Federal Credit Union offered online banking to all its customers, and about a year later, Presidential Bank offered its customers online account **6.**_____. These were the start of online banking, and soon other banks followed.Though customers were **7.**_____ to use online banking at first. Many people didn't trust its **8.**_____ feature. Up until today, some people still have the same concern. It was after the e-commerce started to **9.**_____ did the idea of online banking slowly began to catch on. By the year 2000, an **10.**_____ 80% of banks in the U.S. offered online banking services.

In 2001, Bank of America gained more than 3 million online banking customers, about 20% of its customer base. Online banking **11.**_____ decreases overhead costs to offer more competitive rates and enjoys higher profit margins. It now becomes so widespread all over the world and allows many investors to operate their **12.**_____ _____ around the world with no time difference issues. Stanford Federal Credit Union is a **13.**_____ chartered credit union located in Palo Alto, California which provides banking services to the Stanford community. Stanford Federal Credit Union was created by a group of Stanford University employees. On Dec 1959, the credit union only opened to the university employees in 1960 with $261 in **14.**_____.

A	popularize	**B**	security
C	effectively	**D**	hesitant
E	institution	**F**	accessible
G	momentum	**H**	assets
I	overwhelmingly	**J**	remittance
K	accesses	**L**	deposits
M	simultaneously	**N**	federally

▶▶ 線上銀行

在當今高科技的世界裡，銀行不再是實體的金融機構。從匯款到投資，人們現在只需要上網路銀行就可以完成所有的工作。網路銀行這一概念與全球資訊網一同發展演變，自 1980 年代初期就已經出現。

在 1981 年，紐約的四大銀行，花旗銀行、大通曼哈頓銀行、化工銀行和製造漢諾威銀行提供了家庭銀行給他們的客戶。但客戶並沒有真正採取行動。這個生意方式的創新太過先進，直到 1990 年代中期都沒能獲得新的動力。1994 年 10 月，史丹佛的聯邦信貸聯盟提供了所有的客戶網上銀行，大約一年後，總統銀行提供客戶網銀的服務。這就是網路銀行的開始。不久後其他銀行隨即跟進。不過，顧客們一開始並不願意使用網路銀行。許多人並不相信它的安全功能。直到今天，有些人仍然有同樣的擔憂。這是自從電子商務開始流行後，網路銀行的想法才開始慢慢流行起來。直到 2000 年，在美國有壓倒性有 80% 的銀行都提供網路銀行的服務。

在 2001 年，美國銀行擁有了 300 多萬網路銀行客戶。這是約20% 的客戶群。網上銀行有效地降低管理成本，提供更具競爭力的價格，並享受更高的利潤。它現在在世界各地已經非常普及也讓許多投資者可以避免時差問題，在世界各地運營資產。史丹佛聯邦信用合作社是一家位於加州帕洛阿爾托，給史丹佛社區提供金融服務的聯邦特許儲蓄合作社。由史丹佛員工所創立，1960 年，信用合作社只開放給大學雇員，開戶需存 261 美元。

▶▶ 參考答案

1.	E	2.	J
3.	M	4.	F
5.	G	6.	K
7.	D	8.	B
9.	A	10.	I
11.	C	12.	H
13.	N	14.	L

國家圖書館出版品預行編目(CIP)資料

雅思單字聖經/Amanda Chou著. -- 初版. --
新北市：倍斯特出版事業有限公司, 2022.
04　面；　公分. -- (考用英語系列；038)
ISBN 978-626-95434-5-8(平裝)
1.CST: 國際英語語文測試系統 2.CST: 詞彙

805.189　　　　　　　　　　111003172

考用英語系列　038

雅思單字聖經（英式發音附QR code音檔）

初　　版　　2022年4月
定　　價　　新台幣499元

作　　者　　Amanda Chou
出　　版　　倍斯特出版事業有限公司
發 行 人　　周瑞德
電　　話　　886-2-8245-6905
傳　　真　　886-2-2245-6398
地　　址　　23558 新北市中和區立業路83巷7號4樓
E - m a i l　　best.books.service@gmail.com
官　　網　　www.bestbookstw.com
總 編 輯　　齊心瑀
特約編輯　　陳韋佑
封面構成　　高鍾琪
內頁構成　　菩薩蠻數位文化有限公司
印　　製　　大亞彩色印刷製版股份有限公司

港澳地區總經銷　　泛華發行代理有限公司
地　　址　　香港新界將軍澳工業邨駿昌街7號2樓
電　　話　　852-2798-2323
傳　　真　　852-3181-3973